ウェンフィルバーナ
遠山がかつてヘレルの塔で出会ったエルフ。
……のはずだが、瞳の色と耳の形が異なっている。
「同じだが、違う」とは遠山の談。
「貴女が消える
ということかな、
蒐集《しゅうしゅう》の竜」
ウェンフィルバーナを譬《たと》えるならば星。
アリスを譬えるならば太陽。
星と太陽が、向かい合う。

『ふかか。囀《さえず》るではないか、
主人《ゆうしゃ》を失《な》くした哀れな従者よ』
アリス・
ドラル・フレアテイル
“蒐集竜”と呼ばれる竜で、遠山の友人。
以前は遠山と婚姻を結ぶことを目論んでいたが、
今の目標は「一緒にパーティを組む」こと。

CONTENTS

The Continuation of Modern Dungeon Life
Have Fun in an Another World, Like an Open World!

2

現代ダンジョンライフの続きは
異世界オープンワールドで！

The Continuation of Modern Dungeon Life
Have Fun in an Another World,
Like an Open World!

2

しば犬部隊

illust
ひろせ

イラスト／ひろせ

プロローグ　寄り道だらけの異世界オープンワールド

遠山鳴人《トオヤマナルヒト》、職業、元探索者、元冒険奴隷《カナリア》、そして現在、無職。所持金は0。

「俺の！　金返せ！」

「ちっ、気づかれた」

駆ける。石畳の街並み、異世界の街を所持金0の無職が走る。

「止まれ！　ほら、今ならまだ半殺しで許すぞ！」

上品な黒色のビロードマントは遠山鳴人の走りを邪魔することはない。

「物騒な奴《やつ》。冒険者、だったか。しくじった……」

スリの少年が帰路につく住人の波をすり抜けて、遠山から逃げる。

「くそ！　ちょこまかとよお！　異世界生活初日で一文無しになれるか！」

一度死んでこの異なる世界にやってきた男。ある試練を乗り越え、ようやく街での自由行動が始まった瞬間、所持金を見事にスられ、現在追いかけっこ中。

少年が路地にすいっと、入り込む。遠山も急停止、こけそうになりつつも、石畳を蹴り路地に入り込む。

「この、クソガキ！　ちょこまかと！　そう簡単に逃がすかよ！」

「うわ……スリの相手、間違えたかも。……リダに怒られるけど、仕方ない」

一直線。

路地に置かれた荷車を少年が、跳び箱種目でもあるかのように軽々と飛び越える。

「おんどりゃあ!!」

遠山は勢いのままその荷車を蹴り飛ばし、少年を追う。

「うわ、バカ力」

「ひひひひ、どした！　クソガキ、ペースが落ちてんぞ！」

体力、遠山のペースは落ちない。探索者も最後の最後にモノを言うのは基礎体力だ。

路地。

さまざまな箱や、ゴミの山。障害物を少年は軽業師のごとき身軽さで乗り越える、遠山はヤバい形相でそれを撥《は》ね飛ばしたり、蹴り飛ばしたりして進んでいく。

「厄介だな……まあいいや」

徐々に縮まるその距離。驚異的な末脚《すえあし》で遠山が、ついに手が届く範囲まで距離を詰めた。

「おら、つかまえ、た!!」

少年の首根っこに手をかけようと――。

「スキル・セット」

アドレナリンによりもたらされた高揚感の中、少年の声変わり前の透き通った声が届いて。

「〝アクロスピード〟」

一瞬のことだった。遠山の指先が少年のハンチング帽に、触れたその瞬間。

「え、あり？」

少年が消えた。

「悪いね、冒険者さん。みんな、お腹空《なかす》かしてるんだ」

声がした方を見上げる、そう、上だ。声は上から。一瞬で、少年は8メートルもありそうな、屋根の上に。

「はあ!?　屋根っ!?　おまわりさん！……はいねえんだった。あまり目立ちたくねえし、矢印！」

ピコン。

遠山鳴人にだけ見えるその導きの⬇《矢印》がすいーっと道を示す。

矢印が屋根の向こう側に飛び跳ねていた。

「お？」

ヘレルの塔や竜大使館で妙な強制をしてきた⬇はしかし、今回は遠山の言うことを素直に聞いている。

「ひひひ。それでいい。素直になったな、クソ矢印」

だが遠山は気付かない。少年が逃げた先が当初向かおうとしていた場所、スラム街の方角だったことに。

「絶対逃がさねえぞ、クソガキ、人の金に手出して無事で済むと思うなよ」

竜からもらった外套《がいとう》をなびかせ、探索ブーツに力を込めて遠山が異世界の街並みをゆく。

◇◇◇◇

ふう、危なかった。

あの冒険者、かなり出来る奴だ。スキル抜きでも、スリをして追いつかれかけたのは久しぶりだ。

「結構、入ってる……クズ肉の串焼き、全員分買えそうだ」

俺は懐から仕事の成果を取り出して、その皮袋の重さを確かめる。屋根をいくつか駆け抜けて、たどり着いたそこは俺達《たち》の場所だ。

スラム街。俺が生まれて、そして死んでいく、暗くて臭い場所。少しでも常識のある帝国の市民なら冒険都市のスラム街には近付かない。

「帽子、蒸れてやだな」

スラムの路地裏、座り込んで帽子で顔を扇ぐ。

リダとの待ち合わせは夕方。それまでにもう一度くらい仕事してこようか。

「……いや、やめとくか。アイツ、まだ探し回ってるかもしれないし」

久しぶりに背筋に冷や汗をかいた。捕まってたらどうなってたんだろう。スリをする時身体《からだ》をぶつけてわかった。

まるで岩だ。まるで壁だ。ヒトの身体とは思えなかった。

「いいモン、食べてるんだろうな……別にいいじゃん、そんな恵まれた奴から少しくらい盗んでも」

俺が誰に言ったかもわからない言い訳を呟《つぶや》いた、その時――。

「おお？　なんだあ？　リダのとこの黒髪ヤロウじゃねえか？」

「ほんとだ、リダはどーした？　いっつもパクミーのフンみてえにくっついてるのによ、ついに見捨てられたか？」

「ぎゃはは、黒髪に茶色の瞳なんて気味悪いからなあ。リダの野郎も物好きだぜ、ほんと」

「……別に、リダとは別行動なだけだ。アンタ達に迷惑はかけないよ」

年上のグループだ。スラム街の孤児にも、それぞれグループがある。

奴らはその中でもタチが悪い。噂《うわさ》では〝カラス〟から仕事をもらったりしてるって聞いたこともあるくらいに。そっと皮袋を隠して。

「んん？　お前、今なんか隠したな？　おい、見せてみろよ」

最悪だ。今日に限ってこいつら勘が良い。

リダもいない、いつもみたいに誤魔化すことは出来ないだろう。

スキルもダメだ。1日に1回が限界。助けなんてあるはずも、ない。

「……なんでもないって。俺、忙しいから」

「まあああま、待てよ、黒髪」

肩を掴《つか》まれる。あの冒険者から感じた力とは大違いだがそれでも俺より確実に強い。掴まれた肩がみしりと音を立てた。

「……なんだよ」

「なあ、おい、お前ら、この場所ってよー、俺の場所だったよな？」

歯の抜けたマヌケヅラが、にいいと笑う。

「は？」

「おお、そうだな、ルー。ここはお前の貸し座り込み場所だな。昨日からだっけ？」

「そうそう、ここで座ったり、立ったり、誰かを待ったりとかよ、勝手にされちゃあ困るんだよ、商売だからさあ。なあ？　黒髪、お前も嫌だろ、仕事したのに金もなんも入ってこないってのはよ」

周りの同じろくでなし連中も同じように、ヘラヘラ笑い始める。コイツらは笑ってるだけなのに、俺は笑えない。

「なに、何が言いたいんだよ」

声が裏返ってしまう。身体が先に危機に気付いた。

「あ？　てめえ頭悪いなあ、オイ。リョーキンだよ、リョーキン、この場所でよ、てめえ座ってたよな？　だからそのリョーキン払えよ」

周りの奴らが大笑いし始める。コイツら見てやがった。隠したのが金だって気付いたんだ。

「……金、持ってないんだ、知らなかったのは悪かったよ、謝っ づえ!?」

腹──殴られた。息が、出来ない。

「ブツブツうっせえんだよ、ガキ!!　胸元になんか隠してるんだろうが！　出せやそれ！」

「おー、ルーが切れた。黒髪、さっさと出すモン出した方がいいと思うぞー、そいつ切れると何するかわかんねえし」

「お、コイツ、なんだ？　帽子外すと女みてえな顔してやがるな。ひひひ、なあ、どうする？」

「やめとけやめとけ。フラム、お前の悪い趣味だ。俺は本物の女がいい」

「じゃあ、俺だけで楽しませてもらうかあ？　おい、こっちこいよ、オラ!!」

「ひ、ヤダ！　この、さわんな！」

男の顔が一気に険しくなり。

「こ、の、あばれんな!!　オラ！　金と、てめえの身体、見せろよ！」

「ぶえっ!?　い、やだ。これは俺の稼ぎだ……仲間に飯を……ぶげ」

蹴られた。顔、歯、痛い。

口の中が、じゃりじゃりする。

「けけけけ、なーにが稼ぎだ！　偉そうなこと言ってんじゃねー。おら、さっさと！　よ、こせ!!」

「ゲボッ!?」

また腹。蹴られた。

何も食べてないから、胃液しか出ない。痛みと怖いので頭がいっぱいになる。這《は》ってその場から離れようとしたけど、背中を踏みつけられて動けない。

「おっ、あった、あった。ずっしりしてんじゃねーか!!　ヒュウ!!　こりゃ今日はお楽しみだな！」

「臨時収入ゲーッツ、酒場で女、引っかけられるかもなあ」

「バーカ、スラムの女なんか怖くて手出せるかよ。色街には少し足りねえが、酒なら充分飲めるぜ！　おい……ん、こりゃ、なんだ？　銅貨以外のモンも入ってるな」

「待て、ルー、なんか嫌な予感がする、その皮袋、金以外は触るな」

「おー、わかったよ」

げらげらと笑うそいつらの声が、うるさい。

「ま、て……それは、ちび、達の……」

その金がないと、飯が買えない。みんな、2日も食べていない。

「あ？　まーだ意識あったのか……どーする、殺しとくか？」

「いや殺したらリダがめんどいぞ。もう何発か蹴って骨でも折っとこうぜ」

「あー、そうすっか、でも、その前に。ほんとお前、女みたいな顔してんな。ロウジ、やっぱさ……ちょっと俺、いいか？」

フラムって奴《やつ》の、声が低くなった、背筋がぞくりと冷えて。

「はあ。手短にな。まあ、その心配はいらねーか、お前早いし」

「うっせーよ」

フラムって呼ばれた丸鼻の男が、俺を見て舌なめずりする。自分が、今から何をされるのか、スラムで過ごしていたからすぐにわかった。

「ぐ、くそ、ちく、しょう」

「ったく、手間かけやがって。ま、これに懲りたら素直に金出せよな。頑張ってまたスリに精を出してくれ！　またもらいにきてやっからな！　な？」

にかりと笑うそいつの顔、心底気持ち悪くて。

「終わったあと折るのはどこがいい？　足にするか？」

「いや、足だと死ぬかもしれねーから腕でいいだろ、腕で」

「あーあ、見てらんねえよ。この前も街の外から来た緑髪の女、壊してたのに。好きだねえ」

「やめ、ろ、やめろ、やめ、くそ、返せ、返せよ！　それは俺の、俺の金なのに!!　やめろ、触んな！　触んなよ！」

叫ぶ。もう俺の頭からそれがスッた金であることなんて消えていて。

「ぎゃははは、バーカ、てめえがスッた金だろうが！　まあ、今はもう俺のモンだ。よえー奴は強い奴に全てを奪われる、それがここのルールだ。授業料としてもらってくぜ」

「くそ、クソクソ！　俺の、俺の金!!　ちびすけ達が、待ってんのに、俺の、金！」

返せ、返せ、返してくれ。

「かねかねかね、うっせえなあ!!　だ、か、ら！　これはもう俺の金なんだよ!!　おら、こっちこい！　なあに、てめえもすぐたのしくなるからよ、もしよかったら、ひひひ、俺のペットにしてやってもいいぜえ？」

そいつがまた、俺を蹴ろうと足を振り上げる。恐怖に身体を反射的に丸めて——。

「ひっ!?」

不思議なことに、予想していた衝撃は来なかった。

恐る恐る、目を開ける。

3人の年上の孤児達。

そいつらの後ろに、人が立っていた。

上等なローブを着込んだ、男。

にっこり。笑ってるのに、俺はその顔が怖くてたまらなかった。

「あ？　なんだ、おま——」

「いや、それ俺のお金」

「は？　へぶら!?」

人が吹っ飛んだ。蹴り飛ばされた。

男の1人、俺をめちゃくちゃ蹴っていた丸鼻の顔面を凹《へこ》ませて壁に激突させる。

ずるり、そいつは壁からずり落ちて動かない。

「あ、え？」

「それ、俺のお金えええええええ!!」

「え、え、え、ええ、え!?　ァっ!?　バぎゃ」

ローブの男が叫びながら、もう1人の奴の足下に潜り込み、ひょいっと麦袋でも抱える
ように持ち上げて、そのままぶん投げた。

また壁に叩《たた》きつけられ、そいつも動かない。人って、そんな簡単に、ぶっ飛ぶんだ。

◇◇◇◇

「て、て、てめえ!! や、やめろ! お、俺らの後ろには〝カラス〟がついてんだ! こ、こんな真似《まね》してタダで済むと思ってんのか?」

「〝カラス〟? なんだそりゃ」

3人組の最後の1人が尻餅つきながら喚《わめ》く。遠山《トオヤマ》がその言葉に首を傾《かし》げながらそいつにずんずんと近づき——。

「ひ、ひぎ!? や、やめ——」

思い切り首を摑み、立たせる、すかさず腹に膝蹴り、男の身体がくの字に折れ曲がり、そのまま崩れて。

「はい、いってみよう」

がしり、崩れ落ちる男の首根っこをむんずと摑む遠山、ダウンすら許さない。

「や、やめ! 放ッ、ぎゃべ——」

そのまま壁に野郎の顔面をぶつけて潰す。

「よっわ、え、死んでねえよな?」

ずるりと、男が壁にもたれながら、滑ってそのまま倒れる。動き出す様子はない。

「……俺、こんなにパワフルだったか？　んー？」

全員、遠山より背は高く、それなりに体格も良い。なのに、あまりにも手応えがなかった。これでは弱い者いじめだ。

「よし、息はしてるな……ならヨシ！」

白目剝《む》いて気絶している3人を引きずり、1箇所に集める。壁際に積んでおけば邪魔にもならないだろう。

「にしても、軽いなマジで。うーん、……栄養が足りてねえのか？　にしては身長は高い……うーむ」

片足を摑み、朝のゴミ出しくらいの気軽さで3人を山積みにした遠山が首を捻《ひね》った。遠山のいた現代世界でも何度かケンカをしたがここまで余裕ではなかったような――。

「ゲホッ、ゲホ……あ、アンタ……」

「お、サイフみっけ。よかったよかった。よう、クソガキ。いいザマだな。この様子じゃあ横取りにでもあったか。たしかにスられたコイツは返してもらったぜ」

遠山が気絶した男のふところを漁《あさ》り、銅貨の入った皮袋を手のひらに。

「……う……やれよ」

「あ？」

「……スリした時点で、覚悟は出来てる……殺すんだろ？　一思いにやれ、ちくしょう……」

「へえ、クソガキ。コソ泥にはコソ泥なりのプライドがあるわけだ。なるほどなるほど」

「……羨ましいよ、アンタみたいに強い奴が……俺もアンタみたいに強けりゃ、くそ……」

「ふん、コソ泥に褒められても嬉《うれ》しくねーな。それにこいつらが弱すぎただけだ、別に俺が強いわけじゃない」

「……くそ、くそ」

さて、どうしたものか。

あの間抜けヅラ3人をボコボコにしたことで、火のついていた遠山の怒りスイッチはだいぶ落ち着いていた。

それに、スリの少年のその有様。かなりいたぶられたようだ。顔中に青あざ、擦り傷、出血。

「これじゃ弱い者いじめだな……」

あまりにも傷んでいるので少し考える。しかも、このスリ、かなり――

「……おい、コソ泥、お前、歳《とし》は？」

「ゲホッ……11だ……なんだよ、歳の数だけ骨でも折るのか？　へ、冒険者らしいやり方、だね」

「お前の発想が怖いわ」

これはやりにくい。顔立ちも幼く、帽子の脱げたその姿から顔もよく見える。

整った顔だ。目はまんまる、鼻は小さいが形が良い。唇もツヤツヤして、まるで――。

「お前、男か？　それとも女？」

走り方や運動性能で男だとは推測出来る。だがその顔があまりにも中性的で判断に迷う。女といっても充分納得出来る顔だ。男でも、成長したらモテるだろう。羨ましい。

「俺は、男、だ……くそ、アンタみたいに鋭い目だったりすれば俺も舐《な》められねえのに……」

「オブラートに包んだ表現どうも」

遠山が地面にはいつくばったままの少年のもとにしゃがむ。なるべく目線を合わせて。

「お前、なんで俺から金をスッた？　スリなんざ失敗したら痛い目に遭うのが分からなかったのか？」

「……表の、真っ当に生きてるアンタに分かるかよ、ネズミの死体を食べて飢えを凌《しの》ぐ辛《つら》さとか、自分より小さな子供が、昨日まで、兄ちゃん兄ちゃん言ってたのが、飢えて死ぬ時の気持ちがわかるのかよ!!　スリでも、なんでもして、金を稼ぐんだ！　アイツらに腹いっぱい――ゲホッ!!」

少年が叫ぶ。

薄汚い盗人《ぬすっと》であることには変わりない。しかし、それでいてガキでもある。何も知らない、ガキだ。

「あー、もういい。わかった」

遠山は思わず、顔を覆う。聞こえていたのだ。

矢印の導き《クエスト・マーカー》に従い、街の表通りから大きく外れたこの廃墟《はいきょ》じみた街並みに入った時、少年を見つけて、忍び寄っている時に聞いてしまったのだ。

この少年がなぜ、スリをしてるのか。今はもう白目剝いて動かない奴らとのやり取りを遠山は息を潜めて聞いていた。

「……はあ、どうしたもんか」

財布を盗んだ貧しい子供。さて、どうするべきか。遠山がうーんと首を捻って。

「ルカ!?　おい、どうした！」

「ちょ、嘘《うそ》でしょ？　ルカ！」

「あ?」

頭を悩ませているそこに、別の声。少し低めの少年の声と、甲高い少女の声。

「リダ……ニコ……ごめん……しくじった」

「ルカ！　何されたの!?」

ショートボブの赤毛の少女、目のつりあがった気の強そうな少女だ。歳はおそらくこのスリガキと変わらない。だが遠山の注目はそこではなく――。

「猫耳……獣人ってやつか」

ぴょこんと頭に生えた丸い猫耳に目が行く。

「っ！　関係ない！　あなた、ルカに、何をしたの！　離れて！　フシャアアア！」

たしかにこの状況、側《はた》からは遠山が少年をいたぶっているように見えなくもない。遠山が対応を少し考えていると。

「待て、ニコ……周りをよく見ろ」

少女を窘《たしな》めたのは、少し大人びた印象の刈り上げヘアの少年だ。

浅黒く日焼けした肌と、切長の目が年齢を少し高めに見せている。

「周り……？　あ！　あの連中……年長の、この前〝カラス〟から仕事貰《もら》ったとか言いふらしてた下品な人達！」

少女が山積みになって白目を剝いてる奴《やつ》らに気づく。

「アイツらが倒れてて、ルカが倒れてる、そしてそこの兄さん、服装からしてスラム街の住人じゃあない筈《はず》だ……そういうことか。ルカ！　お前、またスリをしたのかよ！」

大声で刈り上げの少年がスリガキに怒鳴った。

「え、どういうこと？」

猫耳の少女が日焼けした少年に問いかける。

「簡単な推理だ。倒れてるのがルカだけじゃなく、あのボンクラ全員が倒れてること。無傷で服装のいい表の住人がいること。どう考えてもルカじゃあのボンクラどもには勝てねえ。状況から考えて、大方ルカはボンクラどもにスリの獲物を横取りされかけたんだ、そこにルカにサイフをスられた兄さんが現れ、ボンクラどもをぶちのめしてくれたんだろうよ」

「お前、すごいな」

遠山は少し笑う。早口で語られたその少年の予想は全て当たっていた。

「え、じゃ、じゃあ、あの人、ルカを助けてくれたってこと？　ご、ごごめんなさい!!　あたし、勘違いしちゃって!!　恩人に乱暴な言葉を！」

猫耳の少女は思ったより素直な子らしい。涙目になりながら頭を何度も下げてくる。

「つ、都合のいいこと言ってんのはわかってる！　その服装、一端《いっぱし》の冒険者か旅人さんとお見受けした！　頼む、そこのバカは俺の弟分なんだ！　弟の粗相は俺の責任だ！　スリの落とし前は俺に！　半殺しにしてくれても構わない！　い、命だけは勘弁してくださ い！　今、俺が死ぬと、こいつらも死ぬ。ど、どうか！」

刈り上げの少年は意を決したように地面に跪《ひざまず》き、頭を思い切り石畳に擦《こす》り付ける。

「や、やめろ、2人とも、俺だ、悪いのは全部俺なんだ、だから、殺すなら俺だけにしてくれ。頼む、ムシがいいのはわかってる、2人はいい奴なんだ、だから……」

ボロボロのスリガキが、地べたを這《は》って遠山に懇願する。

「ルカ！　てめえは黙ってろ！　兄さん！　コイツらん中で年長は俺だ！　頼む、俺1人でどうか！　頼む！」

「ちょ、待って、まってよ、あ、あたし、やだわ！　ルカもリダもヤダ！　しんじゃやだよー！　にゃうわあああああん!!」

地べたに頭を擦り付ける短髪の少年、ぼろぼろになり、涙を流しながらも自分の行いの責任を取ろうとするスリのガキ、そして2人を見ておろおろと大泣きするショートボブの猫耳の少女。

「ええ……」

3人の、遠山からみれば児童ともいえる子供達に囲まれ、大泣きしながら互いに互いをかばう連中に命乞いをされている。

「や、やりにくぅぅ……」

こんなん、無理だ。完全に毒気を抜かれた遠山はため息をつきながら皮袋の中身を確認していた。

ここで買える飯っていくらするんだろうか、と考えながら。

第一話　サイドクエスト・路地裏のトカゲを追って

「お、俺は、夢を見てるのか、ニコ、これ夢か？」

「わ、わ、わかんない、あたしだって何がなんだか」

「………うまそう」

少年、少女は大きく目を見開いて呻《うめ》いた。

スラム街の中心区、違法な店、主に冒険都市で真っ当な商売が出来なくなった者や、そもそもハナからまともな商売をする気がない者が集まる寄り合い広場。

「へい、まいどありー。クズ肉の串焼き、3人分で銅貨5枚、確かに。いひ、あんちゃんも物好きだねー、ガキを餌《え》づけしてどうするつもりだい？」

「うるせえ、タコ。二度と来るか」

廃材で作ったボロい屋台。なんの肉かわからない焼きすぎのカチカチの串焼きを遠山《トオヤマ》は受け取る。

広場にはこれまたボロい箱やらの廃材を用いて、無理やり作られた椅子やテーブルが乱雑に並んでいる。

見るからに風呂に入ってなさそうなおっさんや、目の死んだ女やら。一目で落伍者《らくごしゃ》だとわかる連中が思い思いに飯を食ったり、汚れた酒瓶を一気に呷《あお》ったりして騒いでいた。

「ほら、ガキんちょズ。３人分ある、座れ」

遠山は椅子の座面をローブの裾で払い、テーブルに置かれたままのゴミを隅によけて、少年達を席に促した。

「い、いいのか？　兄さん、俺の弟分はアンタに盗みを働いたんだぞ」

刈り上げの少年が信じられないとばかりに声を上げる、しかし目線はテーブルに置かれた串焼きに釘付《くぎづ》けになっていて。

「……………」

遠山は黙って俯《うつむ》くスリガキを一瞥《いちべつ》して、ため息をついた。

「その報いはもう受けたろ。ほんとは指の骨３本くらい折ってやるつもりだったけど、もういい」

「……こわ」

まだ足をかばいながら歩いていたスリガキが、ぼそりと。

遠山がその態度に少しカチンときた瞬間、それよりもカチンときた奴がいたようだ。

「ルカ！　その態度は何なの！　お兄さんに謝って！　見逃してもらえるどころかご飯奢《おご》ってくれてるのよ、ご飯!!」

ぼかり。小さな拳がスリの子供の肩にぶつかる。

猫耳の少女の渾身《こんしん》の右ストレート。筋が良い、鍛えたらいい探索者になれそうだ。

「痛っ！　ニコ、やめろよ！　まだ痛むんだから」

たたらを踏みながら、スリガキが声を荒らげる。

「ルカ、ニコの言う通りだ。お前、そこの兄さんに言うことがあるだろ」

刈り上げの少年がドスの利いた声でスリガキに怒鳴る。

「あ、う。お兄さん。スリしてご、ごめんなさい……」

「ん。もう俺からスるなよ。でも、人に飯おごって貰ったら謝る前にまず言うことがあるよな」

「え？　あ――」

空き箱の椅子から身を乗り出し、スリガキと目を合わせる。

「う、あ、ありがとう、ございます……」

「ん。そこのガキンチョども。お前らもさっさと座って食っちまえ。飯は熱いうちに食うのが良い」

遠山が、子供達を対面のベンチに促す。

3人がおずおずとベンチに座り、木の皿に置かれた串焼きを見つめていた。

「……買った食べ物を、店の近くで食えるのは久しぶりだ」

「横取りされんのか？」

遠山はジロジロ見る周りの視線から予想する。

「う、うん、あたし達みたいな子供はどうやったって大人には勝てない、から」

猫耳の少女が俯いて、小さくふにゃっと力なく笑う。諦めを知る者の笑い方。

子供達は恐らくこの辺りではヒエラルキーの底辺なのだろう。

広場のスラムの住人どもは皆、子供達へ視線を送っている。それもあまり良くない種類の視線を。おもに、見目の良いニコやルカへ。

「チッ。おい、そこのおっさんども、なんか用か？」

「ひっ」

「な、なんでもねえですよ、冒険者様……」

遠山がスラムの住人達を睨《にら》んで声を向ける。それだけで蜘蛛《くも》の子を散らすように愛想笑いを浮かべてどこかへ消えていく。

ここにいる連中はみな弱い、そして弱いから自分よりももっと弱い連中から奪うことでしか生きることが出来ないのだ。

「最悪の生き方だな。……お前ら、ここは長いのか？」

「生まれた時からここにいるよ、ずっと」

「ああ、ルカの言う通り、俺らはガキだが物心ついた時からここにいる。だが、兄さん、なんでアンタみたいな人がスラムに……？　いや、待て……人探し、か？」

　スリガキの言葉を補足していた刈り上げヘアが、言葉を止めて、それから少し黙って、答えに一気にたどり着いた。

　今度こそ、遠山は割と本気で驚いた。

「……おまえ、さっきから察しがすげえな。シャーロック・ホームズみてえだ。なんでそう思う？」

　頭の回転が速い奴《やつ》は好きだ。会話にストレスを感じなくて済む。遠山はその日焼けした短髪の少年に興味を持つ。

「ほーむず？　それが何かはわかんねえけど……まずアンタのそのローブ、高級品だ、学がねえ俺でもわかる素材の良さ。外套《がいとう》に金をかけられるような人がスラムに真っ当な用事があるとは思えねえ」

「ふむ、それで？　それだけじゃねえだろ？」

「ここは冒険都市のスラム街だ。冒険者だって普段は寄り付かねえ街の暗闇。〝カラス〟には冒険者だって手を出さない。だが、アンタはサイフをスられたとは言え、この街に入り込んだ。もちろん、ルカを追うのが目的だったとは思うが、それならもうサイフを取りもどした時点で用は済んでるはずだ。俺達みたいなのに、飯を奢るメリットがない」

「ふうん」

遠山は視線で次を促す。

「アンタはスラム街に用事を残している。アンタの求めるモンがスラムにはある。だがここには価値があるモノなんてない。あるとしたら、ヒトだ。訳ありの奴が身を隠すには絶好の場所だからな」

「驚いた、マジですげえな。お前、名前は？」

全部正解だ。遠山は改めてその少年の名前を問う。

「俺はリダ。この辺の同い年の孤児のまとめ役、と言っても俺と、ここにいるニコとルカ、そんで残りの2人を合わせて5人程度のグループだけどな」

リダ。なるほど、この少年がリーダーか。遠山は品定めを続ける。

「へえ、なるほど。そこの無謀なスリガキがまだ生きてるのはお前のおかげか」

「……俺になんか当たり強くない？」

「ガキ、口の利き方から教えてやろうか？」

静かな口調、その中に少しの殺気を混ぜる、――わざと混ぜてみる。

「ヒッ……ご、ごめんなさい」

予想通り、スリガキは遠山の殺気に気付いたらしい。

なるほど、頭がキレるリダと、勘のいいルカ。

この2人が、弱い子供だけで生活が成り立っている要《かなめ》か。

「リダ、だったよな？　おまえの頭の回転には正直驚いた。お前の言う通り、俺はここで人を探してる」

遠山は懐から皮袋を取り出す。

銅貨が残り25枚、それとドラ子が記念にくれた金の首飾り、冒険者章が入った遠山の全財産。

「……これは？」

リダが片目を瞑《つぶ》り、遠山へ静かに問いかける。

「前金だ。俺の人探しを土地勘のあるお前らに手伝ってほしい」

「わ、わ、すごい、リダ、きちんとお金もらって雇われてる」

ぴょこんぴょこんと椅子に座ったまま、ニコと呼ばれていた猫耳の少女がはしゃぎ始めた。

「…………」

スリの子供。ルカという名前らしい彼も目を丸くして固まっている。自分が盗んだ皮袋と、それから遠山を交互に見つめていた。

「い、いいのか？　俺の仲間はアンタに盗みを働いたんだぞ」

「リダ、お前が手綱を握ってるんだろ？　なら信用する。お前の能力を信用する。そして、ルカ、だったか？」

「……うん」

「次はねえ。もし、俺からホコリ1つパクってみろ。お前だけじゃない、この場にいる全員、お前の友達全員に代償を支払わせてやる、わかったな？」

「わ、わかった、わかり、ました」

ルカが何度も、深く頷《うなず》く。

もしこれでまたルカが、自分から何かを盗んだ時は気兼ねなく——。

遠山は己の中にある歪《いびつ》なルールを遵守する。要は自分が納得出来ればソレで良かった。

「……アンタ、ただのお人好《ひとよ》しじゃないんだな。てっきり、たまにいる金持ちの道楽かと思ってたよ。俺達を可哀想《かわいそう》な存在って見下してる奴みたいな」

「リダ。仕事に大事なのは相手に対する正しい認識だ。フェアに行こう。お前達は俺が憐《あわ》れむような可哀想なガキじゃない、そして俺も、お前らがカモだと舐《な》めていいようなお人好しじゃあない」

対等に。それが遠山の他人に対する基本的なスタンスだ。

「俺は人を探してる、お前らは俺の人探しを手伝う。対価は金だ。何か異議はあるか？」

「ない、あるわけがない……値段は、アンタの言い値で構わない」

「リダ、お前、頭はすこぶる良いが少し甘いな。ダメだ、値段は売る側が決めろ、それがルールだ」

遠山《トオヤマ》の言葉に、リダが押し黙る。それから手のひらを開き、5本の指を立てた。

「銅貨……5枚だ。それだけありゃさっきの肉みたいに贅沢《ぜいたく》しなけりゃ1週間は飯が食える」

「OK。契約成立だ」

「……初めて、まともな仕事を人からもらったよ。必ずアンタの探し人を見つけてみせる。ニコ！　ルカ！　ペロとシロを呼んで来い！　俺達全員でこの兄さんの期待に応えるぞ！」

「わー！　すごい。銅貨5枚!?　すごいわ！　これでみんなにひもじい思いをさせなくて済むのね！」

「ニコ、喜ぶのはまだ早い！　なんとしても、仕事をやり切るんだ！」

遠山の思考をよそに子供達が大はしゃぎしている。

「……あの」

「なんだ、スリガキ」

「……スリガキじゃない、ルカだ……ルカです。そのほんとに、ごめんなさい。あなたからサイフ、盗んで……」

ハンチング帽を胸に抱えて、中性的な少年が俯く。

「……ルカ、顔上げろ」

「う、うん」

遠山がスリガキ、ではなく名前を呼んで。

「俺は正直てめえが嫌いだ。俺は俺のモノを勝手に奪っていく奴が昔から大嫌いだ」

「ご、ごめんなさい」

ルカがつっかえながら答える。

いつのまにかニコも、リダも黙ってその様子を見つめていた。

「だが、アレだ。お前はやり方を知らないだけ、なのかもしれない。金って奴は正しい稼ぎ方がある、それがなんだかわかるか？」

「わ、わからない……」

首を振るルカ。遠山は対等に、その盗みをした奴を見つめる。

「怪物ぶち殺して金を稼ぐの、俺は楽しかった」

「え？」

「俺は怪物を殺して金を稼ぐのに抵抗も後悔もなかった。でもお前にとってスリって仕事は違うよな？　言い訳したり後悔するような仕事はしない方がいい」

「あ、う……」

遠山の言葉に、何かに打たれたかのようにルカが固まる。

「おまえも考えてみろ、ほんとに自分がやりたいことを」

「俺の、ほんとに……わっ」

ぼすん、ルカの頭をわしわしと遠山が撫《な》でる。ルカは抵抗しなかった。

「お前の欲望、それは使い方を間違えればお前を殺すが、うまく使えば最強の武器になる。間違えんなよ」

「う、うん、わかった……考えてみる、今の言葉……あ、えっと、ねえ、俺もリダみたいにアンタのこと兄さんって呼んでもいい？」

「あ？　別にいいぞ。好きにしろ」

にこりともせず、真顔のまま遠山が答える。

「てか、ルカ、おまえ見た目より頑丈だな？　かなり痛めつけられてたろ？」

「……昔から、傷の治りは早いんだ……その、えっと、――兄さん」

「あ、あのルカが大人の話を聞いてる……？　リダ、なにあれ」

「わ、わっかんねえ」

信じられないものを見たかのように、リダとニコは固まっていた。

「……すまん、少しイキりすぎた。仕事の話に戻ろう。トカゲだ。トカゲ男を捜したい」

「トカゲ？　リザドニアンのことか？」

「おお、なんかそんな呼ばれ方もしてたな。まあ、そいつだ。目立つ容姿だし、見たことはないか？」

「……実はちょうど今から1ヶ月前、リザドニアンの流れ者がスラムにやってきたと聞いたことがある」

遠山の言葉にリダが答える。

「ほう」

「直接会ったわけじゃねえが、少し有名だ。なにせ〝カラス〟の連中も奴を探していたらしいからな」

「〝カラス〟？」

「〝カラス〟を知らないのか？　盗み、暗殺、脅迫。暗い仕事を一手に請け負ってる、いわば犯罪者のギルド、みたいなもんだ」

「ん？　そういやあのザコ共もなんかカラスがどーたらこーたら言ってたよな。あー、もしかして鳥の名前とかじゃないわけね」

「……アイツら前に自慢してた。〝カラス〟から仕事をもらえたとかなんとか、大騒ぎしてたの覚えてるわ」

猫耳の少女、ニコが呟《つぶや》く。

「なるほど、ラザールめ。厄介そうな連中に目をつけられてやがる」

早めに探し始めて正解だ。さっさとラザールを見つけてスラムから出た方が良さそうだ。

「あとは、ギルドの冒険者や、教会騎士もそのリザドニアンを探してた。……なんでも、竜を殺した男の手がかりだって」

「あたし、今でも信じられないわ。蒐集竜《しゅうしゅうりゅう》サマよ？　ヒトが殺せるなんてあり得るのかしら。あたし達みたいな孤児でも竜の恐ろしさは知ってるのに」

「ニコ、だがあれは真実だ。噂《うわさ》だけならまだ眉唾だったが、実際に騎士やらなんやらがスラムに来てるってのが何よりの証拠さ、おっと、兄さん、悪いな、話が逸《そ》れた」

「いや、微妙に逸れてねえんだよ。……アイツが追われてんの、半分くらい俺のせいか？　やべえ、ラザールに謝んねえと――」

遠山がその名前を呟いたその時だった。

「あー、こんなとこにいた！」

「あーうー」

呑気《のんき》かつ元気そうな幼い声と、言葉になっていない声が近づく。

「ペロ！　シロ！　どうしてここに!?」

ニコがベンチから立ち、現れたちびっこ達に駆け寄る。

「あー、ニコ、なんか食べ物の匂いするーいいなー」

金髪の天パのちびっこ。エメラルド色のくりくりした瞳が印象的だ。年の頃はおそらく3人よりも更に幼い。

「だぶ」

その背中には更に小さな子供、下手したら2歳か3歳くらいのスーパーちびっこがおんぶひもで括《くく》られていた。

「もう、ほら、あたしの分あげるから食べなさい。あ、待って、そこのローブのお兄さんにきちんとお礼言うのよ、ご馳走《ちそう》になったんだから」

「ペロ、俺のも食え、シロと分けろ」

ちびっこ2人にニコとリダがそれぞれ食べ物を与えている。

「わーい！　やったー！　もぐむぐ、美味《おい》しい！　ローブのお兄さん、ありがとー！あ！　さっき聞こえたんだけどー、お兄さん、リザドニアンのラザールを探してるの？僕どこにいるか知ってるよー」

「へいへい、どういたしまして、よく嚙《か》んで食え……待て、ちびっこ、なんて言った？」

「えへへー！　お肉ありがと！」

「いやその後！　ラザールを知ってんのか？」

ピコン。

同時に音が聞こえる。そして、遠山鳴人《ナルヒト》の視界にそれが映る。彼にだけ見える⬇《矢印》。

冒険の手がかりを示す導きが、フワーッとペロの上で踊って。

ピコン。

メッセージが流れる。

【オプション目標達成〝スラム街の孤児達と友好的に接する〟】

【サイドクエスト目標更新、〝孤児ルート〟が選択されました。孤児達の運命が変わろうとしています。その代わり〝トレナ・ロイド・アームストロング〟の運命が確定しました。〝娼婦《しょうふ》ルート〟が消滅しました】


「おっと、そういうパターンか」

遠山は最速で、帝国そのものから逃げおおせたトカゲ男の足取りに近づいていた。

「本当か!?　ペロ！　早くその場所を――って、兄さん、どこに？」

お肉をもぐもぐするペロに向かってリダが迫る、しかしきょとんとして席を立つ遠山を見つめて。

「……お前らの肉、足りないだろ。買ってくるから少し待ってろ」

遠山が頬を掻《か》きながら答える、キザな真似《まね》に少し照れながら。

「――！　かたじけねえ」

頭を下げるリダに遠山は手を上げて答える。目の前のくず肉の屋台へ近づいて。

「おや、兄ちゃん。また来てくれたのか？」

「……うっせーよ」

にやにやしながら肉を炙《あぶ》る親父《おやじ》に、つっけんどんに答えた。

◇◇◇◇

「ここだよー！　トカゲのラザールをここで見かけたよ！」

子供達が肉を頬張りつくした後、ラザールを見たという少年、ペロの案内でたどりついた場所がここだ。

廃屋。崩れかけの家。到底、人などもう住んでいないだろう。

「ペロ。ほんとにここなの？　なんにもないわよ、ここ」

「いや、奥に天幕《テント》が張ってあるぜ、誰かがここにいたようだが、今は空《から》みたいだな。わりい、兄さん、リザドニアンについては他のツテも当たって探すよ、アンタが払ってくれた料金分の仕事をさせてもらう」

リダの言う通り、敷地の奥。ボロ木とボロ布で作られた天幕《テント》がぽつんと立っていた。

「……リダ、俺も手伝う、街を走り回ってくるよ」

リダとルカはやる気まんまんだ。しかし遠山は首を振る。

「いや、ここでいい。どうやら当たりみたいだ」

「でも、誰もいないよ？　火を使っていたみたいだけど」

ルカが天幕《テント》のそば、焚《た》き火《び》の跡のような焦げた地面を指さす。

「問題ねえ、後はこっちで探すさ、リダ、世話になったな」

遠山《トオヤマ》が子供達に軽く礼を言い、別れの言葉を口にする。

「あ、ああ。兄さんさえ良ければまだ手伝うぞ、俺達は」

「そ、そうよ！　ご飯までご馳走になって、銅貨5枚も払ってくれたんだもん。なんでも言ってちょうだい！」

「……そうだよ、まだ何も返せてない」

だがどうやら子供達は不服らしい。遠山を手伝うと口々に言葉にした。

「……いや、大丈夫だ。仕事は完了。ここでおまえらとはさよならだ。ペロ、教えてくれてありがとな」

遠山は手伝うと申し出る彼らから目を逸らし、手近にあったペロの頭を撫でた。癖っ毛に絡まないようにほわほわと撫でる。

「んー、もうお別れー？」

くすぐったそうに目を細め、ペロが間延びした声で問いかけた。トロそうに見えてこの子は案外賢いのかもしれない。

「ああ、助かったよ。元気でな。シロ、ペロの髪の毛噛んだらダメだぞ」

遠山がペロと目線が合うようにしゃがみ、更にその小さな背に負《お》ぶさっているちびっこの頬を突く。

ぷにぷにして、柔らかい。ふとした拍子に自分の指がその柔らかな頬を破ってしまわないか心配になった。

「あーうー！」

シロはしかし、嬉《うれ》しそうにニコニコ笑う。遠山もつられて笑ってしまった。

「兄さん」

リダの声、何か言いたげなその声色に遠山は首を振り、彼を見据えた。

「リダ、優先順位を考えてくれ。仕事は終わった、ならあんま必要以上に馴《な》れ合うこともねえ。お前ならわかるだろ？」

その肩に手を置いて諭す。賢い子だ。この言い方で充分伝わるだろう。

「あ、ああ、そう、か。そう、だよな」

それでも何かを言いたそうなリダ、しかしそれをぐっと堪《こら》えて遠山に頷《うなず》いた。

「え、ほんとのほんとに、もう、お別れ？　仲良く、なれそうだったのに」

ニコがまた、気の強そうな吊り目《つめ》に涙を溜《た》めながらオロオロとリダとルカを交互に見つめて、最後に遠山を見上げた。

猫耳の女の子の涙目に上目遣いで見られると、こちらがものすごく悪いことをしている気になる。

遠山はニコと視線を合わせて、静かに頷いた。

「……ニコ、ダメだよ、困らせることになる。兄さん、その、ありがとう。肉、美味しかった」

意外なことに、ニコを窘《たしな》めたのはスリの少年、ルカだ。

「おう、どういたしまして」

「……もう、会えない？」

ルカがおずおずと遠山を見上げた。

遠山がしゃがんで、ルカと目線を合わせる。

「ああ、さよならだけが人生だ、ってな。あんまお互い入れ込みすぎるのは無しにしよう。ルカ、お前には俺になかったもんがある、それを大事にな」

「俺にあるもの？」

信じられないといった顔でルカが呟く。

「リダとニコとペロにシロ。俺がお前くらいの歳《とし》の時には、友達や仲間は1人もいなかった。いや、1匹いたけどいなくなっちまった。そいつとはもう二度と会えない」

被《かぶ》る。弱く、儚《はかな》く、しかし世界に身を寄せ合って精一杯生きる彼らと、昔の自分が被ってしまう。あのもふもふの、四本足の友達を思い出す。

だが、これは良くない感傷だ。

「あ……」

ルカが周りにいる仲間を見つめる。

それは幼き日の遠山が焦がれ、しかし奪われてしまった憧憬《しょうけい》に似ていた。

「だから、大事にしろよ、あんま俺に関わりすぎるとお前らも面倒ごとに巻き込まれるかもしれねえしな」

「……兄さん、それでも、俺はアンタが俺達を対等に扱ってくれたことを忘れねえ。何かまた俺らが力になれることがあったら呼んでくれ。対等に、手伝わせてもらう」

リダの遠山を見つめる目に知性の光が灯《とも》る。

「ありがとな、リダ。おい、ニコ、泣くのはやめてくれ。ペロとシロが不安がる、お姉ちゃんだろ？」

ぐずっていたニコの頭を遠山が撫《な》でる。

「だ、だって……いや、な、泣いてなんかないわ！　このくらいのことで泣かない、もの」

涙をぬぐいながらニコがふんっと、胸を張る。気丈な子だ。これなら大丈夫だろう。

遠山は笑いながら、ニコの涙をローブの袖で拭う。

「そうか。悪かった。リダ、ルカ、ニコ、ペロ、シロ」

改めて、遠山が立ち上がり彼らを見回す。スラム街でのわずかな交流、しかしたしかに言葉を交わした彼らを。

「ありがとな、お前らには助けられた。でも、ここでさよならだ」

深入りするつもりはない、ここで別れる。

「……うん、わかった」

ルカが小さく頷く。

「兄さん、俺らはあの広場の近くに家がある、いつでも訪ねてきてくれ！」

リダが自分の胸をドンと叩《たた》いた。

「お、お兄さん、絶対よ、絶対また遊びにきてよね！」

ニコが遠山に駆け寄り、ローブを摑《つか》みながら懇願する。

「おにーさん、ごちそーさまでしたー！　久しぶりにお肉食べられて嬉しかったー、ほら、シロも」

「あーう、うー！」

ペロとシロが小さな手を精一杯振っていた。

遠山は苦笑しながら素直に去っていく子供達《たち》に手を振る。

本格的に情が移る前に別れて正解だ。犬猫を飼うのとは違う。

「……これでいい、何も間違ってない」

小さな呟《つぶや》きを振り払い、去っていく小さな背中から目を背ける。

「――ラザール、さて、どこにいる？」

気を取り直し、本腰入れてそいつを探そうとして。

ピコン。

矢印が、空っぽの天幕《テント》を指す。


【クエスト目標更新・ラザールの痕跡を調べる】


メッセージ的にもここがラザールの居場所というのは間違いなさそうだ。

遠山はまず、焦げた地面に近づく。

炭化したボロ木や、灰になった焚き付けがある。

「焚き火の後……火を使ってたのか」

地面を確認した後、そばに置かれている桶《おけ》の中を覗《のぞ》く。

「これは服……か？　洗濯してある、どこで手に入れた？」

動きやすそうなチュニックに清潔そうな布のズボン。ラザールのあの時の服装とは違う。

「コップ、なんだ、コーヒーとか紅茶とは違うな」

底にわずかに残っている液体、黒と茶色が混じったそれは嗅いでみるとわずかに甘い香りがした。

「廃材、板をベッド代わりに？　天幕《テント》の素材もボロ布、ジーンズみたいな生地だな」

空っぽの天幕《テント》の中を覗く。廃材の板が2枚ほど敷かれていた。1人くらい余裕で寝られるほどのスペースだ。

「ん？　なんだ、何か……」

覗き込んだ天幕《テント》の中、わずかな違和感。

「いねえ……でも、この焚き火……」

焚き火の跡に手をかざす。

じんわりと、余熱が手のひらを温める。

「まだ温かい、火が消えてからそんなに経《た》っていないのか」

出かけているのか？　それにしては何か様子がおかしい。遠山が考えをまとめようと、その場に座ろうとした瞬間だった。

「な、なんだ？」

心臓の辺りがざわつく。不快感はない、そしてこの感覚はよく知っている。

まるで、俺を抜け！　そう言わんばかりに遠山の身体《からだ》のなかに眠るその遺物がざわめき始める。

今までこんなこと一度もなかった。

「うわわ!?　わかった、わかったよ！　来い、キリヤイバ！」

首に手を当て、名前を呼ぶ。当たり前のように身体の中に棲《す》みついているその遺物を首元からこの世界へと引き出す。

「うお！」

ぷしゅう。

「ええー……？」

衝撃。

キリヤイバが遠山の意思を無視して霧を噴き出す。

「お？　おい、キリヤイバ？」

キリが、辺りに立ち込める。

白く重たい煙のようなキリが辺りを真っ白に染めて。

「なんでこんな勝手に――あ」

キリの中、何かが動いた。

「キリヤイバ……？」

「ごほ！　ごほ!?　なんだ、なにごと、だ……!?　俺の影が、なぜ？……まさか、我らが〝歯〟にかけて!!　ナルヒト、まさか、トオヤマナルヒトなのか!?」

黒い影が浮き出る。白いキリがそれに触れ、黒い影を溶かしていく。

そこから現れたのは一度見たら忘れないトカゲヅラ。

白い鱗《うろこ》の肌、縦に裂けた赤い瞳孔。妙に色気のある低音イケメンボイス。

「ら、ラザール？　おお、久しぶり」

リザドニアンのラザールが、そこにいた。

【キリヤイバによる探索を完了したため、技能が更新されます。技能〝遺物保有者〟が特性〝キリの容《い》れ物《もの》〟へと変化しました】

【警告・〝キリヤイバ〟の状態が進行しています。警告・〝キリヤイバ〟への対抗が可能な技能、もしくは特性をあなたは未《いま》だ持っていません】

◇◇◇◇

「いい、人だったわね」

「うん、だねー。ぼく、大人にご飯食べさせてもらったの初めてだよー。そういえばシロが全然怯《おび》えてなかったのも初めてだ、きっといい人なんだろうね」

「ああ、あの兄さんは俺達をヒト扱いするだけでなく、対等な立場として扱ってくれてた。金も最後まで返せとか、そういうのもなかったしな」

遠山《トオヤマ》と別れた子供達はいつものスラム街の光景を歩く。道の端、なるべく目立たないところを固まって。

この街の弱者たる彼らの知恵。そんな細かいことの積み重ねが彼らをこの歳までこの街で生きながらえさせてきたのだ。

「……あんな大人もいるんだね」

ルカがボソリと呟く。

ハンチング帽を目深に被り、しかし前を歩くニコ達をきちんと視界に捉えていた。

「ああ、大人も敵だけじゃねえんだ。ルカ、決めたことがある」

ルカの隣を歩くリダが強い口調で言い放つ。

「え？」

「今よりでかくなって、身体も出来上がったら俺は冒険者になる。そこで金を稼いで、お前らに腹一杯食わせてやるんだ」

リダの声はいつになく、熱く、力強かった。

「リダには向いてないよ、スキルもないし、ケンカも弱いじゃん」

ルカが隣の年上の友に笑いかける。

リダは頭はいいが、弱い。根本的に力を用いた争いごとに向いていない。それなのに明らかにあの男に影響されているらしいリダがルカにとっては面白くて。

「うるせえ、これから特訓するんだよ！　あの兄さん、冒険者だろ？　あの人みたいになりてえ」

腕を振り回し、リダがはしゃぐ。

「……リダじゃ冒険者になってもすぐ死ぬだけだよ。10人に8人が最下級のまま死んでいく世界らしいじゃん。それに冒険者になるのにも金がいる」

「ふん、ドブさらいでもなんでもして稼いでやるさ。俺が納得する仕事でな」

その言葉にルカが自分の胸に手を当てた。

あの人の言葉が、今もここに残っている。

「……納得か、リダ、俺、もうスリはやめるよ」

「お？」

「あの人に言われた時、気付いたんだ。俺、いつも言い訳してた。これは仕方ないことなんだって。恵まれた奴《やつ》らから盗むのは仕方ない」

ルカの脳裏からあの目が離れない。目線を合わせてこっちを見てくれた少し怖い、でも真剣な目だった。

「でも、やめるよ。リダが冒険者になるんなら俺もなる。リダ1人だとすぐ死んじゃいそうだからね」

「この野郎……まあいい、好きにしろ。足引っ張るんじゃねえぞ」

どちらからともなく腕を差し出す。

「どっちがだよ、リダ」

こつんと、2人の小さな拳が合わさった。

「わー、せいしゅん？」

「あーう？」

「ふふ。男って影響されやすいわー。まあ、そこが可愛《かわい》くもあるけど」

前を歩いていたニコとペロシロが振り向き、2人のやりとりをニヤニヤしながら眺めていた。

ある旅人との交流はわずか、ほんの少しの影響を彼らに与えた。

「まずは、クズ拾いから始めるか。銅貨が拾えるかもしんねえ」

「だね、俺も手伝うよ。ドブさらいの仕事、この辺の取りまとめ役からもらえるか聞いてみようかな」

ものでーー。

希望。

緩やかに絶望に向かうだけの筈《はず》だった彼らにとってそれは誰にも奪えないはずの最高の

「あ!? み、見つけた! やっと見つけたぜ! てめえら!」

だが大人はみんな、知っている。彼らはまだ知らないことを。

「あ!! あのガキです!! ワイズさん!」

「ふーん、あの子らか。やあやあ、君達、ちょーっといいかな?」

その男は当たり前のように彼らの道を塞いだ。

決して目の高さを合わせることなどなく、見下ろし、ニコリと微笑《ほほえ》んだ。

「うー……」

ローブの旅人よりも遥《はる》かに整った顔立ち、しかし、その笑みを見た一番幼い子供、シロが声も上げずに泣き始めた。

「あ……」

ルカ、リダ、ニコ。

3人のスラムの住人の顔が青ざめる。

「まあまあ、そう怯えなさんな、酷《ひど》いことはしないさ、多分」

その優しい顔立ちの男、その頬に刻まれていた〝刺青《いれずみ》〟を見たからだ。

「すこーし、おにーさんとお話ししてくれないかい？　なーに、時間はとらせやしないから……さ」

〝カラス羽の刺青〟を湛《たた》えて、優男がほんとうに優しい笑みで、どこまでもどこまでも冷たく子供達を見下ろしていた。

「カラス……」

世界とは弱い者に残酷だ。力なき彼らには一時《いっとき》の希望を夢見る時間すら許されることはなかった。

◇◇◇◇

「待ってくれ、頭が追いつかない……シエラ・スペシャルと名乗るエルフ？　筋肉ゲキ強ジジイ？　それに、ドラ子？　俺は頭か耳がおかしくなったのか？　その、ドラ子とは、蒐集竜《しゆうしゆうりゆう》様のことなのか？」

目の前で、トカゲヅラが額に手を当てて唸《うな》っている。

ジロジロ見つめてくるスラムの住人達を睨《にら》みつけて散らしつつ、遠山とラザールは屋台広場に場所を移していた。

「おう、ドラ子。アリスって名前は恥ずかしいんだと、いい名前だと思うけどな」

「我らが偉大なりて大いなる〝歯〟よ、……蒐集竜様から逃げおおせただけでも奇跡なのに、それを倒し、あまつさえ友人、しかも名前呼び……」

「お、おいおい、ラザール、大丈夫か？　頭痛いんか？」

　ラザールが頭を押さえて机に突っ伏す。

「あ、ああ、すまない。こうも簡単に自分の常識が覆されるとはね……まあ、アンタが嘘《うそ》をつくとは思いにくい。信じるよ、ナルヒト」

　ラザールが頷《うなず》く。名前を呼んでくれたことに遠山は少し気分を良くして。

「そーか、まあざっと、こっちの状況はそんな感じだ。早めに合流出来てよかったぜ」

「まったく、アンタはほんとにめちゃくちゃだな……まあ、だがこうしてまた会えてよかったよ、必死で身を隠していた甲斐《かい》があったというものだ」

「それだ、ラザール。俺は話した、次はお前の番だ。ありゃどーいう仕組みだ？　影がモワーッてよ」

　明らかにラザールのアレは異常だ。

「……俺としてはアンタの霧の方が気になるんだが……アンタは命の恩人だ、そんなアンタにこれ以上隠し事を続けるのは、我らの祖に恥じることになるな」

しゅー、とラザールが息を吐いた、ため息の音がユニークだ。

「あれは俺の〝スキル〟だ。影の中に身を隠すことが出来るものでな。あの中でグースカと寝ていてたらアンタの霧に燻《いぶ》り出されたわけさ」

「スキル……？　そういやルカもそんなこと言ってたような」

ルカを追いかけていた時のことを思い出す。捕まえる寸前、スキルなんたらかんたらとか言っていたような。

「おい、待ってくれ、なんだその顔は？　アンタのその霧もスキルなんだろう？　初めて聞いたみたいな顔をしてるぞ」

「あー、いやまあ、なんだ。オタクの一般教養としては履修済みなんだが実際、その他人が口にしてるとこに遭遇するの初めてでなあ。俺の故郷でスキルとかどーとか言い出したら多分、生温かい目で見つめられちまう」

「……なんだ、それは？　まあアンタにも事情があるんだろ？　深くは聞かないよ」

ラザールがあたりを見回し、机に身を乗り出し声をひそめた。

「だが、信じられないな……はは、まさか本当にアンタとこうして生きて再会出来るとは」

「ラザール、ドラ子はアンタのことも評価してたぞ。帝国中がアンタを探しても、見つからなかったって」

「まあ、唯一の取り柄でね、逃げたり隠れたりするのは得意なんだ……だが、よかった。俺が捕まることでアンタに迷惑をかけたらどうしようかと、それだけが気がかりだった」

「おお、1ヶ月……まて、1ヶ月？　いやいやいや、お前と別れてから1日も経《た》って……いや、待て、ドラ子もそんなこと言っていたような」

今更ながら、遠山はそのタイムラグに気づく。

ドラ子をぶちのめし、ワニジャクシから逃れて、怪しいエルフ女に出会ってからは体感では1日も経っていないはずだが……。

「ふむ、ヘレルの塔の中には時間が捻《ね》じ曲がった場所もあるという。そこでは過去に生きていた者と出会ったり、逆に未来を生きる者とも話せるとか。アンタの言うことを信じるよ」

「時間が捻じ曲がってる？　そういや、あの爺《じい》さんも似たようなことを……浦島太郎か？」

「ウラシマが何かは知らないが、事実、過去の大戦の折に消失した物品や副葬品《グレイブス》が見つかることもあるからな。ヘレルの塔はだからこそ、この国にとっての重要な場所でもあるのさ」

「なるほど、読めてきた。だから、冒険都市ってわけか」

やばい場所にはしかし、財宝が眠る。時代も世界も関係なく、人は宝と危険に惹《ひ》かれるのだろう。炎に向かう蛾《が》のように。

「はは、まるで帝国に来たのが初めて、いや、常識を知るのが初めてといった様子だな」

「案外そうかもしれねえぜ、ラザール。どうする、俺が別の世界からやってきたって言ったらよ」

ラザールの言葉に遠山《トオヤマ》がニヤリと笑う。

「関係ないな」

「お？」

意外な言葉。しかし、それは頼もしく。

「関係ないさ、ナルヒト。アンタはいい奴で俺の命の恩人だ。それだけわかっていればいい」

「ほ、ほーん」

少し、照れる。遠山は友達が少ない。面と向かって褒められることに慣れていなかった。

「……だが逆に問おう。気にならないのか？　俺のスキル……俺の、種族のこととか」

「ひひひ、ラザール、そりゃねえよ。お前が俺のことを気にしないって言ってんだ。野暮はなしにしようぜ」

ラザールの言葉を笑う。やはり、このトカゲはいい奴だ。

「……俺が〝カラス〟に追われているかもしれないとしてもか？」

笑う遠山に、ラザールの声が低くなった。

「〝カラス〟って、ああ、なんかあれか。ヤバい連中なんだっけ」

「この1ヶ月、俺が追跡をかわしていたのは冒険者、そして教会騎士だけではないんだ。〝カラス〟、俺は奴らにも追われている」

ラザールの表情が暗くなる。後悔と、不安。それが入り混じる表情。

縦に避けた目は細まり、尻尾がくるりと丸まっていて――。

「あ、そうなんか。まあ、そんなことよりよ、ラザール、お前の夢の話だが」

あっけらからん。遠山が言葉を右から左に受け流す。

「ああ、気にするのも無理は――……まて、ナルヒト、今、アンタ、ものすごく軽く流さなかったか？　聞いていたのか？　俺の話を」

「あー、なんか〝カラス〟がどうのこうのだろ？　聞いてたよ。まあ割とどうでもいいな、そいつら、ドラ子よりもやばいのか？」

遠山が、懐の皮袋から金色の冒険者章、ドッグタグのようなものを出し手で玩《もてあそ》ぶ。それはかの竜を討った、竜殺しの証左。

ラザールが、ぱちくり、ぱちくり、目を瞬《まばた》かせ、それから。

「ふ、はははははは！　ああ、これはいい！　アンタ、ほんとに大バカだな！　そうか、そうだよな。そりゃそうだ！　竜を恐れぬアンタが、〝カラス〟程度恐れるわけはない！　はははははは！」

周りの連中がギョッとするほどの声量。ラザールが大口をあけて、腹を抱えて大笑い。

「ラザール、アンタそんな笑うこともあるんだな」

「ふふふ、心底愉快だったからな。だが、このままではフェアではない。ナルヒト、俺の過去を気にしないと言ってくれたアンタに、俺は誠実でいたい。だから、聞いてくれ」

「あいよ」

遠山も頬杖《ほおづえ》をやめて、椅子に座り直した。

「俺は〝王国〟の出身だ。あの国で俺は、〝影の牙《シャドウ・トゥース》〟と呼ばれていた」

「なにそれかっこいい」

上級探索者試験で一緒になった灰色髪の褐色陽キャイケメンに〝カナヅチ〟なんてあだ名をつけられていた自分とは大違いだ。自分も〝52番目の星〟とか、〝魔弾〟とか、〝怪物狩り〟とかそんな呼び名が欲しかった。

「……やはり知らないか。帝国にもその名前は広がっている筈なんだがな。……ナルヒト、俺は薄汚い、呪われた犯罪者だ」

「へえ」

ラザールの言葉に遠山が短く返事をする。

「盗み、脅迫、殺し、詐欺、誘拐……およそ社会において悪と呼ばれることは全てやった。荒れた王国の風土や、種族への差別を言い訳にすることはない、俺は自分で選び、悪事を仕事として行ってきた」

縦に裂けたラザールの爬《は》虫類《ちゅうるい》の目。

「才能もあった。俺は影に愛されている。天使の眷属《けんぞく》の1人、〝悪事のフローリア〟、俺は彼女のくちづけを受けている、そう持て囃《はや》されていた。影に潜むスキルは彼女からの贈り物だ」

ラザールの指が、こつん、こつんとボロテーブルを規則的に叩《たた》く。

「お、ファンタジーぽいな。それで？」

「……王国は帝国よりも貧富の差が激しい。俺の種族は過去の過ちから人類国家の全てで迫害の対象になっている。まともな職どころか都市部では住む場所すら与えられないのが普通だ。……長い内乱、募る不和、俺の才能を発揮するに王国は最適な場所だった」

「ふーん」

リザドニアン、だったか。確かに周りの連中の反応や会話の内容を思い返してみると、どこか差別的な印象があるのは間違いない。

「俺は他人を傷つけて生きてきた悪党だ」

ラザールが俯《うつむ》いて呟く、声に力はなく。

遠山はその様子がおかしくて、おかしくて。

「ひひひ」

笑いを止めることが出来なかった。

「何がおかしい？」

「いや、悪い。いちいちそんなこと他人に言うなんて、律儀な悪党もいたもんだと思ってな」

「そ、それは、アンタに不義理だと」

「不義理」

はっきりと言葉を伝える。

「な、ナルヒト……」

「他人を傷つけて、か。それを言うなら俺もだ。俺は自分の欲望の為に命を殺して金を稼いできた。化け物を殺した。あいつらだって生きるために人を食うだけだ。そのただ、生きてる命を俺は踏み潰し、自分の欲望を満たすための仕事にしていた」

そこに後悔はなく、遠山は全てをたのしんでいた。

「俺とアンタ、違うのは1つ。後悔してるかどうか、だ。その一点だけが俺とアンタを分け隔てる違いさ」

「ど、どういうことだ？」

「ラザール、俺は知っている、アンタが他人に飯を食わせてやろうとする奴《やつ》だということを」

あの馬車の中で。

「アンタは自分の命と引き換えても、土壇場で他人を裏切らない奴だということを」

あの塔の中で。

ラザールは、常に遠山に証明してきたのだ。その隠しきれない善性を。

それは遠山鳴人《ナルヒト》にとって敬意を払うべき尊いものだ。

「たとえ世界の全てがアンタを悪人だと、呪われた咎人《とがにん》と貶《おとし》めようとも、俺だけは知っている、アンタがいい奴だということを」

だから、言い切る。それは誰にも覆すことの出来ない事実。

「な、なんで、そこまで」

「――湖のほとりに家を建てたかった」

その言葉は光景と共に。

「そ、れは……」

「俺が最期の瞬間、思ったのはそれだった。そしてあの時、アンタがに口にしたのもそれだった。ラザール、俺達は恐らく幸運だ」

「幸運？」

「死ぬ瞬間、ここが自分の最期だと覚悟した時、いまわのきわの最期の言葉。その景色、死を前に思う光景を共有出来る奴となんか普通は会えない」

「あ……」

ラザールが目を見開く。遠山の茶色い瞳がそのトカゲヅラを映す。

「俺は決めた。今度こそ、俺は湖のほとりに家を建てる。金を稼ぎ、敵を殺し、欲望を叶《かな》える」

ここは続き、だ。遠山鳴人の終わったはずの人生の続き。

「ラザール。俺はアンタの味方だ。そしてアンタも俺の味方だ。約束通り、話をしよう。俺達のこれからの話。そしてたどり着くべき《欲望》夢の話を」

今度こそ、必ずたどり着く。

欲望のままに、欲しいものを手に入れる。必ず願った光景にたどり着く。

それが遠山鳴人の全てだ。

それには、このトカゲ男が、必要なのだ。

「……俺みたいな男が夢を見てもいいのだろうか」

「いい」

縦に裂けた瞳が、揺れる。

「俺が傷付けた人々はそれを許してくれないだろう」

「俺が許す」

トカゲ男の声が、涙ぐむ。

「……アンタに迷惑をかけるぞ」

「俺はお前の3倍は迷惑かける自信がある」

ぽたり、ぽたり。

廃材のテーブルに、雫《しずく》が落ちて、染み込んだ。

「は、はは……ジョーヤニヲコクウコ。ああ、〝歯〟よ。あなたが俺達を創り出してくれたことに感謝する」

不思議な言葉を唱えた後、ラザールが胸に手を当てて俯く。

「……改めて、ナルヒト。答えさせてくれ。ああ、そうだ。湖のほとりに店を建てたかった。俺の夢だ。俺も噛《か》ませてくれ、ナルヒト。アンタの語る光景に賭けてみたい」

「いいね。ラザール、これは契約だ。俺の欲望とアンタの夢は重なっている。俺達は生きる限り、それを追い求める。己の全能力をかけて、そこにたどり着く。一抜けはなしだ。死ぬことも許されない」

ここに、2人が揃《そろ》う。

同じ強欲の景色を共有する冒険奴隷《カナリア》が2人、再会した。

「望むところだ。我が祖、偉大なる祖にかけて誓う。アンタの欲望が俺の夢。必ず、俺達の光景にたどり着くことを約束する」

進むべき道を見失い、過去に苦しむ影に愛されし牙は、彼方《かなた》よりやってきた強欲に見出《みいだ》

ぽろ
ぽろ

された。

「イェース、交渉成立だな。こーゆー時は酒でも酌み交わすのがかっこいいけど、あいにく金がねえ」

遠山《トオヤマ》はえらく軽くなってしまった皮袋を揺らす。調子に乗って子供達に使いすぎた感は否めない。

「おっと、それならいいものがある」

ニヤリと、ラザールが笑う。

「ラザール、それは？」

彼が懐から取り出したのは茶色の酒瓶。精密な装飾が施されている。

「天使教会謹製の高級品目3等級のハチミツ酒、その名も〝天使のくちづけ〟、まあ、なんだ、冒険都市には前職で使っていた俺のセーフハウスがあってね。そこから持ってきたシロモノさ。どうだい、俺達の夢の始まりを天使のキスに祝福してもらうのは」

「ラザール、アンタ結構キザだな」

「アンタに言われたくないよ、ナルヒト」

チベットスナギツネのような細い目が歪《ゆが》む。爬虫類特有の冷たい瞳が、細められた。

2人の笑顔は不思議なことによく似ている。

ラザールが2つの小さなコップを懐から取り出す。

どちらともなく、その琥珀色《こはくいろ》の液体が揺れる瓶に手を伸ばして――。

「お、兄さん!!」

痛々しいほど、弱く、しかし通る声だった。

「んあ?」

「おっと?」

瓶に伸びかけた手が止まり、遠山が目を丸くする。

「ニコ?」

ボロボロの姿、目に青あざを抱えたニコがよろめいた。

「おねがい……! お兄さん、お願い! リダが、ルカが、ころされちゃ……う」

「いかん!」

ラザールが慌てて少女に駆け寄る。遠山は立ち上がりその光景を見ていた。

ピコン

メッセージが世界に踊る。

【サイドクエスト更新】

【〝賢い選択〟】

【クエスト目標　子供達の運命を決める】


「……あ？」

「ナルヒト！　来てくれ！　酷《ひど》い怪我《けが》だ、……まだ子供だぞ」

「お、おう。ニコ、お前なんで……」

「ごめんなさい、ごめんなさい、お兄さん……めいわく、かけちゃって、ごめんなさい……」

倒れかけたニコをラザールが優しく受け止める。ブツブツ呟くニコは、明らかに悪意をもって痛めつけられていた。

「知り合いか？　ナルヒト」

「ああ、アンタを探すのに協力してもらったこの街の住民だ。別れてからまだそんなに経《た》ってねえんだが……」

「ごめん、ごめんなさい、めいわく、だよね……でも、頼れる人、あなたしかいなくて……それで」

消え入りそうな声、小さな顔には殴られた痕が痛々しく。

「ナルヒト……」

ラザールが遠山に視線を向けて。

「ああ、ニコ、何があった？」

遠山がしゃがみ、ニコに語りかける。

「〝カラス〟が、お兄さんを探してる……ローブの男、トカゲを探してるローブの男の場所を教えろって、その人が、ゆって」

こほ、こほ、とむせるニコの目には涙が溜《た》まっている。

「〝カラス〟が？……いや、その前に、お嬢ちゃん、口を開けられるかい？　ああ、いい子だ」

「ラザール？」

懐から小さな瓶を取り出したラザールに遠山が問う。

「俺の部族に伝わる霊薬だ。痛みを和らげ、血を止めてくれる。素材が希少で帝国ではあまり作れないのが難点だな」

広場の隅にニコを運び、仰向《あおむ》けに寝かせる。そのままラザールが瓶の中身をニコの口に入れる。

「けほ、けほ。ありがとう、トカゲさん……にがい、わ」

「いい薬の証拠さ。お嬢ちゃん、その傷は……」

「う、ん。奴らにやられたの……狭い路地に連れ込まれて、シロとペロだけはなんとか逃がせたんだけど……あたし達《たち》はそのまま捕まって……」

「なんてことだ、なぜ、〝カラス〟が……」

「俺とコイツらが話してるのを見てた奴がチクッたか？　リダとルカは？」

おそらく遠山に関わったせいだろう。〝カラス〟とやらはラザールを追っていた。それを探している男、遠山はそいつらの興味をひいてしまったらしい。そしてその手がかりとして子供達は巻き込まれてしまったのだろう。

「あたしを、逃すために、そいつらに逆らって……ルカとリダが囮《おとり》になって……それで、逃げられたの。でも、もう、ルカはもうスキルも使えない……どうしよう……2人が、殺されちゃう」

「奴らは子供にも容赦がない……ナルヒト、どうする？」

「どうするって、お前……」

ラザールからの問いかけに遠山が慄《おのの》いた。

「俺の命はアンタに助けられたものだ。だから、決めた。おれはアンタについていくよ」

「お、兄さん……」

ニコが遠山を見る。縋《すが》るような目。遠山は意識してその視線に気づかないふりをした。

「……〝カラス〟ってのは組織だったな。規模は？」

「帝国全土に奴《やつ》らの商売の手は広がっている。貴族や帝都の冒険者ギルドとも繋《つな》がりはあるだろう」

「つまり反社会的勢力の皆様か。……だめ、だな。悪い、ニコ。リダとルカは助けられない」

迷うこともなく、遠山は結論を出した。

「え……」

「ナルヒト、それは……」

ニコの目が大きく開かれる。ラザールも同じく。

2人にとって、遠山のその反応は意外だったのだろう。

「ラザール、アンタならわかるだろ。リスクとメリットが釣り合わねえ。今、そんな厄介な連中を相手にしてる暇はない」

「あ……お、兄さん」

「悪いな、ニコ。お前らとは対等なビジネスの関係だ。銅貨5枚で俺とお前らの関係は終わっている。気の毒だが、助けられない」

「……あ、あ……」

泣く、だろうか。

それとも、怒るだろうか。

冷たいこちらの言い分に対しての、ニコの反応を遠山は予想する。

「で、も、お兄さん、あんなに、あたし達に、優しく……」

「そりゃ勘違いだよ、ニコ。俺は……優しくない」

「………そ、っか」

薬を飲み、少し回復したニコがゆっくりと立ち上がる。

憔悴《しょうすい》しきった顔、ボロ布の服は所々破れ、赤毛も埃《ほこり》まみれ、可愛《かわい》い顔にはつい先程付けられただろう生傷が、生々しく。猫耳も赤く腫れあがっている。きっと引っ張られたりしたのだろう。

ニコが、遠山を見つめる。遠山はそのまっすぐな目からつい、目を逸《そ》らして――。

「ありがとね、お兄さん！」

「…………は？」

思わず、声が漏れた。

笑っていた。

ボロボロの姿。

三角の猫耳は赤く腫れ、目には青あざ。服は所々破け、砂まみれ。それでも気丈に猫耳の少女が微笑《ほほえ》む。

「嬉《うれ》しかったのは、リダやルカだけじゃないわ。あたしも、大人に優しくされたの生まれて初めてだったの」

薬が効いてるのは確かだが、その様子からはっきりダメージが見てとれた。

「お、おい、キミ……」

「困らせてごめんなさい、トカゲのお兄さんもおくすり、ありがとうございました」

「……なんで、お前、そんなこと言える、俺はお前らを見捨てるんだぞ」

遠山の言葉に、ニコがきょとんと首を傾《かし》げて。

「え？　どうして？　そんなの当たり前じゃない。ごめんなさい、お兄さんがとても、とても温かいから忘れちゃってた……自分のことは自分でなんとかしないと、いけないもの」

幼くともスラムを生き抜いてきた命の誇りある言葉。

「それでね、たぶん、もう会えないから言いたかったの！　ありがとう！　お兄さん、あたし達をヒトとして扱ってくれて、ありがとう！」

大きな声で、しっかり彼女は頭を下げた。

遠山《トオヤマ》とニコの目が合う。

大きな緑色の瞳、遠山を捉えてにっかりと。

少女がぴょこんと頭を下げて、歩いていく。よたよたと、身体《からだ》のダメージが抜けていないのだろう。

「……」

笑って別れた。

「さよなら！」

元気な声は明らかに、彼女なりの強さからくるもので。

「ナルヒト……いいのか？」

「……俺は慈善家じゃねー。アイツらを助けてなんになるんだよ」

言いながら思う。なんだよ、ありがとうって。

ニコの笑顔。きっと、本当は泣きたかったのだろう。大きな目には涙が溜まっていた。

でも決してそれを遠山の前ではこぼさずに。

雑踏をゆく、その背中を横目でちらり。

小さな身体を引きずり仲間のもとに戻るのだ。

その先にはちっぽけな悲劇しか待っていないとしても。

遠山はそれを見て――。

ピコン。

【サイドクエスト〝賢い選択〟が進行しています】

【〝子供達の運命を決めろ〟】

【ラザールと無事にスラム街を出たいのなら、〝カラス〟を敵に回すべきではない。騒ぎを起こさずスラムを出れば〝カラス〟はお前達を諦めるだろう】

【冒険都市で平穏に過ごしたいのなら〝カラス〟に関わるべきではない。奴らは邪魔者を決して許さない】


　メッセージが流れる。ふら、ふらと離れていくニコの小さな背中、ぺたんこになった猫耳、それでも彼女は弱音も吐かず、自分を見捨てた遠山への恨み言も言わず、ただ――。


【サイドクエスト〝路地裏のトカゲを追って〟クリア条件開示】

【クリア条件〝このままスラム街を抜ける〟】

【このまま子供達と別れれば〝カラス〟の追跡を躱《かわ》すことが出来るだろう。お前とラザールはスラム街を無事に抜け出すことが出来る】

【※子供達は全員死亡する】

運命の知らせが告げる。遠山が選ぶべき正しい選択を。元々、スラム街に来たのはラザールを探すためだ。

もはや遠山は目的を果たしている。ここで彼らを助けるメリットなどない、ただ余計な敵を作るだけ――。

「いや」

よろよろと、すべての希望を失ってなお仲間達のもとへ向かう少女の小さな背中、それから遠山は目を離せない。

【警告・〝カラス〟は強大な組織だ。敵に回すべきではない、子供達を追いかける場合は〝カラス〟との敵対ルートに入る。警告・今のお前では〝カラス〟には勝てない、敵に回すべきではない。子供達を見捨て、スラム街から脱出しろ、メインクエストに戻れ】

ドクン。心臓が跳ねる。運命を履行しろと。

目を瞑《つぶ》れ、視界を下に。子供達を見捨てろ、と。理屈はわかる、今ここで子供達を救うことのメリットとデメリットが合わない。

人生をうまく進めることが賢い選択をするということならば、見捨てるべきだ。あの子供達とはたまたま知り合っただけの関係でしかないのだから。だから、だから、自分は賢い選択を――

――ありがとう！　あたし達をヒトとして扱ってくれて！

「――あー、いや、無理だろ」

遠山が立ち上がる。あっさりと。

「おま、こんなんさー、無視しろとか見捨てろとかさー、無理だろこれは」

頭を抱え、ぶつぶつ呟《つぶや》く。そして、白い鱗《うろこ》のトカゲの仲間をちらりと。

「くっくっく、ああ心配するな、友よ――好きにするといい」

察しの良いトカゲが、牙をちらりと覗《のぞ》かせて笑う。

「……ラザール、パン屋には従業員が必要だよな？　なるべく素直な奴らがいい。心当たりがある、俺達のパン屋。〝ラザールベーカリー〟オープンの為《ため》にな」

「おっと、嬉しい店名だな」

「だろ？――おい、ニコ！」

遠山鳴人《ナルヒト》の大声がスラムを貫いた。

死地へ向かう少女の足が止まり、振り返る。

「…………………えっ？」

その目、青あざとは別に、赤く大きく腫れていた。きっと遠山達《たち》に見えないように泣いていたのだろう。

「お前、料理は出来るな？」

ずかずかと遠山が歩み寄る。その場に膝をついて少女と目線を合わせた。

「え、え？　お兄さん？　お、おりょうり？　う、ううん、お料理なんて、ネズミを焼いたりぐらいしか」

「採用！　ネズミを焼けるってのは料理が出来るわけだ！　ニコ、お前は栄えある我がパン屋、〝ラザールベーカリー〟の面接に合格した！　もうこの時点で、お前はうちの従業員だ！　俺の資産だ！　オーケー!?」

「え、え、え？」

「だがまだ従業員が要る！　ニコ、友達を紹介してくれ。そいつらをスカウトしに行く。そして。たまたま、もし、そいつらが誰かにぶち殺されかけていた場合は！　ラザールベーカリーとして厳正に対処する。そうだ、俺の資産に、俺の身内に手ぇ出すんなら、そいつらはもう、俺の敵だ」

早口。こじつけ。

でも、これが遠山には必要だった。理由が出来た。遠山が動く理由が。

「へ？　あ、あの、お兄さんが何を言ってるか、あたし……」

目を白黒させるニコ。まともな彼女は目の前の早口のチベスナ顔がなにを言っているのか理解出来ない。

「ああ、もう!!　あれだよ！　リダとルカんとこに案内しろってこと！　アイツら助けに行くって言ってんの！」

「……！　だいすき！」

目に涙を溜《た》め、ニコが遠山の腰に抱き着く。あまりにも軽い彼女を受け止め、そして、ハッとした顔で動きを止めた。

「うお？　ら、ラザール、これ事案じゃないよな！　ニコから抱き着いてきた分には、セーフだよな？」

「アンタは何を言ってるんだ？」

くっくっく、ラザールが喉を鳴らす。満足げにその爬《は》虫《ちゆう》類《るい》の目を細めて。

「いや、まあ条例的に。まあいいか。ニコ、案内してくれ。連中を助けに行く」

「うん！　うん！」

元気りんりん。傷だらけだが、希望がニコの身体を軽やかに。

その様子を眺め、遠山が、ラザールが一歩、前へ。

「ラザール、作戦がある。約束通り、全能力を懸けて頑張って貰《もら》う。俺は割と人使いが荒いぞ？」

「ああ。覚悟の上さ。いい顔になったな、それでこそ、だ」

目も合わさずに、どちらからともなく突き出した拳と拳、コツンと合わせて。

「仕事の時間だ、ラザール」

「どこへだって付き合うさ、トオヤマナルヒト」

遠山達がスラム街を進み始めた、標的は決まった。今から欲望のままに助ける者、そして滅ぼすべき者も決まっていた。


【サイドクエスト〝路地裏のトカゲを追って〟クエストが特殊なルートへ進行します。もはやあなたは無事にスラムを抜け出すことは出来ません。新たなサイドクエストが発生します】

【サイドクエスト〝ウェット《汚れ》・ワーク《仕事》〟が開始されます】

【目標・スラム街の子供達の救出、及び敵対者の殲滅《せんめつ》】

【〝カラス〟ルートが消滅します。メインクエスト〝黒羽のはためきと共に〟が発生しなくなりました……あーあ、もうめちゃくちゃだよ、これ】

◇◇◇◇

「んー、やっぱ違うなあ。美しさが違う。年頃の、両親に大切に育てられてきた女の子を壊す時のアレが一番綺麗《きれい》だ。君のはいまいちだねえ」

ぽきん。男が、枯れ枝をへし折る気軽さで折ったのは――。

「あ、あああああ!?」

リダの指。爪のはがれた指を折られたリダが叫ぶ。

「やっぱりだ。男のコの声は綺麗じゃあない、あの猫耳の女の子、逃がしたのは失敗だった。可愛《かわい》い声してたから。ああでも、スラムの子供だし、両親の愛情を知らないからなあ。いまいちかもしれないか」

頬にカラス羽の刺青《いれずみ》をした長身の優男はその叫びを聞いてにっこり。

黒い革鎧《かわよろい》の上から外套《がいとう》を羽織ったその姿。〝カラス〟の中でもある程度の自由行動を許された構成員の証《あかし》だ。

「リダ!?」

同じく取り押さえられているルカ。顔はボコボコ。殴られ蹴られ、いたぶられて。

「おっと、きちんと押さえておきなよ」

「は、はい！　オラッ！　暴れんじゃねえ！　このガキ」

がっしりと〝カラス〟の構成員達に身体《からだ》を押さえられてリダとルカは暗い路地裏でリンチを受け続ける。

「ほいほいほいっと、えーと、リダくんだったかな？　なー、もうそろそろ話してくれよーう、俺もさ、君らみたいにヒマじゃないわけ。他人に時間取られるの、好きじゃないんだよね」

執拗《しつよう》に優男はリダを狙い続ける。小さな子供を痛めつけるその姿に一切の躊躇《ためら》いは見えない。

「ああ、あああ……げほっ。こと、わる、なにも。しらねえ。ローブの男も、リザドニアンのこと、も」

リダは口を割らない。無事な指は左手の小指と中指だけ。それ以外は全部捻じ折られて。

「うーん、いろんなスラムのクズどもが見てんのよ、君達がトカゲを探しているローブの男といたことをさー、なーんで庇《かば》うわけ？　意味わかんないんだけど」

「はあ、はあ……知らねえもんは知らねえ……」

痛みで胃液を吐き散らかす。吐瀉物《としゃぶつ》はもう出し切っていた。

「ふーん、ねえ、もしかして、あれかな。君ら、さっき逃《のが》した女の子がさ、ローブの男を呼んできてくれるとか思ってる？　それで助けに来てくれるとか、思ってない？」

リダの髪を掴《つか》み、頭を持ち上げながら優男が笑う。

貼り付いた笑顔、目だけ笑っていないその顔がリダを見つめる。

「……なん、のことだ」

「いや、もしさ、そんなこと思ってんなら早めに否定しておいてあげないとって思って。お前らみたいなボロ雑巾助けに来る奴《やつ》なんかいないって、それに〝カラス〟を敵に回す奴なんてこの街には教会騎士のバカどもくらいだしね」

話す合間にリダの首を殴り、優男が立ち上がる。

壊れない程度の暴力を振るう、それは〝カラス〟の構成員にとって造作もないことだ。

「ぐほ!?　げほ、げほ！」

「なーんとなくなんだけど、君ら勘違いしてんじゃない？」

「な、にを、だ……」

「いや君ら、自分をヒトだと思ってる？　ダメだよ勘違いしたら。ファルゴーもミューセもラウナルドもホッギも知らないんでしょ？　ヒトじゃないわけよ、教養のない奴っててのは」

「…………」

社会の底辺、スラム街。もうこれ以上堕《お》ちるところさえない場所、その中で生まれ落ちたリダ達は目の前の男が何を言っているか分からない。帝国において教養とされる芸術家達の名前なんてわかるわけがない。

「やっぱわかんないか、あー良かった、きちんとヒトの家に生まれてさ。まあ、でも、ヒトとして生まれたあの家もメイドや平民の女を抱いた後に殺すくらいしか楽しいことがなかったけど」

「何言ってんだ……」

「教養の話さ。知ってる？　女の子が本気で泣き叫ぶ声。あれ、みんな最期にお父さん！って言うんだよね、あはは、父親への反抗で家出した子を屋敷に迎えた時なんてもう最高でさ」

「なんの、話だよ、クソヤロー」

「お、今のムカついた、うーん、やっぱ男は遊んでも愉《たの》しくないな、君、爪剝《は》いでも、指折っても泣かないし。あ、そうだ」

ぽんと手を叩《たた》き、おもむろに腰から何かを引き抜いた。

すらり。それは夕方、傾いた赤い陽光を反射し、鈍く光って。

「は？　え……」

「り、だ……？」

すっくり。

男が、リダの横腹にナイフを刺し入れた。

リダがその場にうつ伏せに崩れる。

傷口に手を当てる。しかし、赤黒いシミがどんどんそのボロ布のチェニックに広がる。

「急所は外してるよー、でもさ、早めに治療しないと、死ぬでしょ。ほれほれ、ゴミムシでも死にたくないっしょ？　そんな君達にもう一度くえすちょーん」

心底楽しそうに、優男が血のついたナイフを振りながらニコニコ笑う。

「ローブの男はどこにいる？　リザドニアンをどこへ探しに行った？　言え、教えればそのガキを治療してやるから」

そして明るい声のあと、冷たい声でリダとルカに問いかける。

「ほ、んとに、教えたら……」

折れたのは、リダではなく、ルカだった。

「る、か、やめ、ろ」

リダの声は途切れ途切れ。

その様子が更にルカの心を折る。

「はーい、黙っててねー」

「げほ」

ゴミを蹴飛ばすように、優男が瀕死《ひんし》のリダを蹴りつける。

「や、やめろ、やめてくれ、わ、わかった、言う、言うから!! 教えるから、リダを蹴るのをやめて!」

「おっと、1発多めに蹴っちった。もーう、最初から素直に教えてくれよー、ほら、蹴って悪かった、で? 居場所は?」

いい汗かきながらリダをなぶる〝カラス〟の優男が朗らかに笑う。

「ル、か、ばかやろう……」

「お前は黙ってろっての。あ、嘘《うそ》だった場合は戻ってきてお前ら皆殺しにするからね、猫耳の女の子や金髪のくせっけのちびっこは変態達《たち》に売り飛ばして遊び殺すからね」

必ずそうするだろう。それはルカにもわかった。

リダの制止を無視して、ルカが告げる。

「廃屋通りの、古屋敷……下水道へ下りるところに一番近い屋敷だ、あの人はあそこにいる、筈《はず》だ」

あの人と別れた場所を嘘偽りなく、伝えた。

「はずぅぅ? はい、ふざけた答えなのでマイナス5点。よいしょっ!」

しかしその曖昧な言い方は優男の気に障ったらしい。

また、容赦なくリダが蹴られる。

「ぐえっ……」

悲鳴すら、もうリダは力なく。赤いシミが石畳にしみこんでいく。

「や、やめろよ！　嘘じゃない！　すぐに別れたんだ！　だから今もそこにいるかなんてわからないんだよ！」

「ふーん、ほんほん。なるほどねえ。あの辺は確かにあんま探してなかったなあ。ＯＫ、そこ探してみよう。お前ら、ついてこいよー」

「うぃーす」

ルカは言ってしまった。あの男を売ってしまった。

でも、これでリダは――。

「ワイズさん、こいつらはどうします？」

「うーん、殺す価値もないし、どーでもいいや、そこの短髪は、ぼちぼち死ぬっしょ」

――誰かに与えられる希望ほど、いい加減なものはないということをルカは知らなかった。

「…………は？　い、いや、待て、待てよ。リダは？　リダを、治してくれるって」

「およ？　なに？　まだなんかあんの？」

「とぼけるなよ！　アンタ、言ったじゃないか！　リダを治してくれるって！　あの人の場所を教えたら治してくれるって、約束——」

　ルカの言葉が止まる。

　そいつらの表情を見て、気付いたのだ。初めから——。

「プッ」

　男が噴き出す。くしゃくしゃに歪《ゆが》むルカの顔を見てたまらないといった様子で。

「聞いた？　ねえ、今のお前ら聞いてた？」

「はい、聞いてました、ひ、ふひひひ、ま、マジでワイズさんの言葉信じてましたね」

「ふふ、あははははははは!!　ガキ、お前、ほんとにスラムのガキかよ!?　他人信じすぎだろ！　誰が治すかよ、バァーカ」

　ぎゃはははははは。

　取り巻き連中の嘲笑が、ルカと、ぐったりして動かず、血を流し続けるリダを包む。

「あ、ああ……」

「ぷ、ふふふふふ、ああ、いーい顔すんじゃん。ヒト未満のゴミ虫くん、悔しいか？　怖いか？　いや、ほんとに同情してる。弱いってのは気の毒だねー」

　優男がルカを見下ろして、さらり、微笑《ほほえ》む。

「お前みたいなゴミとの約束、守るわけねえだろ」

「あ」

「さて、諸君、仕事の続きだ。リザドニアンとローブの黒髪を探すぞー」

「うぃーす」

ぞろぞろと優男の手勢がその場を去ろうとする。

「ひゃはは、リダもこれでようやく終わりだな。目障りだったんだよ、今まで」

スラムの年長組もニヤニヤ笑いながらルカとリダを見下ろし去ろうとしていた。

「なん、で……」

「…………ルカ」

「リダ!? リダ、ああ、こんなに、こんなに血が……ダメだ、ダメだよ、リダ、死んじゃだめだ！」

「る、か……すまん……しくじ、った……」

「リダ、ダメだ！　喋《しゃべ》ったら血が」

「お？　なんか、面白そうだ。諸君、ストップ。少し待ってくれ」

去ろうとしていた刺青の優男が、にやにやした顔で泣き喚《わめ》くルカのもとへ戻ってくる。

「ワイズさん趣味ワリー」

「うーるせー。ほい、じゃあ俺、あのガキがキレて俺に向かってくるに銀貨1枚、ストン、お前胴元やれよー」

「うす」

「あー、じゃあ、俺泣いてなにも出来ないに大銅貨5枚で！」

「俺もそれに大銅貨1枚！」

「ケチーな、お前、俺はキレる方に大銅貨2枚！」

「てめえも変わんねえじゃねえか」

陽気に笑うそいつらが賭けを始める。

今、まさに友を目の前で失いそうになっているルカで賭けをしているのだ。

向かってくるか、諦めるか。彼らは仕事の時にいつも似たようなことをする。

「る、か……おれのことは、も、いい。ニコと、ペロと、シロを……頼む……」

「何言ってんだよ、リダもいないと意味ない！　やめろ、やめろよ。お前ら、笑うな、笑うなよ！　リダが、死にそうなのに……！」

「ぎゃっはははははははは!!　聞いたかよ！　リダがちにそうなのに、だってよ」

「だーからどうしたってんだよ、ガキ！　スラムのゴミが1つ片付いていいじゃねーか」

「あはははは、いやー、ルカくんにリダくんいいねー。うん、この仕事の愉しみだよ、全く。君らみたいなゴミムシいじって遊ぶのはさ、でも、なんか飽きたな……死ねよ、もう」

「なんで、こんな、こと。なんで――俺達だって生きてんのに！」

「あははははは！　生きてんのにだってさ！　死ねばいいじゃん、生きてる価値ないんだから。親もなく、金もない。薄汚いところにネズミのように集まってカスを食って生き延びている……あー、やだやだ、ばっちくてやってらんねー。ほれ、しーね、しーね」

ぱん、ぱん。

頬にカラス羽の刺青《いれずみ》を入れた優男が手を叩き始める。酒を飲む者を煽《あお》るようなコール。

血まみれで死にかけの子供《リダ》と、涙と鼻水まみれの子供《ルカ》に、大人が嗤《わら》いを向け続けた。

「しーね、しーね、それ」

「ひゃははは、ほんと、ほれ、しーね、しーね！」

「「「しーね、しーね」」」

嗤いと罵声がルカとリダを包んでいた。

深い絶望の中にルカはいる。友は血を流し死にかけている。その魂すら侮辱しつくされ、誇りも踏み躙《にじ》られた。

「る。か……いい、おとなしく、してろ……反応するな」

リダの顔色がどんどん悪くなる。それでも静かに傷口を押さえながら、ルカに静かにしていろと言うのだ。

ルカは気付いた。リダはもう自分の生を諦めている。この場をやり過ごし、ルカだけでも生き残らせる方に思考を切り替えている、と。

「ああ、ああ……リダ……」

死に向かっていく友に、なにも出来ない。なにもしてやれない。

なぜだ？

アイツらは嗤って、リダが死にかけている。

この差はなんなんだ？

ルカは必死に考える、考えて、結局なにも分からなかった。

「なんで……てんしさま」

だから呟いたのは、〝天使〟への祈り。この世界に住まう者ならば皆が知っている創造主への言葉。

弱者はいつも祈ることしか出来ない。

「お？」

「そっちかー。天使頼みの方かー。誰か賭けてたっけ？」

そしていつも弱者の祈りは届かない。どんな世界でも共通の事実なのだ。

肝心な時に天使《神》は留守だ。

「よーし、まあもうこれ以上いても面白くなさそうだから、撤収するかー」

奴《やつ》らが嗤って去ろうとする。いつものことだ。好き放題に振る舞い弱者から奪ってそれで終わり。

「なんかぶつぶつ言ってますがいいんすか、ワイズさん」

「あー、いい。肝心な時にキレることも出来ねーゴミムシだ。ああやって、天使に祈ってりゃなんかした気になるんだろ。弱いってのは、ほんと罪だねえ」

「リダ、リダ、お願いします、てんしさま、リダを助けて……」

むらっ。ルカのその顔は優男のある琴線に触れた。

「……よく見ると君、かわいい顔してるね。……やっぱちょっと遊んでいくか」

優男が唇をぺろりと舐《な》める。その表情には昏《くら》い悦《よろこ》びがこれでもかとばかりに詰め込まれていた。

「ひっ」

きっとルカの祈りは天使には届かない。だが――。

「あれ？　なんだ、これ」

ふと1人の構成員が気付いた。

視界。曇る。

空気がひんやりとしてきたことに。

「あ？　なんだ、こりゃ」

「――霧？」

だが、神や天使が祈りを聞かずとも、もう1つ、人の祈りを聴く存在がいる。

――悪魔。

「霧だ……おいおいおい、なんだ、こりゃ、急に」

白い霧が路地に満ちていく。山野から降りるように、平野に溜《た》まるように。

「なんか、キミワルイ……ん？　ワイズさん、いまなんか、そこで動きませんでした？」

1人の構成員が一瞬薄いキリの向こうにそれを見た。

黒い影が、ふわりと霧の中を進んだところを。

「はー？　なんだよ、ビビらせんなよ、なんもねーってさ」

「……え？　あれ、ワイズさん、あの、ガキどもが……」

「あ？」

男が後ろを振り向く。白いモヤの向こう、壁際にいたはずのガキどもが、いない。

「……おい、ガキども、どこに行った？」

流した血はそのままに、嘘《うそ》のようにその場から消えていて。

「いや、なにも見てないです、ていうか、この霧、どんどん濃くなってませんか？」

「……おい、お前ら、ここから離れるぞ」

優男の判断は早かった。異常に対し、退避を優先。

しかし、その〝霧〟相手ではもう、全てが手遅れだ。

「いて!!　へ、なんで、俺、血……」

1人。指から血を流す。

それが始まりの合図だった。

「おい、どうし、ギャ!?　痛い！　痛い!?　なんで、ギャァアアア!!」

その霧の中で悲鳴が響き始める。

皮が斬られ、肉が裂かれ、血が噴き出し始める。

「なにがあった？　おい、お前、イ、痛っ!?　噛《か》まれ、いや、違う、斬られ!?　あ、俺の指、ヒ、ギャアアアアアアアアアアアアアアアア!?」

命が、流れていく。

「おい、なにがあって――。べべババババ」

霧の中にいた、キリの中にいた。真白で、いつのまにか前も見えないほど濃くなったキリの中で。赤い血と、汚い悲鳴が飛び散り、獲物達が死んでいく。

「な、なんだ、なにが起きた!?　おい、お前ら、なにがあった!?」

優男の顔に余裕はなかった。

彼らはそして知るだろう。自分達は決して捕食者ではなかったということを。そして――。

「――皆殺せ、キリヤイバ」

真の捕食者がいかに、恐ろしい存在なのかを。

「い、ぎゃあああああ？！！」

命がキリに呑まれて斬り刻まれ消えていく。

ただ、殺す。殺し尽くす。それだけの現象。そこには嘲笑も下品な笑い声もない。

「俺、の、身体《からだ》……あ」

優男、最後に息があった男が、血の石畳を這《は》う。つい1分前まであった強者の余裕は影も形もなく。

部下の恐怖に歪《ゆが》んだ死相をかきわけ、優男が地べたを這い続ける、逃げる、逃げる、逃げ——。

ぺちゃ。

足音。

「あ……」

「おっと、生き残りか。しぶといな」

「な、なんだ、お前——あ」

べちゃり。優男が血だまりに沈む。

足音の主が、ぱちりと指を鳴らした瞬間、優男の身体の中に染み込んだヤイバがその肉と魂を刻んだ。

容赦も、嘲りも、躊躇《ためら》いもなく。捕食者が仕事を終わらせた。

◇◇◇◇

「いやー、絶好のシチュエーション、ハマりにハマりまくったな」

遠山鳴人《トオヤマナルヒト》が己の首に欠けたヤイバを収納する。死と血に馴染《なじ》む白いキリがみるみる間に晴れていく。

「にしても、ひでえ臭いだ……ひえー、南無阿弥陀《なむあみだ》南無阿弥陀」

元の世界で同じことをすれば情状酌量の余地なく死刑判決だろう。今、殺した数、20は下らない。

「ラザールは上手《うま》くリダとルカを連れ出したな。巻き添えの心配なしでおもっきりやりすぎたな。うーむ、1人くらい生かしておけば良かった。俺やラザールを追う理由を知りてえ」

〝カラス〟とはつまり、ヤクザのようなものだろう。ヤクザの厄介さはよく知っている。目をつけられた時点で美味《うま》くない。

「最低でも、この件に関わってる人数は把握しとかねえと。遺恨は残さねえ」

だから、遠山はもうこの場にいる敵、すべてを始末することにした。

「さて、さて、なんか持ってねえか？」

手当たり次第に、死骸を漁《あさ》り始める遠山。常人であれば忌避するその行動もしかし、頭の茹《ゆだ》った探索者にとっては朝飯前だ。

「こいつ、コイツが一番身なりがいいな。周りの奴らと比べて装備が豪華だ。革鎧《かわよろい》、外套《がいとう》……ふむ」

がさ、ごそ、返り血もいとわずに遠山が男の装備の物色を始める。

「年齢は、俺より少し若いくらいか？　どうでもいいがこの世界、顔がいい奴多いな」

がさ、ごそ。

「得物は、ナイフか……チッ、血がついてやがる。誰かを刺したか？　リダ、ルカ、死んでねえよな」

ぽいっと、そのナイフを放り棄《す》てる、血だまりにべちゃりと音を立ててナイフが沈んでいく。

「革鎧の良《よ》し悪《あ》しはわかんねえが、装飾が多い。ふむ、防具というより、見栄えのためでもある、のか？」

最後にトドメを刺した長身の顔の良い優男を漁り続ける。外套を剝ぎ、内ポケットを探っていると、やがてそれを見つけた。

「お、これは、いかにもって感じだなあ、オイ」

赤い封蝋《ふうろう》がついた羊皮紙、のようなもの。しっとりしたその素材は遠山のよく知るパルプ紙ではないようだ。

「いかん、読めん」

そこに書かれていたのは遠山にとっては呪文のような文字だった。外国人が書いた手紙よりも読めない。

「あっれー、マジか。言葉が通じるから文字もいけるって思ってんだが……何語だこれ。しゃーねー、ラザールに読んでもらうか」

羊皮紙を丸めてローブの内ポケットに入れようとして――。

チャキ。

背後で響く音に遠山は動きを止めた。

「……ふーん。妙だな、確実に皆殺しにしたはずだが」

「んー。はーい、ゆっーくり、手を上げてー。両手ね。そうそう上手いじゃん。はい振り向いてー、ゆっくりね。とりあえずさあ、その手紙、こっちに渡してくんない？」

背後に誰かいた。

遠山がしゃがんだまま、言われた通り両手を上げてゆっくり振り返る。

「お前……」

目を剝《む》いた。足元の血溜《ちだ》まりに沈んだ死骸の顔と、目の前でニタニタ笑う顔があまりにも似ていて。

いや、同じ顔だ。

「あらら、どしたの、驚いた顔してさ。まるで殺した獲物が生きてるのを見たような顔じゃんさ」

遠山の背後に立っている男。片手で扱えるサイズの小さなボウガン、それをこちらに向けて構えてニタニタ笑うその顔、見覚えがある。

足元で血に沈んでいる死骸と全く同じ顔で。

「双子、ってわけじゃねえよな」

「はは、さあ、どうだろね。さあ、さっさと渡せよ」

遠山が羊皮紙をその男の足元に放り投げる。

「よしよし、いい子だ。中身見たかい？」

「字、読めねえんだよ」

「ふうん、ボスからは確か冒険奴隷《カナリア》とか聞いてたけど……まあ、なら仕方ないか。さて、どうしてくれようか、この状況」

「……死人が蘇《よみがえ》るのがここらじゃ当たり前なのか？」

「あー、ダメダメ。会話で仕掛けを読み解こうとしてもダメだよ。この人数を皆殺しにする異能、ノータイムで死体から情報さらおうとするアタマ。アンタ、こっち側の人種だろ」

「お喋《しゃべ》りは嫌いか？　ならそのボウガン、さっさと撃てばいいだろ？」

「いやね、そーなんだけどさ。なかなか殺さないようにするの難しいわけよ。今からアンタを生かしたまま拷問にかける。トカゲの話を聞きたいんだ。ボスからトカゲはなるべく生かして連れてこいって言われてるし」

「……ボス、ねえ」

「あ、口滑らしちった。ねえアンタ、不思議だね。それほどの力、それほどの適性、間違いなく俺と同類なのに、なんであんなガキどもに肩入れするわけ？」

「えらく余裕だな、早く俺の口を塞いだ方がいいんじゃねえの？」

「あひ、いやー、いいねえ。ちょろい仕事だと思ってたけど中々どうして。久しぶりにやりがいのある仕事だよ。この状況で、出てくる言葉が命乞いじゃないのかよ。イかれてるね、アンタ。で、質問に答えてくれる？　なんでガキを助けた？　俺達が〝カラス〟だって理解してるか？」

「これは、俺の冒険だからな、ちびっこ見捨てる冒険は少し、ダサいだろ？」

「は？　何言ってんの？　まさかあんなゴミになんか価値があるとでも？」

「ヒヒヒ、部下をこんだけ簡単に死なせる無能よりはがきんちょどもの方がよほど価値があるさ」

「はい？」

優男の笑顔が固まった。

「お前、〝カラス〟とかいうの組織の奴《やつ》だろ？　ヒヒヒヒヒヒ、笑えるな、部下こんだけ死なせといて、よくそんな態度でいられるよ。羨ましいな、想像力の足りないバカは。お気楽なもんで」

遠山は優男の反応を探り、言葉を手繰る。

みるみる間に優男の雰囲気が変わる。

「……俺に嘗《な》めた口叩《たた》いた奴はそれなりにいたけど、みんなもうこの世にいないよ」

「セリフがいちいち安いんだよ、おっと必死に考えたセリフならすまねえ、悪気はなかった」

得物は弩《いしゆみ》。ボウガンだ。もちろんまともに撃たれれば躱《かわ》せるわけがない。

だが、遠距離から撃てばいいものを、コイツはかなり近づいてきている。3メートルも、ない。

チャンスは一瞬。賭けだが、不可能ではない。


【技能〝戦闘思考〟が発動します。戦闘において相手を攻略する方法を組み立てました。

【戦闘が開始されたのち、判定に優位が発生します】


コイツの殺し方はもう出来上がった。あとは実行するだけ。

遠山はその瞬間を待つ、優男の顔が強《こわ》ばり、そして表情が冷たくなって。

「ボスの指令は、トカゲは生かして連れてこい、だ。ローブの男についてはなんも言ってなかったな、そういえば」

人殺し2人が、向かい合う。

互いが互いに殺しへの躊躇いはない。呪われた魂の持ち主が相対する。

優位は、優男。

手を上げて、丸腰の遠山に向ける弩の狙いは冷たく、正確だ。

ちゃき。小さな弩の先端が遠山に向く。膝を軽く曲げ、地面を確認――。

「よっ――」

躊躇いなく、優男が弩の引き金を引いた。軽すぎる殺意、殺しなれた動き。勝利を確信した顔――。

「ッ!!」

遠山が短く息を吐き、同時に膝から力を抜く。さらに同時、足の裏全体で地面を蹴った。

膝抜き。古武術における予備動作なしで動くための技術。遠山鳴人が探索者時代に培った身体《からだ》の動き。

右に倒れ込む。躱しきれず、左腕に鏃《やじり》のボルトが突き刺さる。皮を、肉を、ボルトが抉《えぐ》った。

だが。

「ヒヒッ」

「なっ！」

優男のボルトは、遠山の命は奪えなかった。

それが決着の瞬間だった。

プジッ。

「あ……げほ、え？」

優男が目を見開く。己の胸に生えた異物。何故《なぜ》か、優男の胸に欠けたヤイバが突き刺さっていた。

「オラァ！！！」

左腕を貫かれながらも、遠山《トオヤマ》が地面を這《は》うように駆ける。優男が懐に隠していたもう1つの弩を構える、だが遅い、遅すぎる。

胸に突き刺さった刃が、その動きをどうしようもなく鈍重にしていて。

「ゲぶっ!?」

地面スレスレから振り上げた遠山の右拳、優男の顎を下から真上に打ち抜く。

「返してもらうぜ」

ぶじ。胸に突き刺さっていた剣、遠山が無造作にそれを引き抜き血が噴き出る。

刃は湾曲し、傷み、そして欠けていた。

「な、んで」

「さっき思いついたんだよ」

遠山鳴人《ナルヒト》の身体に収納されている遺物、キリヤイバ。なんのことはない。遠山は弩を躱した瞬間、それを己の首から射出した。

やれると思ったからやった。うまくいって、何よりだ。

遠山の目が歪《ゆが》む。チベスナによく似た細い目、にやりと半月のように細く。

「ヒッ!?」

「おっと、寝てろ」

足を引っ掛け、首を押さえて地面に優男を叩きつける。死んだら、死んだで構わない。

そんな勢いだ。

「げほっ!?　あ、げあ……な、にを、どうやって……」

うつ伏せに倒れた優男の背中に膝を押し付け、左手で頭を床にこすりつける。

驚くほどに、力が弱い。身長の割に筋力をまるで感じなかった。

「お、重……な、んだ、これ……なんて、力……」

優男が遠山を撥《は》ね除《の》けようと抵抗するがピクリとも動かなかった。

左腕に突き刺さった鏃のボルトを抜く。血が出るが、戦闘の興奮で溢《あふ》れるアドレナリンと、酔いにより変質した脳がそれを無視させる。

「この仕事を指示した奴の名前は？」

「は？」

優男が遠山の質問を聞き返し——ざくっ。

食材に包丁を入れるくらいの気軽さで、片方の手で握っていたキリヤイバで優男の右手の人差し指を切り分けた。

「——っあああああああ？！！　おれ、俺の、ゆびいいいいい!?」

「質問に答えない、嘘《うそ》を言う。俺が嘘と思ったその時点で、指を落としていく。次は親指と小指をもらう、その次は中指と薬指、その次は残った手の指全部、素直に答えれば解放する。約束するよ」

「——ひ、ひ、ひ」

優男が、息を漏らす。もうそれは声になっていない。胸の傷、指、新たなる血が汚い街の石畳に染み込んでいく。

「この仕事を指示した奴の名前は？」

「し、知らねえ‼　ぼ、ボスの名前は誰も知らっ――ひぎ⁉　あ、あああ、また、ゆびいいい」

欠けた刃、キリヤイバの湾曲した刃が優男の指をまた、切り分ける。

「なん、なんで、なんでええ、嘘じゃないのにいいい……」

「この仕事に関係している奴の人数は？　お前の仕事に関連している人員の数は？　どこにいる？」

「ひ、や、やめろ！　いねえ！　俺以外にいねえよ‼　ひ、独り占めしようとしてたんだ！　トカゲヤローを追ってるのは組織全体だけど、スラム街に当たりつけて探してたのは俺だけだ！　あ、アンタのことも誰にも喋ってない！　ほ、ほんとだ！」

遠山はピクリとも動かず、夜の山奥みたいな色の瞳で獲物を見下ろし続ける。

「……お前は殺した筈《はず》だ、なんで生きている？」

「は、は、て、めえ、俺、俺はボラー家の三男だぞ！　て、帝都の本家を敵に回すつもりか⁉　貴族だ！　てめえらみたいな豚ゴミとは流れる血が違う！　貴族をてめえは敵にっ――」

すぱり、すぱり。質問に答えない優男の指がまた。

「あ、ぎいいいいあああああ、くそ！　くそ！　このゴミ虫があああ」

「お前は殺した筈だ、なんで生きている？」

再度同じ質問を淡々と。優男は荒い息をひっ、ひ、と漏らしながら喉を震わせた。

「ス、スキルだ!!　俺のスキル!!　〝双子のチャンス〟！」

「簡潔にその力の概要を話せ」

「ぶ、分身だ!!　自分の近くに1体！　自分の分身を作ることが出来る！　本体が死んだら、片方の分身に意識を移すことが出来るんだ！　も、もう今日は使えねえ！　た、たのむ、今殺されたらこれで終わっちまう！　な、なあ、話したら、話したら助けてくれるんだよな？　わ、わかった、本家には言わねえ、アンタのことも忘れる、だからっ」

反応から嘘ではないと判断する。

淡々と遠山が次の質問を投げかける。

「……なんでラザールを探していた？」

「ひ、し、知らねえ、ボスからの指令には理由なんか書いてねえ！　ほ、本当だ！　〝カラス〟のボスの名前も顔も誰も知らねえ、〝三羽鴉《さんばカラス》〟の幹部しか知らないはずだ！」

「お前の組織での立ち位置を教えろ」

「あ、あ、〝三羽鴉〟の1人、〝嘴《くちばし》のミルダ〟の下部組織の一員だ！　し、仕事はスラム街の管理、住人の間引きに、アガリの徴収、ち、チンケな仕事なんだ、俺なんか殺しても、意味ねえよ！」

聞きたいことは全て聞いた。

遠山は静かに、なるべく口調を柔らかくして問いかける。

「そうか……それ以外、何か俺の役に立ちそうな話をしろ」

「は、は？　な、なんだ、そりゃ、くぞ、ぐぞ！　意味、わかんねえ！　なんで貴族の俺が、こんな目に？　なんで、〝カラス〟だぞ！　貴族なんだぞ！　あぎっ⁉」

「何か俺に役立つ話をしろ」

遠山がまた優男を痛めつける。

「ひ、あ、ああ、金、金か？　こ、こうしないか？　あ、アンタがなんでリザドニアンなんぞに手を貸すかは知らねえ！　あ、アンタには才能がある！　こっち側の才能だ！　俺、俺が組織にアンタを推薦するよ！　金だ！　使いきれねえほどの金が手に入る、女もだ！　アンタが望めばどんな女だって手に入るよ！　り、リザドニアンやあんなゴミ虫みたいなガキどもの肩持つなんてもったいねえって！　な？　仲間に、仲間にならないか？」

「仲間、ねえ……稼げるのか？　その仕事」

初めて遠山が自分の言葉に興味を持った、そんなふうに聞こえたのだろう。

優男が汗まみれの顔をにんまりと歪めて叫ぶ。

「稼げるさ！　帝国中の金が〝カラス〟には集まる！　バカどもから金を巻き上げて、奪い尽くそうぜ！　ひ、人を殺して褒められんだ！　あ、アンタにはぴったりだ！　その目、アンタの目、幹部連中と同じ目だ！　才能があるんだよ！　なあ！　なあなあなあ、あ、相棒って呼ばせてくれよ！　一緒に成り上がろうぜ」

「……ふうん。ま、それも面白いかもな」

「だろ？　だろだろ!?　だから、なあ、放してくれよ、たのむから、さあ」

懇願する優男へ遠山がぽつりと、呟いた。

「……子供達の名前を知ってるか」

「へ？」

あまりにも予想外の問いだったのだろう。ポケッと、優男が言葉を返す。

「がきんちょ達《たち》の名前だ。知ってるか？」

「し、知らねえ！　あんなゴミムシどもの名前なんて興味ねえ！　す、スラムのガキだぞ！　生まれてこなけりゃいいような連中だ！　そもそもヒトでもねえゴミだろ！」

「ふうん。そうか。じゃあ、トカゲだ。トカゲヤローの名前。探せと言われてるんだ、それくらい知ってるだろ？」

それを気にする風でもなく、遠山が更に言葉を続ける。

「し、知らねえよ！　リザドニアンだぞ！　呪われた種族だ！　知りたくもねえよ！　あんな薄汚い連中！　なんで、あんな連中に肩入れしてんだ!?」

なんで。その疑問に対する答えなんか決まっている。

「これは俺の冒険だ。冒険の続きなんだよ」

「は。は？」

「俺は俺のやりたいようにやる。そうだ。俺の、俺達の冒険でがきんちょを見捨てるなんざダセえ真似《まね》出来る訳がねえんだ」

その冒険に一切の妥協も許されない、子供の頃の自分と逝ってしまった四本足の友達に嘘はつけない。

「は？　は？　ぼう、けん、そ、そんな理由で〝カラス〟に手え出してんのか？　い、かれてんのか、てめえ……」

茫然《ぼうぜん》と呟く優男。この男から得られる情報はもうなさそうだ。

遠山が静かに口を開く。

「……ラザールだ」

「は？　な、なに？」

「リザドニアンとやらの名前はラザール。美味《うま》いパンを作る。子供達の名前は短髪の刈り上げがリダ、生意気そうな帽子がルカ、猫耳の女の子がニコ、金髪の癖っ毛がペロ、その背に負ぶさってるのがシロ」

「な、なに、なんだ、なんで、そんな名前なんか」

「わかるよ、お前の気持ち。自分にとって心底どうでもいい、死のうが生きようがどうでもいい奴《やつ》らの名前なんか知る必要も、知りたくもないよな。すごく、わかるよ」

「へ、へへ、だ、だろ、気が合うな……そうなんだよ！　どうでもいいんだ！　弱者が死のうが生きようがどうでもいい！　お、俺は〝カラス〟だ、〝カラス〟になれたんだ！　俺、俺はワイズマン・ボラー！　貴族で、〝カラス〟で！」

「俺もだよ、お前と同じだ」

「――え」

男の言葉が止まる。遠山《トオヤマ》の言葉は冬の早朝のように静かで、冬の日の水路に溜《た》まった水よりも冷たくて。

「俺も、お前の名前は、どうでもいいな」

少しの時間を置いて、遠山が何を言いたいかを、優男は理解した。

自分の末路を。

「あ……!?　よ、よせ！　や、やめろ！　クソ！　か、〝カラス〟が許さない！　てめえら追われるぞ!!　追われるんだぞ！　一生安眠なんか出来ねえ！」

「そうだな、お前はラザールやがきんちょ達の名前を憶えてしまった。知ってはならないことを知ってしまった、お前はもう生かしておけないな」

遠山は表情をピクリとも動かさず、淡々と告げる。

「あ、ア、嘘つき！　嘘つき！　そうだ！　約束だ！　約束したじゃないか！　話せば解放するって、約束して――」

「ヒヒヒ」

優男の懇願の言葉を、遠山の声がかき消して。

「――お前みたいなゴミとの約束、守るわけねえだろ」

「ば、けもの」

「いや、遠山鳴人《ナルヒト》だ」

じくり。

うつ伏せになっている首の真後ろ、延髄を欠けた刃が斬り砕いた。

「あぺ」

2回目のチャンスを不意にした優男は、血溜《ちだ》まりに沈んだ。

「あばよ、ゴミ野郎」

ずるり、両手で引き抜いたキリヤイバ。

遠山が血しぶきを払う、その動作に合わせて霧に姿を変える遺物は静かに、主人の身体《からだ》の中に戻っていった。

「探索完了」

害鳥《カラス》の群れは駆除された。

ピコン。


【サイドクエスト・〝ウェット・ワーク《汚れ仕事》〟・クエストを達成しました】

【オプション目標、〝目撃者の全員殺害〟に成功しました。冒険都市の勢力情報に〝カラス〟が追加されました】

【目撃者を全員殺害した為《ため》、貴方《あなた》の行動は誰にもばれていません。しかしいずれ〝カラス〟は貴方の脅威に気づくことでしょう。早めに冒険都市でどこかの勢力の庇護《ひご》下に入るか、冒険都市内での地位確立を目指すことをおすすめします】

◇◇◇◇

「ナルヒト。よかった、無事か」

「あ、お兄さん！　お兄さん！　怪我《けが》、してるの？」

全てを終えて、ラザールと打ち合わせしていた場所へと遠山が戻る。

ラザールの潜伏場所、廃屋の中庭だ。

「おう、ラザール、流石《さすが》の手際、だったな。それとただいま、大丈夫だ、ニコ、かすり傷だ」

正直、弩《いしゆみ》で撃たれた腕がズタボロに痛むのだが遠山はそれを誤魔化す。

「ラザール、2人は？」

「帽子の子は薬を飲ませて眠らせている……だが、その、刈り上げの子は、出血がひどい。止血は施したが、正直期待はしない方がいい」

「リダ……」

ニコが放心した顔で座り込んでいた。

廃材の板、ベッド代わりの粗末な寝床に転がるルカとリダ。

ルカは穏やかな顔で眠っている、しかし、リダは違う。苦悶《くもん》の表情、青ざめた顔に脂汗。

「……マジか」

状態が良くない。遠山は呆然《ぼうぜん》と呟《つぶや》いた。

「……そ、その声、兄さん、か？」

「リダ！　お、起きたらダメよ！」

「す、すまねえ、あ、アンタに迷惑かけちまった……」

驚いたことに、リダが口にしたのは間に合わなかった遠山への恨み言ではなかった。

「いい。全部終わらせてきた。気にすんな」

静かに遠山がリダのそばにしゃがむ。

小さな額に浮かぶ脂汗を指で掬《すく》い取った。その肌は冷たく。

「お、終わらせ……〝カラス〟を？　へへ、アンタ、やっぱ、すげえなあ……」

苦しそうな顔、それでも笑うリダが痛々しい。

「リダ、血が……」

「いかん、君、今はしゃべるな。傷が開く」

じわり。リダの腹、巻かれた包帯が赤くなり始めた。ラザールが慌ててリダを制する。

「へ、へ。自分の身体だ。よく、わかる……もう、無理だ。ニコ、悪いが、みんなを、頼む」

「ちょっと、いや、あたし嫌よ！　そんなの！　お兄さんとトカゲさんが助けてくれたのにそんなこと言わないでよ！」

もうニコは泣き出す寸前だ。大きな目に涙が溜まっている。

「……ああ、そこさ、俺が一番情けねえのはそこだ。……俺達を、対等に扱ってくれた人に、面倒を……げほ！　げほ」

咳《せき》に、血が混じっている。色が黒い。傷ついてるのは臓器だ。即死しない、しかしいずれ必ず死ぬだろう傷付け方。

あの男がやりそうなことだ。遠山は始末したゴミをもう少し苦しめれば良かったと後悔した。

「いい、休め。治ったら、また――」

遠山は探索者としての職歴からこれまで何度か人が死ぬ瞬間に立ち会ってきた。

気休めだ。リダがもう助からないのは分かっていた。

「へへ、優しいな、兄さん、分かるだろ？　俺は、ここで終わりだ……ああ、くそ、ようやく、もく、ひょう、出来たのに」

「ラザール……」

遠山がそばにいるラザールの名前を呼ぶ。

頼りになるトカゲ男はしかし、首をゆっくりと横に。

「すまない……俺に、これ以上のことは出来ない」

「アンタ、みたいに、なりたかった……てめえの足で歩いてる……てめえの基準で、選ぶことが出来る、そんな強さが、ほし、かった」

うわごとだ。リダの目、虹彩《こうさい》がどんどん暗く、光を失っていく。

「初めて、ああ、ゆめ、ゆめが出来たんだ……もくひょう、アンタ、みたいに」

命の終わりが近い。

「もういい、リダ。……お前はすごい奴だよ」

その小さな手を握る。弱い力だ。こんなに弱くてしかし、〝カラス〟達《たち》に最後まで屈しなかったのだろう。だから、死ぬ。

「すまねえ、すまねえ、ちくしょう。――死にたくねえ、しにたく、ねえよう」

ボロボロと溢《あふ》れるリダの涙。遠山にもラザールにもそれを止める術《すべ》はなく。

ニコも理解したのだろう。もう、涙を止めることは出来なかったようだ。

「リダ……」

遠山は、自分の無力を呪う。

竜を殺せても、害鳥を駆除出来ても、目の前の小さな子供1人救うことは出来ない。

「あの時と、同じ……」

タロウ。毛むくじゃらの四本足の友達を喪《うしな》ったあの日。なんのことはない。あの時と同じなのだ。遠山は誰も救えない。

「ああ……いやだ、暗い……だれか、いないのか」

震えるリダ。忍び寄る死が彼の中ではっきりと存在感を増していく。

遠山鳴人は、彼の手を握り、静かに呟いた。

「……ここにいる」

「……兄、さん」

リダが一瞬安心したように身体の力を抜く。

「――冷たい水がきっと、そこにはある。リダ、お前は朝、目が覚めるとまずそこに行くんだ」

せめて今からゆく場所は怖くないのだと伝えたかった。遠山の舌が無意識に言葉を繰る。

「……うん」

リダの口調、幼い子供のように。

「そこはお前だけの場所だ。もう誰もお前を傷つけるものはいない。お前は好きなだけその冷たい水を飲み、浴びていい、誰もお前を責めやしない」

そうでなければいけない。生きることはこんなにも辛《つら》いのだ。ならば、せめて終わりの場所くらいは、せめて――。

「うん……い、いの？」

「ああ、いいとも。そこはお前とお前を愛してくれる奴しかいない場所だ。そこでお前はずっと静かに暮らす。水を浴びたら、草花の上で眠るんだ。風がお前の身体を優しく撫《な》でる、空を見上げればそこには高く、高く雲が1つ浮かんでる」

せめて優しい場所でありますように。

遠山の言葉が重なるたびに、リダの呼吸が弱々しく。しかし、穏やかに変わっていく。

「何も怖がる必要はない。何も恐れる必要はない。お前はみんなより先にそこに行くだけ。心配するな、後からみんなやってくる」

「……る、かも？」

リダの口からつうっと、血が垂れる。

「ああ」

遠山が頷《うなず》く。

「に、こも？　ペロも、シロも？」

「間違いなく」

頷く。

「アンタ、も……」

「……ああ、努力するよ」

遠山は嘘《うそ》をついた。きっと自分が行く先は、人殺しに相応《ふさわ》しい場所だ。そこには行けない。

「そ、うか……それ、いい、な」

「ああ、だろ」

リダの声色にもう恐怖はなく。

「この、街、出て……俺は、はじめたかった、アンタ、みたいに、なりたくて……」

「ああ、出られるさ、リダ。スラム街を出よう。もう誰もお前を傷付けることはない」

「そっ、か……ありが、と……」

「おやすみ」

遠山《トオヤマ》は力の抜けていくリダの手を強く握りしめ、光の消えていく瞳をじっと見つめていた。

【スラム街の子供・リダが死亡ロストしました――条件達成〝INT《知性》6以上で死後の世界を語る〟、〝竜殺しを成し得る〟、〝竜大使館で竜との婚姻を断る〟。全ての条件を達成しました】

「え？」
突如、視界の中にメッセージが踊る。

【特殊イベント〝主席聖女・スヴィ・ダクマーシャル〟が発生します】

「その子、助けようか……？」

足の裏から背筋にかけて、一気に肌が粟立《あわだ》つ。

背後からかかった声。遠山はおろか隠形《おんぎょう》に長《た》けているはずのラザールですらその声の主の接近に気づかず。

「!?」

「何者だ!?」

完全な後手。

遠山はその、女を見て目を見開いた。

「わお、すごい、殺気。しょぼん」

超越者だ、間違いなく。モノが違う。

あの竜と同じ、遥《はる》か高みの超越者。

外見は幼く、下手したらリダやニコと同じくらいにも見える。

身長は低く、140センチほど。金髪のショートボブ、泉のように澄んだ青い目が遠山とラザールを交互に見つめていた。

「ッ、お前、どこかで……」

「知り合いか？　ナルヒト」

「確か、ドラ子の家……大使館にいた奴《やつ》」

白い修道服で思い出した。フードを外しているがあのマフラーみたいな装飾は印象に残っている。

「覚えていてくれたんだ、竜殺しのヒト。やっほ、天使教会、主席聖女のスヴィです」

やーやーと呑気《のんき》な表情を少女が浮かべる。

遠山とラザールは気が気でない。彼女が動くたびに身体《からだ》がびりびりとその威圧に反応するのだから。

「聖女!?　天使教会の兵器が、なぜここに？」

「しょぼーん。兵器……そんな物騒な……まあいいや、それよりその子、もうすぐ死ぬね。いいの？」

首を傾《かし》げる少女。ヒトの姿をしているのに、ヒトではない。その異質さが空気を澱《よど》ませていくようだ。

「……よくねえよ、お前に何が――いや、待て、お前、ドラ子に黒焦げにされた奴を治療してたな」

遠山が思い出す、あの竜大使館での一幕。竜に焼かれた男を目の前のシスターが――。

「あー、クランのバカのこと？　ふん、即死したら良かったのに。主教サマに言われて仕方なく、はい、治してました」

心底どうでもいいような表情、青い目が遠い場所を見つめるように。

「治せる、のか？」

遠山が、言葉を。

「よゆー」

少女がピースサインで答える。

「……条件は？　わざわざこんなタイミングで出てきたんだ。善意で出てきたんじゃねえだろ？」

「んー、主教サマからはあなたの監視をしろってゆわれた。上手《うま》いことやれって言われたからー。んー、なんだろ、上手いことって」

子供のように顎の下に人差し指を当てながら、んーと少女が唸《うな》る。

「お兄さん、この子……」

ニコはよくわかっていないらしい。自分と同い年くらいの少女に遠山とラザールが怯《おび》えているのを見て不思議そうに首を傾げた。

「動くな、ニコ、ゆっくり、ラザールのそばに」

「う、うん」

だが賢い子だ。遠山の声色に只事《ただごと》ではないとすぐに悟ったらしい。ラザールのそばに向かう。

「……そんな警戒しなくていいのに。しょぼん、私、あなたに何かしたっけ？」

「ネズミが蛇を見たらびびるのは当たり前だろーがよ、自分が蛇だという自覚くらい持ってくれ」

「おお、難しい言葉。主教サマみたい、ふふふふのふ」

軽口すら気を遣う。彼女を敵に回した瞬間、全部終わる。そんな気がしていた。

「ごほ……」

「リダ……！」

「あら、そろそろ危ないね。……どうする？　竜殺しさん、その子助ける？」

「……ナルヒト、あ、怪しすぎないか、そもそもほんとに治せるのか？」

いや、治せるのだ。

「ふふふふ」

遠山はそれを知っている。竜にお手本のような黒焦げにされたあの騎士とやら、焼死体寸前の男を目の前の少女は治していた。

時間は、ない。

女の狙い、理由、それを問い詰め、確認する時間もない。そしてさっき始末したクソ野郎と違い、この女を拷問にかけるのは不可能だ。

その気になれば、ラザールも遠山も一瞬で殺されてもおかしくない。見ただけで分かる絶望的な実力差。

選択肢が、あまりになく。

「……お、れ、た……い」

――リダの血の混じる呟《つぶや》きが。

「おれ、いき、たい……」

タロウは死んだ。けむくじゃらの4本足の友は救う機会すら得られず、選択の余地なく逝ってしまった。

あの時、もしも、自分に力があって、友を救う機会があったのならば、遠山は――。

「……バカか、俺は。やることなんて決まってるだろうが」

――わん！

目を瞑《つぶ》ると友の吠《ほ》える声。わかってるよ、タロウ。

遠山は、決断を終える。

「で、どうする？」

「助けてくれ」

遠山が少女のもとにひざまずく。頭を地面に擦《こす》り付け言い切った。

土下座。

「ナルヒト、おまえ」

「お、兄さん……」

「アンタが怪我《けが》を治せるのは知ってる。条件を全て呑む、だから、リダを助けてくれ、生かしてくれ、頼む」

「……お顔、あげて？」

「………」

遠山の茶色の瞳、少女の薄い青い目。それが互いを映した。

「あは、綺麗《きれい》な目。主教サマと同じ、ヒトの目だ……竜殺しさん、あなたの言葉とても綺麗だった、だから、うん、いいよ、助けてあげる。……主教サマも遠くから監視して、それとなく上手いこと恩を売れとかなんとか言ってたからいいよね？」

着崩したシスター服の少女はふと何か思い出したように呟き、すぐにまた視線を遠山に落として――。

「っ……へえ」

上位存在、聖女であるはずの彼女は一瞬言葉を失った。

その目、遠山の細い目、黒目はどろりと輪郭が溶け、そこから何かが這《は》い出てきそうな目に、彼女の動きが止まる。

「必ず助けろよ。しくじったら、お前を許さない」

「……ふふ、蒐集《しゅうしゅう》竜《りゅう》サマを殺したのもなっとく」。

自らを見上げてくる茶色の瞳の中に彼女が何を見たのか。

「じゃあ、条件ね。うーん……主教サマならこうするか。今年の冬、静雪の月までに白金貨を50枚用意すること、いいかな？」

　少女が綺麗な指をピンッと立ててニコリ、笑った。

「な!?　冬までに、白金貨50枚だと!?　む、無茶だ!!　貴族街に家が建つ金額じゃないか!?」

　ラザールが目を剝いて叫ぶ。

「しろ、きんか？　トカゲさん、お金って銅貨以外にもあるの？」

　ニコが首を傾げてラザールを見上げていた。

「お友だちはそう言ってるけど、あなたは？」

　少女が遠山に問うて。

「払う、耳揃《そろ》えて、払う。だから、頼む」

　遠山がノータイムでそれに答えた。

「おっけー」

　少女がにいっと口角を吊《つ》り上げた。

　ぱちり、指を鳴らす。

　どこに収めていたのか見当もつかないが、いつのまにか、何かの巻き物、羊皮紙のようなものを手に携えて。

「それは？」

「〝教会誓約書《プリジ・スクロール》〟、天使教会の保有する〝副葬品《グレイブス》〟の1つだよ？　これに誓った内容は必ず履行されるの」

掲げるように開かれた羊皮紙の巻き物。何やら筆記体のような文字や赤いインクでつけられた模様が羊皮紙の中を動き回っている。

遠山《トオヤマ》が明らかなファンタジーグッズに目を奪われる。

「プリジ・スクロール……大戦で焼失したはず……第2紀以降、帝国でも王国でも発見例は報告されていないのに」

知ってるのか、ラザール。と言いたくなるが遠山は口を挟まない。

「おお、詳しいねトカゲさん。詳しくは、主教サマに口止めされてるけど、副葬品は消えないよ、隠れちゃうだけだから」

「ナルヒト、ダメだ。プリジ・スクロールに誓った内容を守れなかった場合、誓約者は廃人にされる。その誓約内容を遵守するだけの存在にされてしまうぞ！」

過去の仕事柄、〝副葬品〟の持つ恐るべき効果を熟知しているラザールが友に警告を。

「サイン、ここでいいのか？　認め印とか実印ないんだけど拇印《ぼいん》でいい？」

「あ、うん、拇印だけでいいよ。ナイフいる？」

「ああ、どうも」

遠山は親指の腹をナイフの刃に当てて、ぷつりと湧き出た血をインクに羊皮紙に押し付けた。

「ナルヒト!?　お前！」

ラザールが牙を剝《む》き、尻尾をピンと立てながら叫んだ。ほぼ悲鳴だ。

「ラザール、悪いな。ビビッたり後悔するのは後にする。今はリダを救うのが先だ」

遠山が申し訳なさそうに頭をかく。

「……ああ、歯よ！　ご加護を！　聖女殿！　プリジ・スクロールは連名も可能だったな！」

ラザールが、口を結んで、頭を押さえてぱっと顔を上げる。

「うん、大丈夫だよ」

少女が愉快げにラザールへと返事をして。

「ラザール？　お前何するつもりだ？」

「やかましい!!　友にだけ〝リンボローへの片道馬車券〟を買わせるなんて真似《まね》が出来るか!!　祖先に、我が〝歯〟にかけて断じてそんなことはさせん！　聖女殿、これでいいか!?」

ズカズカと歩いてきたラザールが、少女から羊皮紙とナイフを受け取る。

遠山と同じようにその血を副葬品へ誓いとして残した。

「くすくす、めーずらしい。リザドニアンが他種族のためにそんなに本気になるなんて」

心底愉快、そう言わんばかりの態度だ。少女が羊皮紙を眺めて目を細めた。

「馬鹿が、ラザール」

「お前にだけは言われたくない、ナルヒト」

短い言葉。似たもの同士が悪態をつく。

「確かに、竜殺しさんと、王国の〝影の牙《シャドウ・トゥース》〟、プリジ・スクロールに存在を連ねたこと、天使教会主席聖女、スヴィ・ダクマーシャルの名の下に認めます。誓約は天使のお力の下に絶対となりました」

羊皮紙を懐にしまい、少女が礼をする。見惚《みと》れるような所作、しかし遠山にはそんな余裕はない。

「満足かよ、早く、リダを」

「もう治してます」

治せ、と言う前に少女がニコリと微笑《ほほえ》んだ。

「は？」

「秘蹟《システム》・聖別。暖めてあげて」

それはこの世界の異能にして、ヒトという生物の可能性の最奥。生命がたどり着いた進化の果て。

「――治癒の手」

ぱちり。綺麗な指がしなやかに心地よい音を鳴らす。

たった、それだけ。

「え？」

むくり。地面に横たわり死人の顔色に限りなく近かったリダが起き上がった。

「あ、れ？　俺、痛くねえ……？」

「り、だ？　リダァ！　良かった！　よか、う、うわーん!!」

「ぐわ！　ニコ！　く、くるしい……うそだろ、傷が、塞がってる……」

「キミ、身体《からだ》に異常はないか？　めまいや吐き気は？」

ラザールがリダに近づく。

「うお、り、リザドニアン!?　い、いや、ない、です。さっきまで、俺、死にかけて……」

「君、運がよかったね。そこの竜殺しさんにありがとーって言っておきなよ」

少女が起き上がったリダに言葉を向ける。

リダが目をパチクリしながらそれでも頷《うなず》いた。

「に、兄さん、俺は何がなんだか」

「ふ、リダ。お前、はあ、良かった。本当に」

遠山もリダのもとにしゃがみ、その額や手を触る。体温が戻っていた。

「竜殺しさん。いいもの、見せてくれたお礼。サービスでそこの帽子の子の怪我と、あなたの腕の怪我も治しといたから。……そこの帽子の子、面白い子だね。ふふ、じゃあ、竜殺しさんと影の牙さん、条件のことはお忘れなく」

「マジかよ、傷が治って。ああ、約束は守る」

少女の言葉の通り、あの鴉羽《からすば》の入れ墨の男を始末した時の負傷が治っている。初めから怪我なんてなかったように。

「ふふ、それじゃ、お金が貯《た》まったらいつでも気軽に天使教会総本山に遊びにきてねー」

現れた時と同じく突然に少女が消えた。

寒気がしてくる。目の前で視界に捉えていてなお、少女が何をしたのかすら分からない。

「行った、か？」

「……少なくとも俺が分かる気配はもう、ない。あれだけ近づかれて気付けなかったから意味ないかもしれないがね」

遠山がラザールに確認する。自信なさげにラザールが辺りを見回していた。

「っどへえ！　疲れた！　な、なんだあのバケモン……」

その場に崩れるように座り込む遠山。

「俺も初めて見たよ、あれが教会最高戦力のひとつ、主席聖女……彼女1人で教会騎士と戦力を等分すると聞くが……生きた心地がしなかったな」

ラザールも憔悴《しょうすい》している。しゃがみ込み大きく息を吐いていた。

「ドラ子やジジイみたいなバケモンがまだいんのかよ。勘弁してくれ」

「一度とはいえ竜を殺したアンタも大概だよ、ん？」

ラザールが目を大きく開いた。

「おい、リダ、ニコ、何してんだ？」

遠山もその視線に釣られる。そしてその先には地べたに座り込み頭を下げているリダとニコ。

「「ありがとうございました!!」」

「アニキ！！！」

「お兄さん！」

同時に響く声。

リダとニコの勢いに遠山がおののく。

「あ、う、うん。え？」

「俺やルカ、ニコにみんなを助けてくれた恩を俺は一生忘れねえ！」

「ほんと、本当にありがとう、ほんとはあたし、あの時、ほんとは、お兄さんを見つけた時、助けを求めた時、すごく怖くて、うえええええええん!!」

「まて、まてまて、顔上げろ、お前ら。ニコ泣くな、リダ、アニキはよせ、ガラじゃない」

「いいや、呼ばせてもらう。これが敬意だ、俺なりの敬意の形！　この命はアンタのために使わせてもらう、俺はそう決めた！」

遠山が止めてもリダは顔を上げない。本当に傷、いや失った体力や活力さえも戻っているように見える。

「ええ、なんか、ノリが重いな……ラザール？」

「アンタの行動の結果だ」

ラザールに助けを求めるが、フッといい声で笑うだけで助けてくれる気はなさそうだ。

「はあ……まあ、今更か。……リダ、改めてお前らを雇いたい」

口実、しかし今となっては割と悪くないプランを遠山が口にする。

「や、雇う？　アンタの下で働かせてもらえんのか？　ほ、ほんとか!?　ま、任せてくれ！　タダでもいい！　金はいらねえ！　アンタのためならドブさらいでもなんでも！」

リダが喜色満面、笑顔で遠山に答えた。

「アホ、金の発生しない仕事は、ほにゃららとある偉大な男も言っていてだな。そうだな、待遇は正社員、業務内容は今のところ雑務全般、後々とある業務に従事してもらう。完全週休2日制、給与は月末締めの当月払い、賞与は年2回ってとこか」

「セイシャイン？　キュウヨ？　な、なんのことだ？」

「まあ、詳しい話は場所変えてしよう。で、どうする？　興味あるか？」

「あるに決まってる！　スラムのことなら任せてくれ！」

「あ？　いまいちうまく伝わってねえな。ルカが起きたら出発するぞ。ペロとシロを探してみんなでここを出る」

「へ、す、スラム街から、出る？」

ニコがキョトンとして呟く。顔から表情がすとんと。

「当たり前だろ。お前らには悪いが俺はここで働く気はねえ。お前らにはこれから真っ当に汗水垂らして金と生活の為《ため》に働いてもらう。しばらくは俺とラザールと衣食住仲良く一緒だ」

リダとニコがきょとんと表情が抜け落ちた顔で遠山《トオヤマ》を見上げる。

住み慣れた場所を捨てろと言ってるようなものだ。しかも伝えたのは労働条件だけで肝心の給与額はまだ伝えてすらいない。

遠山が事を性急に進めすぎたかと危ぶんで。

「――う、うわあああああん！　わああああああん！」

「ニ、ニコ、よせ、な、泣くんじゃねえ……ああ、天使様よ、これは夢か？　夢なら頼む、醒《さ》めないでくれ……う、うわああああああ」

2人が何故《なぜ》か泣き始めた。わんわんと、崩れるニコ、それを窘《たしな》めるリダも洟《はな》を啜《すす》り上げている。

「え、ええええ……ラザール、なに、これ」

「号泣、だな。ふむ、ナルヒト、子供達を何度も泣かすとは。悪党じゃないか」

壁によりかかったラザールが、喉を鳴らしながらくくくと笑う。

「てめえ結構いい性格してるな」

「ちがう、ちがうのおお、お兄さんは何も、悪くなくて、私達、う、嬉《うれ》しくて……あ、諦めてたのに、私達、スラムで死んでいくって、諦めてたのに」

「アニキ、アンタには本当に、ぐ、なんて言えばいいか……」

「え、これ、そんなテンションになる話なのか？」

「……彼らスラムで生まれた子供達にとって、スラム街の外は未知の世界だ。常識も生き方もまるでちがう。彼らだけではスラムでしか生きることが出来ないのさ。……物好きな誰かの庇《ひ》護《ご》に入れば話は別だろうが」

ラザールが目を細めて爬虫《はちゆう》類《るい》ヅラを向けてくる。

「はー？　庇護？　ばか、お前。今からこいつらにきちんと働いてもらうんだぞ？　のんべんだらりと出来ると思うなよ」

「ふ、それを庇護というんだ、友よ。仕事を与え、共に過ごすという事自体、この街に生まれた彼らにとっては奇跡のようなものなのさ」

「アニキ、あにき、ほんとに、いいのか？　俺らはスラムの生まれだ。ほんとに一緒に行っていいのか？」

「あ、ああ。だが、勘違いするなよ。ラザールにも言った通り、きちんと働いて――」

「なんでもする!!　アンタのためなら殺しだってやるさ！　だから、頼む、俺達を連れていってくれ！」

　ものすごい勢いでリダが叫ぶ。

　意気込みは十分らしい、しかし遠山が首を横に振る。

「ばか、殺しなんざお前らにさせるか。ああ、こき使うからな、覚悟しておけ」

「殺しでもねえ、盗みでも、ねえ。真っ当な、仕事……。この命、アンタに預ける。姓はねえ、ただのリダ、アンタに全て預けさせてくれ」

「いやいい、そこまでのあれはいらん。業務内容を守り、言うこと聞くだけでいいから。……ルカが起きたらペロシロを探しに行く。それまで休んどけ」

「ああ！　了解だ、アニキ！　なあ、ニコ、聞いたかよ！　俺が、俺達に仕事だとよ！」

「うん！　うん！　ルカが起きたら驚くわ！」

「う、うーん、うるさい……あれ、リダ、ニコ、俺……」

「ルカァ！　起きたのね！　あのね、聞いて聞いてすごいのよ！　お兄さんがね！」

「……あれ、リダ……？　っ傷は!?　〝カラス〟、アイツらは!?」

「ルカ！　全部終わったんだ！　アニキとトカゲの旦那が助けてくれたんだよ！」

「そうよ、ルカ、あたし達《たち》を雇ってくれるって！　う、よかった、リダもルカも生きてて、よかったああ、にゃうわあああん！」

子供達の大騒ぎをラザールと共に見守る遠山。

ふとその光景が、ある記憶と重なった。

あの高架下のひと時。


——でね、タロウ、僕とお前でぼうけんに出るじゃん、そこでさ、色々人助けとかもしよう！　ムカつく悪い奴《やつ》はぶっ飛ばしたりさ！

——わうん？

——なんでそんなことするかって？　ふふん、タロウ、それはね。


「そっちのほうが、たのしいから、か」

遠山が空を見上げる。夕焼けと、青空の混じる高い空。

ぼんやり渡る雲を見上げて、そこにいるかもしれない亡き友を想《おも》う。

「さあ、ルカも起きたことだし、行くか」

遠山がラザールへ声をかける。

「ああ、君達もだ。ついてきてくれ」

頷いたラザールが子供達へ声を向ける。

「行くって、どこに?」

ルカがハンチング帽をまぶかに被《かぶ》り直し、首を傾《かし》げた。

「ルカ、もう! 決まってるじゃない! 私達はジューギョーイン、セイシャインなのよ!」

「ジューギョーイン、セイシャインって、なに?」

「……そういえばなんだろ」

「アニキ、まずは何から始めるんだ? なんでもやるぞ!」

「ペロシロを拾ってから宿探し。金足りるかな、まあいいや、リダ、ルカ、ニコ、ついてこい」

遠山が振り返る。

そのクエストの報酬、勝ち取り、遠山が選び、救いとった小さな彼らを眺めた。

「スラム街を出よう」

遠山の言葉。子供達は目を大きく見開き、顔を見合わせ、一斉に大きく頷《うなず》いた。

【サイドクエスト・〝路地裏のトカゲを追って〟】

【孤児ルート達成率１００％クリア】

【報酬一覧・ラ・ザールが仲間になりました。達成率１００％の為、〝スラム街の子供達〟に死亡ロストは発生しません。彼らを雇用することが可能になりました。技能〝カラス殺し〟を獲得しました。〝キリヤイバ〟の新たな使用法が追加されました】

【隠しクエスト〝ＦＯＧ・ＤＲＥＡＭ〟が発生するようになりました。特殊なクエストをクリアしたのち〝キリヤイバ〟への理解を深める出会いが発生します】

幕間　ある騎士の仕事

「ふん、ふんふん、ふんふんふーん、ふんふーん、ふふふーん」

弾む鼻唄、同時に揺れる水色のポニーテール。白いマントの裾野から覗《のぞ》く銀色の鎧《よろい》には、ひとつの曇りもなく。

少女が1人、屋敷の大広間、散らばった机や椅子を丁寧に片付ける。

「ふー、思ったより散らかしてしまいましたディス。よそ様のご自宅を汚すのは悪いことディスから、きちんとお片付けしないと」

少女はあくまで楽しそうに。だが、その光景は異質なものだった。

「「「「「」」」」」

「「「「「」」」」」

「「「「「」」」」」

死屍累々《ししるいるい》。

濃い血の匂いと、死体が転がるその中で、その惨状を作り出した少女が鼻唄をるんるんと唄《うた》い続ける。

「ふんふーん、ふんるーんふ」

「お、おい！　おい！　お前、なにを、何をしているんだ!?」

「ディス？」

　鼻唄が終わる。

　少女が、あらかた散らばった家具を片付け、そして唯一この屋敷の中で生かしておいた者に視線を向けた。

「なにを？　見ての通り、お片付けディス。孤児院にいた頃からわたし、賢いのでお片付け得意だったのディス。院長先生にもよく褒められていました！」

「は？　そ、そんなことを聞いてるんじゃあない！　貴様、こ、この俺にこんなことをしてタダで済むと思ってるのか！　お、俺は、貴族だぞ！　貴族の」

「ウィーフック、あっあー、待ってくださいディス、知ってる、知ってるんディスよ、わたし、あなたの名前。クレイデアに聞きましたから。わたし、賢いので記憶力もいいので、えーと、えーと……」

　男に向けて、首を左右に傾げ、体をぶーらぶーらと揺らしながら水色ポニテの少女がむーと唸《うな》る。

「ボラー家だ！　我々が最初の〝名家20席〟の貴族と知っての狼藉《ろうぜき》か!?」

「――……そう、ボラー。ボラー家ディス。うん、うん、きちんとわたし、覚えてましたディス。決してあなたが叫んだから思い出したわけじゃないのでその辺宜《よろ》しく」

チッチッチ、と指を振る少女。

「な、なんなんだ!?　なんなんだ！　お前、我が屋敷の護衛……50人はいたはずだ！　な、ぜ、全員殺したのか？」

「ああ、そんなにいたのディスか？　数を数えるのが苦手で、3人から先はわかりませんでしたディス。一応警告はしたのに……残念ディス。話を聞いてはくれませんでした。賢くないヒトは野蛮で怖いディス」

少女の水色の瞳に、広間に散らばる死骸が映る。皆、武装した姿、鎧や剣を備えた冒険者上がりの腕利き揃《ぞろ》い、もう息をしている者はいない。

たった1人の少女により、ボラー家の戦力は全滅していた。返り血ひとつ、少女に浴びせることもなく。

「お、おい！　だ、だれか!?　誰かいないのか!?　本当に、全員!?　ぬ、盗人《ぬすっと》、強盗だ！」

「よよよ、悲しいディス、そんな強盗だなんて、野蛮な……」

叫ぶ男に向けて、少女がちらりとマントの裾をめくり、銀の鎧が見えるように。

それが視界に入った途端、男が目を剥《む》いた。

「ぎ、銀の鎧に、その装飾、ま、さか。教会騎士!?」

「おや、ばれちゃいましたか。まあ、いいディス。ボラーさん、実はあなたに用事があってお邪魔させていただきました。あなたの息子さん、三男さんの件で」

「さ、三男……？　わ、ワイズマンがどうした!?　お前達となんの関係が」

「そのワイズマンさん、〝カラス〟のメンバーらしいディスね、我々教会の敵」

少女の言葉に、縄で縛られた男が目を見開く。ぎりりと唇を嚙《か》み締め。

「——む、息子のことなら話さん、話さんぞ!!　何をされようとも」

「あ、別にそれは大丈夫ディス」

「な、に？」

意気軒昂《いきけんこう》に放った叫びは、しかし少女に届かない。

「わたし、今少し感動しました。家族愛、というのディスか？　それを感じています。ああ、あなた達のような悪にもそんなものがあるのディスね」

すらり。

部屋の片付けを終えた少女がその腰に佩《は》いていた剣を抜く。男がぎょっと、目玉が飛び出さんばかりに見開く。

「おい、おい、おい！　待て！　待て待て待て待て！　なぜ剣を抜く!?　お前、教会の目的は〝カラス〟なのだろう!?　おれ、俺から話を聞かないでいいのか？」

「はい、目的は〝カラス〟！　教会の敵をぶっ殺すのが騎士のお仕事ディスから！」

「じ、じゃあ、お前、俺から話を聞きに来たんじゃないのか!?　ワイズマンを伝って、我がボラー家に」

「ディス？」

「は？」

男の言葉に、少女が大きなはてなマークを浮かべる、そんな首の傾げ方で答えた。

「あ。あー、あー。確かに言われてみれば、そっかー。話を聞く。そうだ、そうだ。確かにあなたに何か聞けば〝カラス〟の情報とか手に入りそうディスね」

ぽんぽんと手を握り拳で叩《たた》き頷く少女。本気で今それに気づいたような。

「な、なんだ、お前、そ、それが目的じゃないのか？　で、では、なんで——」

「ぶっ殺しに来ただけディスよ？」

「な、に？」

「わたし、賢いので知ってますディス。天使教会こそが、正義。それに従わない者は悪。〝カラス〟は悪ディス。そしてその〝カラス〟に与《くみ》する者も悪。てことは、〝カラス〟のメンバーの家族もみーんな、悪ディスよね。正義の敵ディス、つまり、教会の粛清対象ディス」

「は、待て、待て待て待て！　お前、まさか、本気？　殺す、殺す気か⁉　なんの取引もせずに⁉　初めからそのつもりで？」

「？？？　とりひき？」

少女が目をしぱしぱと瞬きさせつつ、ゆっくり、ゆっくり男へ近づく。

「いや、待て!!　お、俺は貴族だぞ！　あのボラー家だ！　帝国皇帝閣下の遠縁で！　我が家には皇位継承権だって」

「コーイケイショー？」

「――……！　待て、家族、が！　家族がいるんだ！　長男のレイズは最近結婚したばかり！　次男のルータも帝都の公爵家との縁談の最中！　四男のフォルトはまだ8歳で！」

「ああ、それはダメディスね……お父さんと離れ離れになるのは可哀想ディス……」

「だ、だろう？　この街で親のいない子供がどんな目に遭うか、騎士ならば知って――」

「でも安心してくださいディス！　みんな大丈夫ディス！　天使様の御許《みもと》で、あなたを今か今かと待っていますディス！」

「は？　待て！　お前それはどういう意味だ！」

「きれいな女の人をバラバラにするのが好きな長男さんは奥様を盾に命乞いしてきたので、盾ごと斬りました！　小さな女の子を箱に詰めるのが好きな次男さんはお金を出して命乞いしてきたので斬りました！　小動物を分解して合体させるのが好きな四男さんは問答無用で悪なので斬りました！」

ブイっと、ピースサインをし、ニカッと笑う少女。縛られた男が口をパクパクして。

「俺、俺は貴族だぞ！　教会が貴族に手を出すということは、つまり、貴様ら天使教会は帝国という国家自体を恐れないという意志の表明にほかならない！　この国のバランスを――」

「んー？　すみません、よく分かりません！　ですので、もう」

ニコニコと少女が笑う。泉のほとりで遊ぶ妖精のような可憐《かれん》さのまま。猫目を大きく見開いて。

「ぶっ殺しますね！」

「こ、こっ、え？」

白刃、一閃《いっせん》。少女が剣を振るった瞬間、男の首が胴体から離れた。

「正義、執行！　善行完了！　今日も良いことしました！　ディス！」

「は、え？」

綺麗《きれい》に弧を描き、斬り飛ばされた首が宙を舞う。

「あ、わたし、賢いので気付きました！　わたしの〝正義《ジャスティス》〟を使えば確かに〝カラス〟のことをあなたに……って、ああ、もう遅いか」

「？？？？……」

ぱちり。絨毯《じゆうたん》に転がった男の首は一度瞬きをした後、自分が死んだことに気付いた。もう、動かない。

「あら、もう終わったのね。でも、ストル、すこしやり過ぎじゃないかしら」

同時、広間のドアが開く。

亜麻色のわずかにウェーブした長髪に、少女と同じ白いマントに銀の鎧を纏《まと》う美人が広間へと。

「あ、クレイデア！　お疲れ様ディス！　お目当ての方達《たち》とは会えましたディスか？」

「ええ、会いたくはなかったけどね。……この屋敷の裏庭、魂の行き場のない死者がたくさん。聞いたら、ボラー家は定期的にメイド達を殺していたみたい……反吐《へど》が出るわ」

クレイデア、そう呼ばれた亜麻色の髪の女騎士が目つきを鋭く。もう物言わぬ生首に冷たい目を向けた。

「彼女達の魂に天使様のお慈悲があらんことを祈りますディス。それで、死者達はなんと？」

「ええ、主教派から手に入れた情報通り、ボラー家三男、ワイズマン・ボラーは〝カラス〟よ。最近そこの生首領主に遊ばれて殺された13歳の女の子の魂が、刺青《いれずみ》を見たって教えてくれたわ」

「わお、それはそれは。……どこもかしこも、我々が掃除すべき悪だらけで、嫌になってきますディスね、クレイデア」

「そうね。それで、ボラー家はどうするの？　当主は死んで、それでもまだ他の家族は残ってる。無縁墓地の魂に聞いたんだけど、この家はクソよ。最近はタガが外れて使用人だけじゃなく、この街の一般市民まで屋敷に招いて、悪趣味な殺しのおもちゃにしてるみたい」

「あ、もう誰もいませんディスよ？」

「え？」

水色ポニテの少女がケロリと言い放つ言葉にクレイデアが反応する。

「逃げようとしてたので、みんな斬りました。あ！　一応、〝正義〟を使って悪かどうか確かめて斬りましたのディス！」

「斬った……ああ、そう。そうだった。あなたはそういう子よね……ボラー家にはまだ8歳の子供もいたはず。それは」

「子供？　何か問題が？」

心底不思議そうに、水色ポニテが首を傾《かし》げる。子猫がネズミを見つけた時のように。

「……いえ、ごめんなさい、あなたにばかり、こんなことを……」

亜麻色の髪の騎士が目線を下に、わずかに唇を噛んで俯《うつむ》く。

「ウィーフック？　さて、これであとは三男、ワイズマン・ボラーだけディスね！　教会の正義の為《ため》！　力なき人々の剣として、頑張ってお仕事頑張りましょー！」

水色ポニテの少女騎士は同僚の妙な様子にはてなマークを浮かべる。何故《なぜ》、亜麻色の髪の騎士が少し辛《つら》そうにしているのか、彼女には本気で分からなかった。

「……はいはい。お付き合いするわよ。最優の騎士サマ」

「む、クレイデア、わたしを今、少しバカにしましたね。わたし、そういうのわかりますディス。なにせ、賢いので」

「はいはい、ごめんなさいな。許してよ、スト――え？」

仲の良い同僚同士、朗らかに笑い合う、その瞬間だった。

「どうしました？」

「……死者が、喜んでる」

亜麻色の髪の騎士がぼうっと、天井を見上げる。

「ディス？」

「秘蹟《システム》、来訪。〝13番目のペールの槍《やり》〟……ストルにもこの光景を見せて」

亜麻色の髪の騎士の手元に、黒いモヤが現れる。それを指揮棒を振るように、水色ポニテへ向けて。

「……ほっほーう」

ソレが、水色ポニテの視界に映った。

――キャハハ
――ウフフ

——アハハ

踊っている、舞っている、歓《よろこ》んでいる。屋敷の天井は彼女達のステージ。白い影が、少女の姿をした白い影達がスカートをはためかせ、くるくると髪を振り回し、踊っている。

——しーんだ、しんだ。しーんだ、しんだ、アイツが死んだ！

——わいずまんが、死ーんだ！　私達を誘惑して辱《はずかし》めて殺したワイズマンが死んだ！

——私達の叫び声を、嘆きを、苦しみを愉《たの》しんでいたアイツが、苦しんで、恐怖しながら死んだ！

——あのヒトが殺してくれた!!　キャハハ、ウフフ、アハハハハハハハハハハ！

「これは、なんディス？」

「屋敷の裏の無縁墓地……このボラー家に殺された者達の死体が埋められていた場所から連れてきた魂達よ、ワイズマンの追跡に力を貸してくれるようにお願いしてたのだけれど、……もう、その必要はないみたいね」

——ウフフ、ありがとう！　くろいかみの人！
——ワイズマンを、残酷に、容赦なく、慈悲なく、圧倒的に
——殺してくれてありがとう

ソレらは、無邪気なまま生きて、無邪気なままに死んだ幼い魂達。

彼女達の無念は今、とある男が全てを殺し尽くすことにより果たされる。


「消えた……ディス」

「彼女達の無念が消えた……想《おも》いが消えた魂は次の場所に向かう。……よかった、彼女達、ずっと苦しんでたから」

「ふーん。そうディスか。なるほど、わたし達以外に〝カラス〟に手を出す奴《やつ》がいるんディスね」

「ストル？」

水色ポニテの呟《つぶや》きに、亜麻色の髪の騎士が反応する。

その時だった。

「し、失礼します！　第一騎士ストル様！　第6騎士クレイデア様！」

「ディス？」

「先ほど、騎士団の密偵がスラム街にて大量殺人の発生を確認！　遺体を収容し、確認した所、その、鴉羽《からすば》の刺青を多数確認したとのことです！　そして、その中には」

「ワイズマン・ボラーも入ってた、ディス？」

「っ、は！　その通りです！　いかが致しますか!?」

「クスクス、面白いディス。興味がありますディス。引き続き密偵には周辺の情報を集めさせなさい。……〝カラス〟を駆除し、教会騎士の獲物を横取りしたお馬鹿さんの正体を突き止めましょう」

「は！」

部屋から走って去っていく部下を眺めつつ、水色ポニテが端整な顔立ちに薄い笑みを浮かべる。

「クレイデア、まだ我々の公務は終わっていませんディス」

「何をする気？」

「決まってますディス。我々は天使教会の剣なのディスよ？　剣の役目は1つだけ」

ネズミを、獲物を見つけた猫のように、水色の瞳の瞳孔が開いていた。

「悪を、敵を討ち、滅ぼす。我々よりも先に〝カラス〟にたどり着き、それを殺したヒト。このまま放っておくには危険ディス」

彼女は剣として生まれ、剣として育てられた。そうあるべしと願われ、定義され、ここまで来た。

「見つけ、捕え、そうディスね、質問しましょう。そのヒト達が正義ならばよし。お話はこれで終わりディス、でも、もし、正義の質問に答えられないようなことをしていた、そう、悪だとしたら」

ヒトの形をした、教会の正義の剣が嗤《わら》う。正義の剣に知性は必要ない。教会の敵を、悪を斬ればそれでいい。

「っ……そう、ね」

「では、たのしい公務の続きディス、さあ、行きましょう、第6騎士クレイデア？」

楽しげに、嗤う。血の味を覚えた剣が笑うとしたらきっと、今の水色ポニテのように笑うのだろう、そんな微笑《ほほえ》み。

「……ええ、わかったわ、我ら教会騎士、最優の剣」

亜麻色の髪の騎士が、少し辛そうにそれでも、微笑み返した。精一杯の友人への想いを込めて。

「第一の騎士。ストル・プーラ殿」

第二話　異世界生活二日目、どうでしょう

「すう、すう」

「ごご、がが」

「すー、すー」

「すぴーすぴー」

「んぶ」

ルカ、リダ、ニコ、ペロ、シロ。水浴びを終え、宿屋から借りた肌着に着替えた子供達《たち》。藁《わら》と布の粗末なベッド。

「みんな寝てしまったか。ふふ、たくましい彼らも寝顔を見るとただの子供に見える、大人に守られるべき、な」

ラザールが子供達を眺めて顔を優しくほころばせる。

スラム街を出て、断られること13回。

ようやくありつけた宿の部屋、それなりに広く値段通りにボロい部屋で一夜を過ごす。

「すげえ勢いで宿屋の婆《ばあ》さんがくれたまかない食ってたな。あの婆さん口は悪いがいい奴

だ」

「辛い生活だったんだろう、今はゆっくり眠らせてやるべきだ」

小さなロウソクとカンテラだけが光源。静かな夜だ。

窓を開ける。この冒険都市には割と高低差がある。坂を登った先にあるため、灯《あか》りの少ない冒険都市の街並みを眺めることが出来た。

遠く、一部明るい箇所もあるようだ。朝になれば街を散策しなければならないだろう。

あまりにも土地勘がない。

「だな。さて、がきんちょどもが眠ってる間に、ラザール、これからの俺達の動きについて話しておきたい」

窓から入る夜風を感じつつ、少し声を潜めて遠山《トオヤマ》が言う。

「ああ、それは俺もそう思っていた所さ。だが、その前にどうだい？　1杯」

ラザールも声を潜めた、しかしニヤリと笑い懐から何かを取り出す。

琥《こ》珀《はく》色《いろ》の液体が入った瓶だ。見覚えがある。

「ああ、あの時飲みそびれた奴か。もらうよ」

「一気に呷《あお》らないでくれよ？　ちびちびやるのがいいんだ、こういうのは」

ラザールが笑いながら部屋にあった木のコップを小さなテーブルに置いた。

遠山も場所を移り、椅子に座る。

ラザールが満足そうに頷《うなず》き、瓶のコルクを引き抜く。キュポン、気味の良い音が子供達の寝息と重なる。

とくっ、とくっ。少なめに注がれた琥珀色の酒。遠山は香りを嗅いで、それを呷り舌の上で転がす。

「……ん、お。……驚いた、こりゃ、美味《うま》い」

甘み、同時に鼻に抜ける濃厚なハチミツの香り。強い酒精が喉を焼くようなしびれをもたらす。

「これと一緒に試してみてくれ。果物を乾かした携行食だ」

ラザールが机に置いた小さな袋、その中には黒く乾いた果実、レーズンに似ている。遠山はそれを口に放り込み、酒で流し込む。果実の深い甘み、そしてわずかな酸っぱさを、酒の香りが包み込む。

「……合うな、こりゃいい」

思わず、ため息をつく。今日一日の疲れをハチミツ酒が癒してくれるようだ。

「ふ、まさに、天使のキスだろう？　ああ、美味い。天使の祝福様々だよ。ハチミツをこんな天上の飲み物に変えるなんて。天使教会が２００年以上隠し通している秘密の味、という奴だ」

「ふんふん、なるほど……こっちじゃ発酵のことをそんな風に呼ぶのか」

「ハッコウ？　なんだそれは？」

「え、いや、だから、発酵だよ、酒とか、確かパンも小麦を発酵させて生地作るじゃん」

「おいおい、からかわないでくれ。パンが膨らむのも、グレプの絞り汁がワインになるのも全て天使のお力さ」

「……あー？　ラザール、醸造、イースト菌、酵母。これらの言葉に聞き覚えないか？」

パン種《だね》が膨らむのも、果実の搾り汁がワインになるのも、決して天使の祝福とやらのおかげでないことを遠山は知っている。

「醸造はわかるぞ。教会が醸造所の権利を全て持っているからな。だがイーストキン、コーボ、ふむ、初めて聞く言葉だ」

「……醸造所っつー言葉があるのに発酵を知らない？　ラザール、お前、酒やパンがどうやって作られるかの仕組みを知らないのか？」

「それは天使教会の主教クラスや聖人でないと分からない天使の秘密、というやつだよ。まさか、ナルヒト、アンタそれを知ってるとは言わないよな」

ラザールが朗らかに笑う、しかし次の瞬間には真顔に戻った。

「酒は発酵によって原材料の糖分が炭酸ガスとアルコールに置き換わることによって生まれるんだ。天使とやらがどうこうしてるわけじゃない。全て菌の活動のはず。パンだって同じだ。イースト菌やら酵母やらの発酵でパンが膨らむわけだが」

遠山がその祝福とやらの正体を語る。本来、天使教会のごく一部しか知らないそれを、つらつらと。

「……なんだって？」

ラザールの顔がどんどん険しくなる。

「あー、嫌な予感してきたぞ。いや、でもこの世界とあっちでは自然の法則が違う可能性も……いや、でも発酵に関してだけ違うとか都合いいことあるか？」

まだこの世界の食については情報が足りない。しかし街並みや、子供達が食べていたまかないを見る限り、おそらく主食はパンだ。

もし仮に教会が意図的に発酵の仕組みを隠しているとすれば——知識の占有が狙いなのだろうか。主食に関わるそれを200年続けることが出来る組織とは、つまり。

「……ナルヒト、そのことの真偽がどうであれ、あまり教会を刺激しないほうが賢明だろう。教会には後ろ暗い部分もある」

「ああ、分かってるよ。あんな化け物がいる組織だ、表立って敵対する気はねえ。……天使とやら、いい仕事するじゃねえか。美味いよ、このハチミツ酒」

「ハッコウ、ではなかったのかい？」

ラザールが小さな声で言う。

「いや、この件に首突っ込むのはやめとくよ。で、本題に戻ろう、これからのことだ」

「ああ、俺もその話がしたかった。悪いが俺も帝国の通貨の持ち合わせがあまりない。おそらくここの宿代も俺とアンタの全財産を合わせても5日分がいいとこだろう」

「いや5日保《も》つだけでだいぶありがたいさ」

「う、うーん……あ、アニキ、その話、俺も交ぜてくれ。わりい、寝ちまってた……」

遠山とラザールの声に反応した子供が1人いた。

目を擦《こす》りながら、起き上がる。

「リダ、お前は寝てろ。ただでさえ身体《からだ》ボロボロんなってんだから」

「いや、ベッドで寝たおかげでだいぶ楽になった。頼む、話の邪魔はしないから」

「んー、いいか？　ラザール」

「もちろんだ。かまわないよ」

「アニキ、俺達はアンタについていく。なんだってするぜ」

遠山を2人がまっすぐ見つめる。

「さて、黒髪の奴隷殿、スラム街での大暴れの次は何から始める？」

仲間達からの言葉、それに対する答えを遠山はしっかり持っている。

「成り上がる」

カンテラの小さな火が揺れた。

「スラム街を見て思った。この街は甘くねえ、弱い者はとことん奪われ虐げられる、そういうのはもう、うんざりだ」

　遠山は視界の先、窓の向こう、冒険都市の灯りを見つめる。

「だからとにかく上を目指す。誰にも、もう二度と奪われない場所まで一気に駆け上がる。その為《ため》には〝金〟がいる。どの道、俺とラザールは期限までに教会に金を返さないとゲームオーバーらしいしな」

「本当にアニキ、ラザールさん、ほんとに俺なんかの為にすまねえ」

　遠山の言葉にうなだれるリダ。彼からしてみればあまりにも遠山やラザールから受けた恩が大きすぎて。

「問題ねえよ、リダ。あそこでお前が死んでたら正直、あのスラム街での一件は全て台無しだった。俺がこの街に1発かますために選んだことだ、なあ、ラザール」

「その通り、そもそも君は子供だ。目の前で死にかけている子供がいれば助けるのは大人として当たり前さ」

　ラザールが優しい声色で話しかける。リダが安心したように、小さくコクリと頷いた。

「あれ、おかしいな、俺も似たようなことを言いたかったのに響きが違う。ラザール、これは？」

「さあ、言葉というのは難しいものだな」

　ラザールが遠山のぼやきを受け流す。若干煙《けむ》に巻かれた気がしないでもないが、咳払《せきばら》いして遠山が続ける。

「よし、まあ、シンプルに行こう。まずは〝金を稼ぐ〟。たのしいたのしい金策パートの始まりだ」

自分で言って、ざわりと指先がしびれるような高揚。

ああ、だって、当たり前だ。今、本物のファンタジーの世界にいる。そこで仲間とカンテラの火を囲んでこれからの生活の話をする。圧倒的な自由と新しい冒険の予感。

そんなの、それだけでたのしいに決まってる。

「どうした？　ナルヒト？」

急に黙った遠山を心配そうにラザールが見つめる。

「いや悪い、ちょっと楽しくなってきてな。さてラザール、肝心の金を稼ぐ方法だが、金も権力も身分もない旅人が、冒険都市で一旗揚げるにはどうしたらいいと思う？」

「ふむ、そうだな、金もなく権力も身分もない旅人がゼロから一旗揚げるなんて、普通で考えれば酔っ払いのたわごとだが、この街なら、〝冒険都市・アガトラ〟なら話は別さ」

遠山も、ラザールも互いに、にィっと笑った。

「「冒険者だ」」

同時に同じ言葉を。

金もない、権力も、拠点どころか今日の宿すら危うい持たざる者達。だが遠山もラザールも、同じものを持っている。

　戦う力。それさえあれば冒険都市は可能性をもたらす。

「アニキ。その、俺も冒険者に」

「いや、リダ。悪いがしばらくお前らはここで休んどけ。〝カラス〟とかいう連中、あの時絡んできた奴《やつ》らは皆殺しにしてるから大丈夫だとは思うが、ほとぼり冷めるまでお前らは目立たない方がいい」

「う、わ、わかった」

「いや、一緒に行動した方が安全か？　ラザール、どう思う？」

「ふむ、奴らは狡猾《こうかつ》で執念深い。だがナルヒトの言う通り俺達と子供達の関係を知っている〝カラス〟はもうこの世にいない。しばらくは追手もないと考えていいだろう。むしろ、俺達は目立つからな。あまり一緒にいるところを人々に見られない方が噂《うわさ》も広まりにくいはずだ」

「決まりだ。リダ。お前はルカ達の面倒を見ろ。それがお前にしか出来ない仕事だ。いいな？」

「……わかったよ、それがアニキの助けになるなら」

　ベッドに座り、少し口を尖《とが》らせ頷くリダ。賢い子だが、こういうところは年相応の少年のようだ。

「聞き分けのいいがきんちょは好きだぜ。んで、ラザール、冒険者ってのどうやってなるもんだ？　あ、あれか？　冒険者ギルドに行って登録とかすんのか？　やべ、すげえ楽しみなんだけど」

「ああ。何をするにも冒険者として活動するのなら、ギルドへの登録が必要だろう。俺のいた王国と帝国では申請方法が違うかもしれないから一概には言えないけどね」

ラザールの言葉を聞いて、遠山《トオヤマ》が膝を叩《たた》く。

「よし、明日の行動方針決まり！　とにかく金だ、金稼ぐぞー！　金策パートの始まりだ！　冒険者になって、金を稼いで、パン屋始めてもっと稼ぐ！　やるぞ、ラザール、リダ」

「パン屋……ふ、そうだな、それはすごくいいな」

「アニキ、ほとぼりが冷めたら俺達にも仕事をくれ。絶対に役立ってみせる」

「ああ、こき使うからな。頼んだぜ。じゃ、寝るか。明日は早い」

「ああ、そうしよう」

「俺、ベッドで寝るの初めてだよ、あんなにぐっすり眠れるんだな」

「わかる、石の上とかで寝た後だとベッドのありがたみすげえよな。んー、藁《わら》と布じゃなくてマットとスプリングが恋しい……」

穏やかに夜が過ぎていく。明日への期待と目標を決めた遠山達は寝床についた瞬間、驚くほどすんなりと眠りに落ちた。

◇◇◇◇

「ふんふふふん、ふふふふふん、ふふふふ」

そこは天使教会の長い歴史においても、歴代の最高指導者にあたる〝主教〟と、それに許された者しか立ち入ることの許されない神聖な部屋。

聖別室。そこでは教会の礼拝や重要な儀式に使用される聖品が並べられる。

「はー、ほんとこの時間だけが至福だわあ。1日の疲れを取るのはやはりこれねえ」

うっとりした、吐息とともに、彼女がそれを眺めて。

「――金ピカちゃりんちゃりんの白金貨。んっんー」

腰まである長い白髪《はくはつ》をひとまとめにした糸目の女性。黒いシスター服を着崩したその姿はこの部屋にいる時しかしないオフの格好で、彼女がよだれを垂らしながら鼻歌を。

「可愛《かわい》いかわいい、金貨ちゃん、ああ、美しいわ……今月の天使粉の売り上げ、天使の祝福使用料、もとい、お布施もたんまり、ああ、帝国貨幣経済よ、永遠なれ……」

黒く輝くテーブルの上には白い金貨が山のように積もっている。1枚1枚、うっとりしたため息を吐きながらそれを布で磨いていく。

「でも、はあ、頭いたいわ、ほんと。まさか蒐集竜《しゅうしゅうりゅう》が殺されるなんて……あー、でもわたしほんとよく頑張った！　すり抜けた、すり抜けたわよ！　試練を！」

彼女を悩ます頭痛のタネ、竜殺し。帝国どころか世界の歴史の中でも本当に数える程度にしか存在しない大偉業はしかし。

「ほんっと余計な事してくれたわね、あの黒髪キツネ目男はよー！　あー、考えただけでも疲れるわあ」

彼女からすれば大迷惑もいいところだった。竜を殺したことにアホみたいに反応した脳筋集団、教会騎士の抑え込みや、竜の頂点としての地位をここぞとばかりに非難してくる天使原理主義者。

天使教会は一枚岩ではない。帝国という国と対等な関係を維持している巨大なその組織は、蒐集竜の死という大きな投石により大きく揺らいでいたのだ。

「まあ、一応スヴィには監視をお願いしてるけど。他の勢力もこのタイミングであの竜殺しに手出すほどバカじゃない。これ以上の竜殺しによる騒動は起きないはずだけど」

彼女は敏《さと》い。何かが動き始めたこの街で己に火の粉が降りかからないように、出来ることはやっていた。

「んなーにが、欲望のままにっ、よ。ほんっと厄介な奴だったわ」

目の前で見ていたからわかる。

あの男は劇薬だ。関わりたくない。しかし放っておくのも恐ろしい、かと言って消すのはもってのほか。

彼女はこの世界と国、正確に言えば貨幣経済と富を愛している。それには前提として世界の安寧が必要不可欠だ。その為に平民からこの地位にまで上り詰めたといっても過言ではない。

「……スヴィ、大丈夫よね？　上手《うま》いことやってって言ったけど、超越者たるあの子だもの。いちいち他人に必要以上に関わったりしてないわよね？　大丈夫よね？」

ぴょこん、彼女の流水のごとく滑らかな白髪からアホ毛がはぐれて。

「いやいやいやいやいや、大丈夫大丈夫。危険が迫れば助けてあげなさいとは言ったものの、それ以上言ってないもの。うん、自然に恩を売るのはいいけど、アレはあくまで蒐集竜のモノ、下手に手を出したら竜の怒りを買うことくらいスヴィもわかってるわよね」

しかし、彼女はそれを振り払うように金貨に頬擦りしながら早口で独り言をブツブツと。

「あれ、なんだろ？　冷や汗が止まんなくなってきたゾ？　いやいや大丈夫。大丈夫よ、わたし。スヴィよ？　聖女よ？　ただのヒューム《人類種》に必要以上に興味なんか持たないはず。わざわざ接触もしないわよ。そう、定例の報告が遅れてるのも、ぜーんぶ気のせいよ。うん」

その早口がピークに達した瞬間、彼女の最強の審問会が虚空より現れた。

「ただいま、主教サマ。ごめんね、遅くなりました」

当たり前のようにいつのまにか現れた小柄な白いシスター服。教会主席聖女の姿を、彼女もまた当たり前のように受け入れる。

「ごほん、スヴィ、よく戻りました。その様子だと務めは果たせたようですね。かの竜殺し、冒険都市に降りたとのことですが、特に何もなかったのですね、ね？　ね、ね？」

取り繕いながら、最後らへんはもう半分懇願しつつ、女主教が聖女へと問いかける。

「むふふのふ。はい、主教サマの言いつけ通り、スヴィは彼の監視を果たしました。〝カラス〟の人員を始末していたようです」

無表情の割に愛嬌《あいきょう》のある聖女がVサインをかましながら監視の報告を始めた。

「〝カラス〟!?　え、あの男、冒険都市に降りてまだ1日も経《た》ってないわよね？　え、揉《も》めるの早ない？　こ、コホン、まあ構いません。あの害鳥が1匹でも少なくなるのならばそれに越したことはありませんし、それ以外何もなかったですよね？　あの、恩をそれとなく売ってもいいとは言いましたけど、スヴィわかってますよね？　あれはあくまで竜の所有物であって――――」

竜から解放されて都市に降りたのは知っていたが、まだ1日も経っていないはずだ。もう早速この街のタブーに手を出しているとは。アグレッシブすぎるだろ、あのイカレポンチ。

「むふふ、ご安心を。皆まで言わなくても主教サマの御心《おこころ》は存じております、貴女《あなた》の聖女故に」

そんな彼女に向けて、聖女が懐から何かを取り出した。

ネコが主人に見て見てと獲物を見せびらかすように。

女主教は子供を見守る母親のごとき笑顔でその様子を見つめて、見つめて……。

「スヴィ、アナタって子は…………………………WHY？？？？？」

固まった。

聖女が見せびらかした羊皮紙。生き物のように字が踊る羊皮紙など、彼女の知る限りアレしかないからだ。

「教会誓約書《ブリジ・スクロール》にばっちり、かの竜殺し、その血判をもらっちゃいました。むふふ、次の冬までに白金貨50枚を条件に彼のお願いを聞いてあげました。主教サマの言いつけ通り、彼にうまくさりげなく恩を売ってきたのです」

ネコが、大好きな飼い主にセミを得意げに見せつけるように、聖女が満面の笑みを。

「？？？？？？」

主教の背後に宇宙が広がる。

「スヴヴヴヴヴィ？　な、なして、なしてアナタそんなこと……」

「ぽっ、竜殺しさんが、主教サマと少し似ていたから、つい……昔の主教サマを思い出してしまいまして」

あ、天使教会、私の代で終わるかもしれん。

「ああ、そう、そっか、うん、そっかー、似てたかー、しゃーねーわねー。ばぶう」

ばたん。

泡を吹いて彼女。天使教会主教、〝カノサ・テイエル・フイルド〟は金貨がたんまり積まれた机に崩れる。

「主教サマ!?　なんで!?」

「あぶぶぶ」

主教は壊れながらも、明晰《めいせき》な頭脳をフル回転させる。

どうやって竜に釈明するか、焔《ほのお》で焼かれるの熱いのだろうな、クランのバカにどんな感じだったのか聞いとこ、とか思いながら。

ふっと、目を瞑《つぶ》りそのうち主教は考えるのを、やめた。

◇◇◇◇

冒険者ギルドの朝は早い。日が昇り鶏達が鳴き始めるよりも先にその扉は開かれている。

「よし、じゃあ、入るぞ、ラザール」

「ああ、大丈夫、そばにいるさ」

遠山は円形の建物を見上げる。

木造、ロングハウスという奴《やつ》だろうか？　木船を逆さまにしたような造りの大きな建物だ。

わかりやすく建物の壁や屋根には盾や剣、そして見たことない生き物の骨がオブジェとして飾られている。

「失礼しまーす」

冒険者ギルドの扉を開ける。初めて入る飲食店のドアを開ける時に似た微妙なドキドキを携えて。

そこには、やはり、遠山の思い描いていた光景が広がっていた。

「順番！　順番にお並びください！　現在、センジ草の在庫が少なくなっています、〝依頼〟を受けられなかった方は〝狩猟〟で平原に向かっていただくのがおすすめです！」

「依頼貰《もら》ったあ！　ジャイアントボアの牙の収集！　俺これな！」

活気。

朝だというのに強いビールの匂いに、火にかけられた肉の脂が弾《はじ》ける音。

「あー、やっぱスマイルバードの肉うめえな。焼いた時の脂がやべえ」

「この前行った色街の新店舗、ありゃあ良かったなあ。ひひひ、獣人のかわいい子たくさんいてよ」

「いやそれよりレイン・インっていう店いいぜ？　女は一級品でシステムも斬新、逆指名制度っつてよー」

耳をすませば下世話な話、血気盛んな連中は色街と深いつながりがある。

「装備の確認が完了次第出発するぞ。外で待たせてる冒険奴隷《カナリア》を餌にして、森林地帯の獣毛種・ブラバッファローを誘《おび》き出す」

「ういーす。何人生き残るかなあー」

多種多様。遠山《トオヤマ》のいた現代、探索者の集まるあのバベル島も世界中から集う様々な人種の坩堝《るつぼ》だったが、ここは別格。

「うみゃ、なんか急に湿気《しけ》てきたな……毛がべたついてきたよ」

「ふおふお、ワシの髭《ひげ》もなんか湿気とるわ」

「この前発売されたオイルよかったぜ。尻尾のツヤが違うわ」

亜人、そう呼んでいいのかわからないが明らかに遠山の知るホモ・サピエンスとは程遠い姿のヒトもたくさん。

獣耳《けものみみ》に尻尾付きの獣人。

豊かな髭に筋骨隆々の小柄なおっさん連中、多分ドワーフ。

シンプルに身長が低い、しかし顔は成人のハーフリング《小人族》っぽいの。

ザ・ファンタジーの光景に遠山が目を輝かせる。

もはや古典扱いの王道ファンタジーから、２０１０年代から２０２０年代に流行《はや》ったライトノベルやＷＥＢ小説ファンタジー、それらにどっぷり浸《つ》かっていた男からすればもう、遊園地みたいなものだ。

もうワクワクして仕方ない。

「やべえ。ドワーフにハーフリング、それに獣人かよ。あとはエルフがいりゃ全て揃《そろ》うな」

「はは、純粋なエルフはいないだろうがハーフエルフならこの街では見かけることもあるかもな」

「へえ、そりゃすげえ。にしても朝なのに盛況だな」

「ああ、この時間は勤勉な冒険者や新人が多い。みんな少しでも割のいい〝依頼〟を取ろうと必死なわけだ」

入り口を進み、建物の中に入る。

火の灯《とも》されたシャンデリア、テーブルやイスの並ぶ飲食スペースと、依頼書が貼り付けられたでかいボード、ガラスで仕切られた銀行に似た受付スペース。

冒険者ギルド。昨日ここを訪れた時はトラブル続きでロクに観察する暇がなかった。

「すげえ、テーマパークに来たみたいだぜ……だが、あの揉み合いの中に突撃する気はねえな」

遠山が大混雑の受付スペースを眺める。超人気のアトラクションに群衆が詰め寄せてるみたいだ。

依頼書らしき紙の取り合い、順番の奪い合い、なんでもありの大乱戦。ものすごい活気と怒号。

「ああ、登録にはおそらく時間がかかるだろう。ふむ、だがやはりさすがは帝国の冒険都市、アガトラのギルド、活気が違うものだ」

ラザールが長い顎に手を当てふむ、と唸《うな》る。その時だった。

どんっ、ラザールの身体《からだ》がよろけた。

「おい！　お前ら、邪魔だ！　どけ」

わざと、だろう。背後からぶつかってきたロン毛の大男が唾を散らして怒鳴り始める。

「おっと、すまない」

「うわ、リザドニアンかよ。ふん、ここにはてめえが盗めるようなもんなんざねえぞ、ペッ」

落ち着いて謝るラザール、それを汚いものでも見る目つきで見下ろし、大男がラザールの足元に唾を吐き捨てる。

「……面倒を起こす気はない、すまなかった。ナルヒト、行こう」

侮辱に対してもラザールは表情を変えない。冒険者ギルドに来たのは金を稼ぐためだ。トラブルを起こす為《ため》ではない。

感情を押し殺す術《すべ》を身につけているリザドニアンがその大男の視界から逃れるべく頭を下げる。

だが、残念ながらこの聡明《そうめい》なリザドニアンの友人はそういうのはしない。

「いいのかよ、ラザール。そもそもぶつかってきたのはこのウスノロだ。どうやら前もはっきり見えねえ間抜けらしいな」

遠山は感情を殺すよりもムカつく存在を殺す方が好きなタイプだ。

相手に聞こえるように、大男を貶《けな》す。

「あ？　なんだって？」

ピクリ、ロン毛の大男が目の血管を浮き立たせる。

鉄の胸当てに毛皮のズボン、腰に差している剣、間違いなく荒くれ者の冒険者。

「……連れがすまない、まだ都市に来たばかりで不慣れなんだ。無礼を許っ――」

大男の拳がラザールの鳩尾《みぞおち》を捉える。たまらずラザールが身体をくの字に折ってその場に膝をついた。

「グダグダうっせえんだよ！　トカゲ！　おい、そこのローブ！　俺のことをなんつった!?　ウスノロだって？」

「……大丈夫か？　ラザール」

唾を吐き散らすそいつを無視して遠山がラザールに手を貸す。

「あ、ああ、大丈夫だ。今面倒ごとを起こすのはまずい。ここはひとまず……」

ラザールはそれでもこの場を収めようとしていた。

「おい、見ろよ、ジールの奴が誰かいじめてんぞ」

「リザドニアンじゃねえか、珍しいな。冒険奴隷にでもするか？　奴ら斥候《せっこう》としてはなかなかだぜ」

「おーい、ジール、勢い余ってこの前みたいに殺すなよ、可哀想《かわいそう》だったな、あのガキ。田舎から出てきていきなりジールに絡まれてよ、連れの女も奪われてジールにおもちゃにされて捨てられちゃって」

「まあ仕方ねえよ、自己責任が俺達冒険者のルールだからなあ」

汚い嗤《わら》いが耳に障る。何人かの冒険者がこちらに気づき、ニヤニヤと見せ物を見るかのように囃《はや》し立て始める。

「……ナルヒト、一旦出直そう、あまり騒ぎを起こすと厄介だ」

至極当たり前の意見、ラザールが痛みに顔を歪《ゆが》めつつも遠山を外へ促し――。

「すまん無理」

短い言葉で遠山がそれを無視する。

「お、おい、ナルヒト」

ラザールを庇《かば》うように大男と対面する遠山、じっと、ソイツの身体を観察する。

「なんだあ？　その目、なんか文句あんのかよ？」

大男が下卑《げび》た嗤いを唇に浮かべる。

遠山の嫌いな人種だ、それなりに腕が立ち、暴力が得意で、そして思慮が浅くて不潔で凶暴。

コイツはいなくてもいい奴だ。子供時代に、けむくじゃらの友を奪った奴らと同じ臭いが大男から漂う。

「酒くせえ。朝まで飲んでた証拠だ。体臭で容易に化け物どもに位置を悟られるな、それじゃ」

品定めは終わった。

殺せる、そう判断した。

「は？」

「背丈の割に腹が出てる。上半身に比べて下半身が貧弱だ。ろくに走り込んでもねえ、鍛えてもねえ身体。でけえ図体《ずうたい》だけに頼った肉の塊」

遠山が指を差しながら男の体つきを評価する。やはりこの世界の冒険者とやらは差が激しい。雑魚とヤバい奴の間に隔絶した差がある。

「てめえ、何言ってやがる？　あ？　死にてえのか？」

常人であればその体格を見ただけで少し圧されるだろう大男の威圧。

しかし、遠山はにやにやした笑みを崩さない。

「聞こえなかったのかよ、目だけじゃなくて耳も悪いんだな。いや、顔と頭もか」

「殺す!!」

大男がその太い腕を遠山の首に伸ばす、それよりも遥《はる》かに先んじて、遠山の前蹴りが大男の股間に食い込んだ。

「オバっ!?」

大男が、身体を痙攣《けいれん》させ股を押さえながらその場に崩れる。

「やっぱのろいな」

見下ろす遠山。

遠山が狙いを定める、痛みにうずくまる大男、その下がった首をじっと見つめて。

「お、おい、ジール、アイツやべえんじゃねえの？」

「嘘《うそ》だろ、なにが起きた？　ジールが膝ついてんぞ」

野次馬達も異様に気づいたのかざわめき始める。

だが、遠山には、獲物の仕留め方を考えている探索者にはなにも聞こえない。

「てべ、きん、きんた、は……」

よだれを垂らし、目を真っ赤に充血させた大男が遠山のダーティープレイに文句を言う。

しかし、彼は勘違いしていた。

大男にとっては、ほんのお遊び。

ギルドに現れた見慣れない顔の奴《やつ》らをおちょくり、突き回して、仲間に得意げに自分の腕力や豪快さを見せつけ旨《うま》い酒を飲む。それだけの理由。

だが、その男は決して大男ごときがちょっかいをかけていい存在ではなかった。

「殺すってんなら、殺されることも覚悟してるよな？」

「――え？」

大男の顔が一気に青ざめる。

遠山が金的を押さえて這《は》いつくばる男の首に狙いをつける。一撃で踏み折る、そのつもりで。

「よせ、ナルヒト！　ここでは殺すな！」

ラザールの制止虚《むな》しく。

遠山は少し不思議に思えた。はて、妙だ。ここまで自分は、簡単に――。

「まあ、いいか。昨日、たくさん殺したんだし、今更変わんねえ」

短い嗤いのもと、大男の首を踏み折――。

「はい、おしまい。おしまいだ。動かないでよ、黒髪クン」

勢いよく足を振り下ろし、しかしピタリと止まった。止めさせられた。自分よりも遥かに鋭く濃い殺気を背中に浴びたから。

「……誰だ？」

冷水を頭からぶっかけられたに等しい感覚に耐え、遠山《トオヤマ》が短く問いかける。

「今日の地下当番。キミらみたいな血の気の多い馬鹿達のお目付役ってところかな。私の仕事、あまり増やさないでくれると助かるんだけど」

ぎりり、引き絞られる音は、おそらく弓の音。

「あ、アンタはまさか……ナルヒト、頼む。言う通りにしてくれ」

ラザールの声がさらに硬く。遠山はきちんと頷《うなず》いた。

ゆっくり両手を上げて、敵意のないことをアピールする。

「……運が良かったな、ウスノロ。次から喧嘩《けんか》売る相手は選べよ」

本気で首を踏み折るつもりだった足をゆっくりと戻す。

「ひ、ひ、ひい」

「本気で殺す気だったね。……キミ、嫌な風だ。ドロドロして血生臭い……でも、とても暖かい。不思議で奇妙な風……邪悪と善良がぐちゃぐちゃになって互いに溶かし合っているような風だ」

「血生臭いとか言うんなら問答無用で弓矢を向けるアンタも人のことは言えねえんじゃねえの？」

「ふうん、度胸もある、か。ゆっくり、振り向いてもらえるかな？」

どこかで、聞いたことがある声だ。遠山は背後からかけられる女の声に聞き覚えがあることに気づく。女の声に遠山が頷く。

「その銀髪、銀色の目に羽弓……まさか……」

ラザールが女の顔を見て、声を震わせた。

「トカゲさん、キミも動かないでね。フローリアの風を纏《まと》う悪事に愛された子。悪いけど、私はキミも充分に怖いよ」

「お、おい、あれ、あの銀髪、あの人……」

「うそ、ほんとだ。ほんものだ。……初めて見た……いつも地下にいる時は出てこないのに」

「同じ生き物とは思えないほど、綺麗《きれい》……」

「ジールと揉《も》めてた奴ら、あいつら誰だ？　見たことあるか？」

「お、おい、あの黒髪の男、昨日の……ライカンズの生き残りと揉めてた奴か？」

「あ、しゅ、蒐集《しゅうしゅう》竜《りゅう》の……」

周囲が明らかにざわめき始める。

どうやら遠山に見覚えがある奴らもいるらしい、まあ昨日のことだ、それもそうだろう。

「辺りが騒がしくなってきたね。振り向いてもらえるかな？」

「へいへい……あ——？」

振り向き、驚く。

「どうしたんだい？　驚いた顔をするね。鏃《やじり》を向けられてるのも気付いてただろうに。私が誰かも知ってるだろ？」

長い銀色の髪、その中で一房結ばれた三つ編みがどこからか吹く風に揺蕩《たゆた》う。

陶磁器のような肌、桜色の唇、彫刻みたいな小さい鼻。

「アンタ……ウェンフィルバーナ、か……？」

目の色は、虹色ではなく、何故《なぜ》か銀色。

塔で。出会ったあのクソエルフ。遠山をあの塔から冒険都市へ送った女がそこに。

「いかにも、元勇者パーティ射手のウェ——」

「ウェンフィルバーナ・ジルバソル・トゥスク！　なんだよ、アンタもここにいたんかよ！　あの後大変だっ——あえ？」

遠山がその名前を口にする。

瞬間、比較的友好的だった女の表情から、全ての感情が抜け落ちた。まるで本来の貌《かお》はそれだと言わんばかりに。

ピコン。


【隠しクエスト発生】

【〝Know Your Name《お前の名前を知っている》〟が開始されます】

【条件達成・〝旅人・ウェンフィルバーナ・ジルバソル・トゥスク〟との出会いを覚えている状態で、〝塔級冒険者・ウェンフィルバーナ〟と出会う】

【〝塔級冒険者・ウェンフィルバーナ〟との友好度がマイナスになりました。関係性が〝敵対〟に移行します】

【クエスト目標・〝塔級冒険者・ウェンフィルバーナ〟から生き残る】


「あ？」

「――誰に、その名を聞いた」

メッセージに気を取られた瞬間だ。冷たい声が全身に浴びせられる。

「が、は」

気付けば視界が転がり、肺から息が叩《たた》き出された。

ウェンフィルバーナ。銀髪の少し前と様子が違うそいつが、遠山を地面に押し倒し、拘束する。

「ナルヒト!! グウ!?」

「動くな、リザドニアン。答えるんだ、ヒューム《人類種》、その名を誰に聞いた」

駆け寄ろうとしたラザールも、ウェンフィルバーナが指先を向けただけで吹き飛ばされ壁に叩きつけられた。

冒険者ギルドの空気が一変する。なんだなんだと野次馬が集まり始めて。

「――寄るな、有象無象ども」

ばた、り、ばたばた。ウェンフィルバーナがその銀色の瞳を向けた瞬間、半分以上の冒険者、主に3級以下の練度の低い者が倒れた。

「ゲホっ!? てめ、なんだァ、健忘症か? 自分で名乗ったんだろうが! シエラスペシャルがどうとかよ！」

知人、そのはずの女からの急な蛮行に遠山が叫ぶ。もがこうとするが動けない、全く動けない。その華奢《きやしや》な体のどこにこの剛力が備わっているのか。

「しえら、スペシャル? 意味が分からない、答えろ。さもなければリザドニアンごと殺す」

自分で名乗っておいてその言葉を初めて聞いたかのように女が呟く。冷たい声と殺気はラザールにまでも向けられて。

「……どういうことだ。お前、誰だ？　あの時の、クソエルフじゃないのか？」

遠山が別れ際の言葉を使って。

「――私はエルフじゃない」

「あ？」

静か、しかし、ああ、泣き声にも似た声だった。遠山は気づく。彼女の耳が尖っていないことに。

「あぶ」

「ア」

「ウェ」

人がまた倒れる。

しかし、呪詛《じゅそ》の如《ごと》き力の籠る言葉は半端なヒューム全ての意識を刈り取る。古き英雄の舌にはその力があるのだ。

「お、おいおいおい、何、なんか怒らせたか？　なあ、あんま殺意ぐつぐつ向けるのやめてくれないか」

「……答えないわけだ。なら、いい。キミを殺して風に聞くよ」

「なんだそのＪ－ＰＯＰみたいなセリフは」

「ナルヒト！　だめだ！　挑発するな！」

「死ね」

そこには明確な死があった。

ほんの少しのボタンを遠山は掛け違えた。先程の大男と同じように間違えた、気付けなかったのだ。目の前の女が何者なのかに。

しかし、遠山は理不尽に対して素直に斃《たお》れる人間ではなかった。


「――お前が死ね」


その頭はハッピーセット。死ねと言ってくる奴にはお前が死ねと言い返すのだ。

「キリヤイバ最大出力。キリ範囲最小限」

ラザールを巻き込まずにコイツと自分にだけ影響がある範囲に出来るだけキリを絞る。

キリヤイバは既に。

ピコン。遠山が自滅覚悟で〝遺物〟を使用しようとしたその時。

【条件達成・〝蒐集竜〟と友人である】

【クエストが特殊なルートへ進行します】


「おやおやおやおやおやおや、これはこれは、存外躾《しつけ》がなっておらんな。射手」


冷たい殺気が一気に熱されて、水に変わる。そんな感覚。

熱だ。熱を持った新たな殺気がギルドの酒場に満ちた。

「〝勇者〟がいなければやっていいことと悪いことの区別すらつかんとは、ふかか、獣と変わらんわけだ。ほんに笑わせてくれるものよ、躾のなっていない飼い犬め」

冷たくて、熱くて、クラクラする。そんな声。ああ、遠山はその声を知っている。

今はその声が心強い。

「ッ……」

濃い気配。明らかに人ではない何かが持つそれを銀髪女も感じたのだろう。動揺が遠山を押さえつけている腕から伝わる。

「あ、アンタは、いや、貴女《あなた》様は……」

辛うじて、意識を保っていたらしいラザールが言葉を詰まらせる。

息することすら億劫《おっくう》になりそうな気配。自然と首を垂れたくなる圧倒的上位者の気配。

それを遠山《トオヤマ》は知っていた。

「……はは、お前、良くも悪くもタイミング、いい奴だな」

遠山が声をかける。

長い金髪はひとりでに輝き、その顔は神が贔屓《ひいき》して造形したかのように美しい。

空の最も蒼《あお》く、暗いダークブルーの領域、きっとそこに繋《つな》がる眼《め》を女は、いや、竜は宿していた。

「ドラ子」

アリス・ドラル・フレアテイル。帝国の護《まも》り竜。

豪華な金髪、超美人、いや美竜。

白いワイシャツに似た上着。長い脚にアホほど似合う革のズボン。シンプルな格好なのに存在感が際立つ。

少し前は宿敵、今は友達、きっと、多分。

友達の金髪の竜が、くびれた腰に手を当て、遠山に向けて鼻息を漏らす。

「ふかか、怪我《けが》はないか？　ナルヒト」

その声音は柔らかく。

「頑丈なのが取り柄でな」

「……蒐集竜、なぜ貴女がここに？」

「黙れ、オレに質問するな、貴様が手にかけようとしているそこの男、それはこのオレ、蒐集竜の……その」

「……貴様ごとき勇者のオマケ風情が手を出していい者ではない、と言うておるのだ」

「要領を得ないね、蒐集竜。何が言いたい？」

　ウェンフィルバーナの問いを一蹴するアリス。

「嫌だと言ったら？」

　ウェンフィルバーナを譬《たと》えるならば星。

「塔級冒険者が1人、帝国から消えることになる。なに、それだけのことだ」

　アリスを譬えるならば太陽。

「それは、貴女が消えるということかな、蒐集《しゅうしゅう》の竜」

「ふかか。囀《さえず》るではないか、主人《勇者な》を失くした哀れな従者よ」

　星と太陽が、向かい合う。

　超越者と上位生物。指先を動かすことですら、それをきっかけに殺されてしまいそうなプレッシャーを互いに放って。

「……こわー」

遠山の感想はそれしか、なかった。

「……勇者のことを軽々しく口にするのはやめてくれないかな、竜よ」

風が彼女から吹き付ける。遠山は皮膚が裂けるような錯覚を覚えた。

「ふかか、おや、気に障ったか？　妄執《もうしゅう》に囚《とら》われるものは哀れよな」

熱が彼女から吹き上がる。遠山は呼吸するたびに熱で喉が爛《ただ》れる錯覚を覚えた。

「……今のは侮辱と受け取っていいのかい？」

「おお、なんだ、射手、貴様そのような顔も出来るのか？　先程の言、訂正しようぞ。勇者め、中々に飼い犬の躾が上手《うま》いではないか」

傍目《はため》には、ド美人2人、長身目隠れ金髪美女と、銀髪銀目のクールビューティが微笑《ほほえ》ましく会話しているように見える。

「いや、こわー」

しかし遠山には強大な怪物種が互いに一撃で殺せるチャンスを窺っているようにしか見えなかった。どうしてこうなった。

「……100とそこらの幼竜が知った口を叩くね。私達が旅をしてた頃、キミは卵から生まれたばかりでよちよちの筈《はず》だったけど」

「おお、これはこれは、偉大なる先達に対して口が過ぎたか？　いやなんだ、しかし、品性とは齢《よわい》に比例せんものよな。……痴《し》れ者《もの》め、早うその男を解放せよ」

「へえ、随分彼に執着するじゃないか、蒐集《しゅうしゅう》竜《りゅう》……ああ、なるほど、これがキミを殺した男かい」

ウェンフィルバーナが遠山を見下ろす。

「良いだろう？　やらんぞ」

何故《なぜ》かドラ子が腕を組み、むふーと鼻息を鳴らしていた。

「……いらないよ、こんな血生臭いヒト。見たら分かる。彼は呪われている、産まれた時からの邪悪だ」

「はっ、勇者のオマケが言うとは。素晴らしいな、ナルヒト、救世の英雄のお墨付きだぞ」

「普通に傷つくんですがそれは」

誰が邪悪だ、誰が。

遠山が気分を悪くしながら床を指で叩き続ける。良い建材を使っている、木の香りが心地いい。

そうだ、金が貯《た》まって生活に余裕出来たらサウナでも作りたいな、でもこの世界サウナあるのかな、とか遠山が次第に現実逃避を始めて。

「キミ、状況理解しているのかい？　随分余裕そうだね」

見透かされたらしい。ウェンフィルバーナの声が上から降りてくる。

「理解出来るわけねーだろうが、いきなりこんな押さえつけられてよー。放してくんねーかな、マジで、どっちが悪だよ、こんな無抵抗な俺を床に押し付けてよー」

指をコツコツ、コツコツ。

——あともう少し。

薄く透明、しかし濃く。ヤイバを大きく、鋭く。

「ナルヒト、少し待っていよ。すぐにそれを退《ど》けてやる。オレの、オレの……と、ひょも……ゴホン、友を足蹴にして無事で済むと思うなよ」

「ドラ子、お前いい奴《やつ》じゃん……」

少し噛《か》んだドラ子の言葉に遠山はじーんと感じ入る。友達少ないから面と向かってそう言ってくれるのは素直に嬉《うれ》しかった。

「友……？　バカな、竜と竜殺しの関係は執着、愛憎しかない筈だろう、なんだい、それは」

「……貴様に関係あることか？　ふかか、ああ、貴様にはもう友も呼べる者などいないか。勇者という特異点によってのみ繋がりのあった者達よ。〝魔導士〟は塔に消え、〝盗賊〟は影に溶け、〝剣聖〟は既に伏した。ふかか、ああ、可哀想《かわいそう》に」

竜が、笑う。トガった歯をぎらつかせ、蒼暗い目を歪《ゆが》ませて愉快げに英雄を嗤《わら》う。

「なんだって？」

部屋の温度が下がる感覚。エアコンでもついてんのかと天井に視線をやるが何もない。

背筋の冷える感覚の元は、銀髪の女、ウェンフィルバーナ。ドラ子の言葉に表情を失くしている。

「妬《ねた》んでいるのだろう。おお、おお、その目だよ、射手。〝王〟を殺した特異点の1人よ。お前は死ぬまで1人、並び立つ者などなく、またお前を見つけてくれる者などいないのだ」

ウェンフィルバーナの氷の視線をものともせず、竜が愉快そうに言葉を続ける。

「……キミがそれを言うかい。竜でありながら人の営みを愛する歪《いびつ》な存在であるキミが。どこにも居場所などないキミが、私を独りと言うのか」

王を滅ぼしめた星に選ばれた特異点《英雄》。

他の生物よりも強く尊く、世界の概念を固めるため、そうあれかしと創られた上位生物《竜》。

同類なのだ、この2人は。頂点にいるが故に孤独、孤高、生まれた時から同じ宿痾《しゅくあ》を抱えている。唯一違う点があるとするならば――。

「ふかか、オレは貴様とは違う。オレは見つけたのだ、オレは得たのだ。オレは、見つけてもらえたのだ」

竜には友が出来た。己を殺し、己の婚姻を断り、全てを自分で決めるとのたまう強欲な友がいる。

「最後の忠告だ、そこをどけ、オレの友達を放せ」

「断る、そう言った筈だよ」

太陽と銀の星。熱と冷たさ、金と銀。

よく似ていて、しかし決定的に違う両者は相容《い》れぬ。

上位生物と超越者の威圧に、冒険者達の本拠地が揺れる。今この場できちんと意識を保っているのはそれなりに腕に覚えある者のみ。

聡《さと》い者や、真に強き者は既にこの冒険者ギルドから離れていた。獣が己より強き獣に逆らわないのと同じように。

「おーい、こらこら。君らさ。俺無視して盛り上がるのやめてくんない？　でもドラ子心配サンキュー」

頭のイカれた〝たった1人の人間〟を除いて。

「……今、キミは黙っててくれないかい？」

「ナルヒト、少し静かにしていろ。オレがこの残りカスに引導を渡してやる」

「……吠《ほ》えるね、幼竜」

「囀るな、過去の遺物め」

口火が切られる、蒐集竜と射手、竜と英雄。御伽噺《おとぎばなし》の中でしか争うことを許されない2人が1人の強欲な男を巡って殺し合――。

「おい」

「うるさいな、キミは黙って」

「俺を無視すんなって」

完成だ。キリはすでに広がった。薄く狭く、しかし濃く強く。

「キリヤイバ」

死ぬも八卦《はっけ》、生きるも八卦。

「キリヤイバは既に、俺達の周囲に展開している」

遠山がニイッと笑う。遠山鳴人《ナルヒト》の首あたりからキリと共に欠けたヤイバがニュッと飛び出て。

「っ!?」

天敵と出会った被食生物のごとき素早さ。

ウェンフィルバーナがその場から一気に飛び退《の》いた。息を大きく乱し、白磁の顔に冷や汗を垂れ流して。毒虫を見るかのような目つきで、遠山を睨《にら》む。

「おっと、なんだよ、気付いたのか。ヒヒヒヒ、良い勘してるな」

「キミ、今、私ごと死のうとした？」

「あ？　いや俺だけ生き残るようには調整していた。時間はたっぷりあったからな」

「……イカれてるのかい？」

「バカ言うな。俺は探索者組合の精神カウンセリングでいつも満点だったんだ。正常に決まってるだろ」

キリヤイバでの自滅攻撃。

遠山《トオヤマ》は命拾いした高揚で、それはもう酷《ひど》い笑みを浮かべる。自分へのダメージを最小限にするため色々工夫はしていたが発動すれば無傷ではいられなかっただろう。

「ナルヒト……貴様」

遠山の行動に気付いたらしいドラ子が責めるような声をあげた。

「睨むなよ、ドラ子。友達におんぶに抱っこは趣味じゃないだけだ。ま、結果的には生きてるから許せ」

このケンカはそもそも遠山に売られたものだ。そしてウェンフィルバーナとやらのなんらかの地雷を踏んだのも遠山。ドラ子がいくら強かろうと、頼りになろうと任せっきりなのは性に合わない。

「……はあ、貴様になにを言っても無駄、か。むう、友情、いや、友人関係とは難しいものだな」

「……嫌な顔で嗤うね。その笑い方をする奴を昔、見たことあるよ、ほんとに厄介で、大嫌いだった」

ウェンフィルバーナの顔には汗が。それを拭いながら英雄が遠山を評する。

「人の外見のこと言うのは反則だろ、クソエ……いや、違う、のか？　キリヤイバへの反応も遅かった。お前、誰だ？」

　あの時出会ったウェンフィルバーナ・ジルバソル・トゥスクと目の前のウェンフィルバーナ。同じだが、違う。今の反応で分かった。

　コイツはキリヤイバを知らない。あまりにも対応がお粗末だ。

「……キミは妙だ。何かがおかしい。蒐集竜、彼を貰《もら》うよ、聞きたいことが山ほどある」

「ふかかか！……それが遺言で良いのか？　射手」

「だーから俺抜きで盛り上がるなっつの」

　三者三様。

　英雄と竜のメンチの切り合い。その間に探索者が挟まる。

「すまんドラ子、巻き込んだ」

「フフン。我が〝竜殺し〟よ、竜の隣に立つことを赦《ゆる》そう」

　すっと、竜が前に歩む。探索者を庇《かば》うでもなくただ、隣に立つ。

　遠山とドラ子が並び立つ。

　白銀の風、弓矢に愛された英雄、王を討ち落とした元勇者パーティの前に立ち塞がる。

「……竜を、狩るのは久しぶりだよ、蒐集竜」

その2人を見る銀色の瞳。果たしてその白銀に浮かぶ情念。

己と同じ、選ばれし者ゆえに世界から隔絶され独りぼっちのはずの竜。

しかし、その同じ孤独のはずの竜には友がいて。

自分の隣には誰もいない。

「……気に入らないな」

果たしてその白銀の瞳に浮かぶ情念は敵意か、それとも——。

「あ、わわ、あ、ああああああののののののの、ほほほほほほははんじつつつつは、おひひひがらもよよよよく、ですねたなね」

「あ?」

互いの殺気が膨れた直後、裏返った男の声が酒場に広がる。

見れば脂汗をダラダラ流す、小太りで上品な髭《ひげ》の中年男が直立不動で立っていた。

「……やあ、領主殿。良い天気だね、ここは危ない、少し中座しておいてくれないかな」

「領主、見ての通り取り込み中だ、控えよ、巻き込むぞ」

「ぴぎい！　ひ、ひ、し、し、しかしでですね、その、お二方がそう意気軒昂《いきけんこう》だと、周りの者がその、ですね」

竜と英雄に言葉を向けられ、中年男は顔を真っ青に、滝のような汗を流す。しかし、その言葉は彼女達に向けられて。

「……アンタ、確か大使館にいた人か？」

「…………！　！　！」

ぶんぶんぶん、首が取れるほどの勢いで遠山の呟《つぶや》きに中年が反応する。そして懇願するように遠山にジェスチャーを送ってきた。

〝お願い、ムリ、あの人達どうにかして〟

「あー、なるほど、そういうね」

おっさんの涙目に心を動かされたわけではないが、遠山はこの2人を止めた方がいいことに気づく。

死屍累々《ししるいるい》。

ついさっきまで活気に満ちていたはずの冒険者ギルド内は静まりかえっていた。

竜と英雄の威圧のぶつかりに当てられて半分以上が失神、残りの半分はかろうじて顔をカラフルに染めながら耐えている。

「恐れながら！　偉大なりし帝国の護《まも》り竜、蒐集竜《しゅうしゅうりゅう》様、いと高き伝説、古い王を討ちし誇り高き勇者パーティが一角、ウェンフィルバーナ様に申し上げます！」

ガクガク震える中年の男の隣に寄りそうように、褐色の脚の長い美女が駆け寄ってきた。はっきりとした口調、伸びた背筋、しかしカチカチと歯の根が噛《か》み合っておらず。

「……ハイデマリー君、キミもかい」

ウェンフィルバーナが冷たい銀の目をギルドマスターに向ける。

びくり、と身体《からだ》を跳ねさせながらもギルドの責任者は己の責務を果たさんと言葉を紡ぐ。

「私の言、間違っていればこの身、如何様《いかよう》にも！　しかし、今領主様が申し上げた通りに！　お二方、伝説の存在のその意気に我ら凡人みな、呼吸もままならぬ始末！　そしてここは、冒険者ギルド内にございます！　どうか！　塔級冒険者の取り定めを今一度思い出していただきたく！」

息も絶え絶えに、彼女は頭を下げる。目の前の2人、どちらかの気分1つで生命を終わらせられると理解しながらも。

「ほう、なるほど、なるほどなるほど。ギルドマスター、そなたやはり頭が回るな。ふうむ、たしかにオレは竜であると同時に塔級冒険者でもある、か」

「……〝ギルド内での私闘の禁止〟塔級冒険者にのみ課せられた約定、そんなのもあったね。私闘の禁止が塔級だけに絞られている点が実に、我々冒険者らしいじゃあないかい」

ハイデマリーの言葉は、竜と英雄としての2人へ、ではなくギルドの管轄にある冒険者としての2人へ。

塔級の名前を冠する冒険者でもある竜と英雄が素直にその才媛の言葉に感心する。

「「…………!!」」

ギルドマスターと領主。2人の物言わぬ圧力が遠山にふりかかる。

言葉はなくても、伝わる。

即《すなわ》ち、〝お願いだからなんとかしてください、やくめでしょ〟。

ギルドマスターと領主の泣きそうな顔に遠山はたじろいだ。確かにこれ以上は気の毒だ。

考えてみればここには金を稼ぐため冒険者として登録しに来たのだ。

「あ、はい。……あー、ドラ子、その悪いんだが、ここは収めねえか？　よく、考えたら、俺が何か失礼なことを言ってしまったのかもしれねえ、うん」

「ナルヒト、正気か？　この女は確実にそなたを殺そうとしてたぞ」

「ああ、でもそれは俺もだ。殺そうとしたことが罪なら同罪、喧嘩《けんか》両成敗で、その、あの気絶しそうなおっちゃんの顔を立てるのも、竜らしくてかっこいい気がするけど」

ドラ子は遠山の茶色の目をじっと、見つめる。

「む、竜らしく、か。ナルヒト、やはりそなた舌が回る、竜の舌でも持っているかのようだ」

ＯＫみたいだ。ドラ子はうんうん頷《うなず》きながら遠山に1歩近づく。

「まあ、俺も今あれよ、ノリノリだから平気だけど、お前ら2人、正直こえーし。そこのアンタ、ウェンフィルバーナさん、気に障ったんなら悪かった、もう二度とさっきのことは口に出さないし、余計なことも言わないよ」

そして、残るは1人。こっちは厄介だ。

ドラ子と違って、友達でもなんでもないのだから。

「……それを私が信じるとでも？」

「無辜《むこ》の民が勇気出してアンタを止めようとしてんだ。それを無下にするのが勇者パーティなのか？」

遠山の言葉に、ウェンフィルバーナが固まる。それから少しの沈黙のあと、上を向き、息を長く吐いて。

「……蒐集竜、彼にきちんと首輪をつけておくことだね。ソレは、そうしなければならない種類の生き物だ。よく回る舌と狩りと血に愛されている戦士、いや、なんだろう、もっとおぞましい何かだよ」

「ふん、そうしたいのは山々だがオレの友はそれを嫌がる。本で読んだのだ、友達の嫌がることはやっちゃだめ、となそれとこやつはヒトだよ、オレや貴様と違ってな」

「……ああ、もう手遅れか。すっかり絆《ほだ》されてまあ……領主殿、そしてハイデマリー君、騒がせたね。この詫《わ》びはいずれ正式に。今日は気分が優れないから帰らせてもらうよ」

ウェンフィルバーナが表情を崩し、ヒラヒラと領主達に手を振る。

「ほ！　は、はは！　ご自愛くださいいいいい！」

直角に腰を曲げ、領主が震える声で礼をする。小さくガッツポーズしてたのを遠山は見逃さなかった。

「………貴女《あなた》のご配慮に感謝を。我らの英雄」

上品に腰を曲げ、ギルドマスターもまた同じように弓を収めた英雄へ礼を。汗が滴になり髪の毛から床に落ちる。よほどのプレッシャーの中の行動だったのだろう。

「……黒髪くん、名前は？」

ウェンフィルバーナが彼らから視線を切り、遠山を見つめる。

「……遠山鳴人《ナルヒト》」

短く答える。あの時のアイツは知っていたはずの名前だ。ということは――。

「ふうん、トオヤマナルヒト……聞かない名前だね。ようこそ、冒険都市アガトラへ。キミは何しにここに来た？」

「…………言いたくねえ」

「くく、そうか。実は私も聞きたくなかった、なんてね。……もう会わないことを祈るよ。嫌な風を纏《まと》う新入りさん」

そう言ってウェンフィルバーナが振り返る、かと思うと吹き付ける一陣の風。

英雄は、去った。人死もなく。

「ぶふ、ふー、あー、きつかった」

緊張の糸が切れる、その場に倒れるように遠山《トオヤマ》が座り込む。

「ふ、かか。やるではないか、ナルヒト。驚いたぞ、あの女を舌だけで退治してしまうとは」

ドラ子が笑いながら遠山に手を差し伸べる。

「お前っつー戦力あってのことだよ。さすがドラゴン、仲間にすると心強い」

その手を取る、あまりにも簡単にヒョイっと持ち上げられたので少し怖かった、力強い。

「ふかか、なんだなんだ愛《う》い奴《やつ》め、うむ、許す。もっと褒めるがいい。他者からの賞賛を素直に受け入れるのはこみゅにけーしょんの基本だと本にも書いてあったのだ」

「いい本読んでるな。ん？　てかドラ子、お前なんでここにいるんだ？」

「ふかか、知れたことよ、ナルヒト。そなたを探していたのだ」

「あ？」

遠山の言葉に、竜はにかりと笑う。鋭い歯がちらりと覗《のぞ》いた。

◇◇◇◇

「よい、楽にせよ、オレが許す」

大きなソファにこれでもかと身体を深く沈めた金髪美人が脚を組む。長い脚だ、尊大な態度ですら絵画のような上品さがそこにはある。

「は、はは」

「蒐集竜さま、先程は、我等《ら》か弱き者のために矛を収めていただき誠にありがとうございました」

おどおどと下座に座った2人、辺境伯とギルドマスターが目の前の美竜に対して頭を下げた。

ここはギルドの来賓室、本来この部屋の主はギルドマスターで竜の方は客であるはずなのに、まるで我が物顔だ。

「ふかか、よいよい、マリーよ、手間をかけさせたな。ふむ、オレの友が何やらよからぬ者に絡まれておってな。貴様らには迷惑をかけた、許せ」

竜がぺこりと頭を下げる。ソファに腰掛けたまま、背もたれに身体を預けたままの最悪の態度であるが、頭を下げたのだ。

「……ほへ？」

それはこの世界の住人からすればありえない光景で。

「領主様」

クールビューティーなギルドマスターがメガネの位置を直しつつ、領主を諌《いさ》める。さきほどの様子から今はだいぶ落ち着いている。

「あ、わわわわ、いえ、いいえいえいえ！　蒐集竜様からそんなお言葉、このサパン、とても受け取れきまれせぬ！」

「よい、楽にせよ。のう、ナルヒト、リザドニアン、貴様らも座らぬか。マリーがオレ達に気を使って一席設けた意味がないではないか」

竜はその態度を咎《とが》めず、部屋のすみっこに固まっている2人、ある意味騒動の原因である遠山鳴人とラザールに声をかけた。

「お、おー……どうする、ラザール」

「……今の俺達に選択権があると思うのか？　あ、あー、ゴホン、蒐集竜殿、お気遣いありがたく」

恭《うやうや》しくラザールがドラ子に頭を下げる。

「リザドニアン、貴様とも一度話してみたかったのだ。やるではないか、まさか帝国の追跡を本当にひと月も躱《かわ》すとはな」

「御身の爪を煩わせたのなら、謝罪を」

機嫌良さげにヒラヒラ手を振るドラ子、コロコロ変わる表情は感情を覚えた幼子にも似ていて。

「ふかか、良い、貴様を探していたのはナルヒトを探すため。もはや貴様にはこだわっておらん。褒めて遣わす、その隠遁《いんとん》の業、見事であった」

「勿体《もったい》ないお言葉にございます、偉大なる竜よ」

　ラザールが敬意を込めてドラ子の言葉に答える。

「ラザール、ラザール、ドラ子ってやっぱ偉いのか？」

「……ナルヒト、今は頼むから勘弁してくれ。〝英雄、勇者パーティ〟やらアガトラの冒険者ギルドマスター、それに〝辺境伯〟に〝竜〟、めまいがしてきた……」

　額に手をやりながらラザールがコソコソと遠山に返事をする。

「そ、そそそそれでですね、我らが竜よ。本日はど、どのような御用件でギルドへ？　本日は地下番でもなければ、塔への探索予定もなかったはず……」

「なんだ、領主よ、オレがギルドへ来たらダメなのか？」

　にいっと目を歪《ゆが》めてドラ子が笑う。遠山からすればいつものドラ子だが領主にとっては違うようで。

「ピ!?　めめめめめめめめ、めっそうもございませぬ！」

　顔を真っ赤に、その次は真っ青にして領主が鳴いた。脂汗が滝のように流れる。

「ドラ子、あんまからかうなよ、その人顔色が信号機みたいに変わっちまってる」

「シンゴーキ？　なんだ、それは？　まあいい、領主、すまぬ、からかいすぎたな」

　遠山の言葉に首を傾《かし》げながらもドラ子が頷く。手を振りながら領主へ軽く謝意を述べた。

「……マリーくん、今、僕聞き間違えたのかな？　竜の巫女《みこ》様が、すまないって、へぶら!?　こひゅ」

　絞められた小動物のような声を上げて、領主が背もたれに沈む。

「竜の巫女様、我らが護《まも》り竜よ。大変失礼を。領主様は少し、お疲れのようでして」

目にも止まらぬ速さで領主の首をキュッと締め上げたギルドマスターが咳払《せきばら》いをする。

「そ、そうであるか、よ、養生せよと目が覚めたら伝えてくれ。む。ナルヒト、いつまでそうしておる？　はよ、座らぬか。リザドニアン、貴様も許す。あ、オレの隣はナルヒトだけだ、そこの椅子にでも腰掛けよ」

　ギルドマスターの行いはドラ子ですら少し慄《おのの》く。すごい技だ、落とされた領主は穏やかにシエスタに突入していた。

「竜よ、寛大な言葉に感謝する。……ナルヒト、ほら」

「あ、お、おう。いいのか？」

「いいに決まってるだろ、早く。彼女の機嫌がいいうちに頼む、そろそろ俺はストレスで倒れるぞ」

　ラザールの目がギロリと余裕なさそうに見開かれていた。

「そりゃ困るな、悪い、ドラ子、失礼する」

「うむ！　うむ、良い、よいぞ！　ほら、ふかふかなのだ……おっと、してマリー。本題に移るぞ。今日ここに来たのはな、オレとナルヒト、ついでにそこなリザドニアンで徒党《パーティ》を組もうと思うのだ、それの申請をしに来てやったぞ」

　遠山はドラ子の隣に座る。甘い果物、柑橘《かんきつ》の爽やかな匂いが一瞬、遠山の鼻をくすぐった。

「徒党ですね、はい承知……徒党……？　どなたと、どなたが？」

　ドラ子の言葉に、ギルドマスターの動きが鈍くなる。潤滑油の切れた機械のようだ。

「ここにいる3人だ。かか、パーティを組むのは初めてでな。マリー、どのようにすればいいのだ？」

「竜の巫女様……その、基本的に冒険者ギルドでのパーティ結成基準では、上下1つ差の範囲でしか組めないようになっていまして……」

　しかし、ギルドマスターが言いにくそうに頭を下げた。

「む？　どういうことだ？」

「そ、その、〝塔級冒険者〟つまり、貴女様は帝国とギルド両方が〝ヘレルの塔〟に挑戦すべき最強の冒険者であると認めております。冒険者階級制度における頂点におわす方です」

「ふむ、当然だな」

「ええ、はい。ですので、蒐集竜《しゅうしゅうりゅう》様とパーティを組めるのは一級冒険者以上のみです。

そこにいる方々と蒐集竜様がパーティを組むことはギルド規則に反することに……」

「………む？　む？　待て、マリーよ。ナルヒトの等級はいくつだ？」

頭の上にハテナマークをたくさん浮かべたドラ子が首を傾げる。

「……ドラ子、俺らまだ登録もしてねえから等級とかないぞ」

どうやら根本的に勘違いしているらしい。

ドラ子はこちらをもうすでに冒険者だと思っていたようだ。

「むむむむ!?　待て、待て待て待て、ナルヒト、そもそも貴様、冒険者ではなかったのか？　冒険奴隷《カナリア》だったのだろう？　それに貴様、ことあるごとに冒険者がどうのこうの言っておらなかったか？」

「多分それ探索者な、探索者」

冒険奴隷と冒険者にどのような関係があるかはわからないが遠山はうなっているドラ子に事実を伝える。

「む、むー、むむむ、マリーよ、普通、冒険者登録すると何級から始まるのだ？　一級からか？」

頭を傾げたドラ子が問いかける。

「い、いえ、貴女《あなた》のような特別な方以外は皆、最低等級である４級からのスタートになります」

「よ、４級だと？　むー、むむむむむむむ」

がーんと口を開けて、ドラ子が唸《うな》り出した。いつのまにか金色の鱗《うろこ》に包まれた尻尾がにゅっと飛び出して、ゆらゆらゆらゆら忙《せわ》しなく揺れている。

「へえ、意外だな、ドラ子。お前、こういう規則とかは尊重するんだな」

「な、なんてこと、を……」

ギルドマスターが遠山のあまりにも気軽な物言いに固まる。

「ナルヒト、貴様、竜のことをわかっておらぬな」

一瞬、ドラ子から漏れる不穏な声、しれっとその怒気を受け流し、素直に想《おも》いを舌にのせ。

「ああ、だから教えてくれよ、お前の口から聞きたい」

「………♪。ふかか、仕方ないな。我等竜は〝約束〟を守る種族なのだ。ギルドの規則とは要は冒険者とギルドの間に定められた約束に他ならぬ。それ以外のことであればこのオレを縛るルールなぞ知らぬが、約束だけは別なのだ」

「へえ、約束ね。たしかにそれは大切だよな」

遠山《トオヤマ》の中で、ドラ子、蒐集竜、アリス・ドラル・フレアテイルに対する認識が深まる。

独特なルール、独特な感性。多少気安くはなったがやはりこいつは違う生き物だ。

「ああ、それこそが我らの誉れゆえにな。約束は必ず守るのだ」

たしかにあの時のドラ子はそうだった。

あの塔での出会い。ラザールと遠山に仕掛けた最低最悪の二者択一。しかし、たしかにラザールに渡した帰還印は本物で、言葉通りに逃してくれていた。

「だがどうしたものか。マリー、4級から一級に上がるにはどれくらいかかるモノなのだ？　3日くらいか？」

「い、いえ、一級冒険者とはその、冒険者ギルドにおいても特例である塔級を除けば最強クラスの戦力です。功績はもちろん、帝都の中央貴族に伝わるほどの実力やその他方面でのギルドへの寄与、または貴族両院会議からの許可などその道は険しいかと、その、一生を4級で終える冒険者の方が多いくらいでして」

「なんと、そういうものか。ふーむ、塔級か一級、2級あたりしかおらんと思っていたな。どうしたものか。マリー、この男、トオヤマナルヒトはしかし、竜殺し、ぞ？　その功績を以《も》ってしても認定は無理か？」

「……あ、いえ、その前例がないわけではないのですがそれでも特例で多くの手続きをした上で3級からの認定になります。いきなり一級は難しく……」

「むー、むー。ナルヒト、貴様、はよう一級にあがれ。オレは貴様の力になりたいのだぞ」

口を尖《とが》らせてドラ子が不貞腐《ふてくさ》れたように背もたれに体を沈め、遠山に迫る。

聞き分けのいい子供が、おもちゃを諦め、それでもやはり少しぶーたれているような雰囲気に思わず遠山の口が緩んだ。

「お、おう、なんだお前可愛《かわい》いな、まあ級がどうのこうのいまいちわかんねえけどお約束のアレだろ。ランクとかその辺なんだろ？　指定探索者と組めるのは上級探索者以上ってルールとほぼ同じようなもんだ」

「ぎゃうっ、かわ……かわ、かわ」

アホみたいに整った顔、アーモンド形の瞳に、長い金色のまつ毛、深い蒼《あお》の瞳、人外の美貌に一瞬固まるがなんとかそれに耐えて言葉を続ける。その言葉にドラ子がぷちょぷちょ口を開けたり、閉じたり――。

「まあすぐに追いつくさ、ドラ子。どのみち俺らは金をたくさん稼ぐためにバリバリ冒険者で働かんといけんからな。えーと、ギルドマスターさん、やっぱりその等級が高い方が報酬の良い依頼を受けられるんだよな？」

「ええ、特に一級への指名依頼は、ボードに貼られている無指名依頼とは報酬がまるで違います。一回の依頼で莫大《ばくだい》な富を得ることもあるでしょう。そのぶん難易度も比例して上がりますが」

遠山の言葉にはスラスラ答えるギルドマスター、すんっとした顔には理知の光が宿り、先ほどのトラブルの時とは様子が違う。本来の彼女の仕事モードはこちらなのだろう。

「まあそりゃそうだろ。あれ、でも考えたらドラ子、お前なんで俺が冒険者やるって知ってんだ？　館を出た時はまだギルドに行くなんて考えてなかったし、お前に行先伝えてもなかったよな？」

ふと遠山が気付く。遠山達とパーティを組むためにここに来たというのなら、まず前提として遠山が金稼ぎの方法を冒険者に定めたことを知らなければならない筈《はず》だ。

まだドラ子には何も言っていないはずだったが。

「むう……言いたくない」

ぷいっと、ドラ子が顔を背ける。いたずらがバレた子供が知らないっと言う感じに。

「は？　なんだそりゃ」

遠山が眉を顰《ひそ》めて、ドラ子の肩を摑《つか》んだ。びくりっと、身体《からだ》を跳ねさせるドラ子。

その遠山の行いを見ていたラザールとギルドマスターが青い顔をしてなんかいきなり祈りの言葉を紡ぎ始める、歯やら天使やらモニョモニョ言い始めていた。

「おーい、こっち向けこっち」

竜に不敬を働く男は祈りを念じる彼らを無視して、ドラ子の細い肩をがしりと摑んで引き寄せる。

ドラ子が観念したようにくるりと振り向き、目を逸《そ》らしながら呟《つぶや》いた。

「………本に書いてあったのだ。適度な距離感が友情を育むのだ、と。なんか、オレが

貴様のことをコソコソ調べさせていたようで言いたくないのだ」

少し頬を染め、いじいじと長い金髪を自分で触り続けるドラ子。

遠山はしばらくその言葉の意味することを考えて。

「……つまり、なんか尾行でもしてたわけか？」

「……………………」

ドラ子は何も言わない。いじいじ、いじいじ。髪を梳《と》かしながら天井や床をキョロキョロ見回す。

「いや、もうそれ答えじゃん」

「だって、貴様が手紙書かなかったから……オレに黙って冒険都市を出たのかと」

ぼそりと、ドラ子が遠山をじっと見つめて呟く。

見るものが見れば卒倒しかねないその光景。

竜がまるで年頃の少女のように振る舞うその姿。興味ある異性がなにをしているのか気になって仕方ない、そんな当たり前の少女のように。

「いやだから住所ねえから。それに俺がお前と別れたの、昨日だぞ」

だが遠山にそういうのは分からない。もちろん、現代の世界で、遠山は鬼のようにモテなかった。

「む、ならもうあれだ！　オレが貴様に家を買ってそこに貴様が住めば――いや、いやいや、あれだったな。こういうのを貴様は嫌うのだったな。むむむむ、友情とは難しいな」

大使館の一件で、ドラ子なりに遠山のことは理解しているようだ。

「わかってくれて何より。まあ早めにお前と組めるように努力するからよ。それに拠点が出来たら絶対教えるから」

遠山はこちらを尊重しようとしているドラ子の態度に表情を柔らかくする。

「絶対だぞ！　絶対絶対教えるのだぞ……うん？　すん、すんすんすんすん」

いきなり。

遠山の首元をドラ子が握り、引き寄せる、かと思えば遠山の胸に顔を埋《うず》めて、すんすんすん嗅ぎ始めた。

「うわ!?　お、おい、なに？　え？　まさか嗅いでる？　うそ、俺やっぱ臭う？」

ドラ子が自分の胸に顔を埋めたことよりも、自分が臭いかもしれないことの方が気になる遠山。

遠山は部屋が片付いていないのはまあまあ平気だが、体臭があったり不潔なのは無理なタイプだ。

「臭う……濃い臭いだ」

遠山の胸から、すっと顔を離したドラ子。ふらりと立ち上がり、己の鼻を撫《な》でる。

その表情はさきほどまでの少女の顔ではない。暗い瞳、表情のない顔。

この世の理《ことわり》から外れた上位生物。世の全て、己の欲望の対象を手元に置くことを至上とする存在。支配と暴力の化身、竜の顔に。

「うげ、マジかよ、ここに来る前にも水浴びて昨日軽く洗濯もしたんだが……やっぱ臭うか。こりゃ早めに風呂と洗剤を確保しねえと」

遠山はしかしそれどころではない。ラザールやギルドマスターが無意識に傅《かしず》く竜の威よりも、自分が臭う可能性の方がよほど遠山の心を乱す。

急がなければ、毎日風呂に入れる生活環境を手に入れなければならない。

「違う、貴様の匂いではない。これは、天使の臭い……」

ボソリ、遠山の空気読めていない言葉にドラ子、アリス・ドラル・フレアテイルが小さく答える。

竜の静かな怒りが籠もった声で。

「ひ」

「ぐ、む」

息苦しさにギルドマスターとラザールがうめいた。それが普通の反応だ。

「あ？　お、おい、ドラ子、どした？　なんかプレッシャーでみんな気分悪そうなんだが」

空気の読めないのが1人、ようやくドラ子の様子に気付いた。ラザールやギルドマスターが恨めしそうな目で遠山を睨《にら》んでいて。

「ナルヒト」

「あ、はい」

「貴様、天使、いや、教会の者と会わなんだか？」

「あー、教会、教会。ああ、プリジ・スクロールの奴《やつ》か」

教会、その言葉は簡単にアレと繋《つな》がる。

あの黒い修道服。小柄なヤバ強いだろうシスター。聖女とやら。

「………今、なんと？」

「あー、まあなんだ、その、色々あってな。教会の聖女とやらに助けてもらう代わりに、そのプリジ・スクロールとやらにサインしたんだ。血判をこう、ね」

リダの命を救う代わりに彼女と交わした契約書、血判を捺《お》した事実をぼそり。

ドラ子の周囲の空気が冷えて、かと思えば熱くなる。世界が竜の怒りに慄《おのの》いているかのようだ。

スヤスヤ眠る領主、顔を真っ青にして首を垂れるラザールとギルドマスター。またしても何も分かっていない遠山鳴人《ナルヒト》20代独身。

「………いや、良い。ナルヒトはいいのだ。そなたがなにをしようとオレは貴様の自由を尊ぼう。だが、なるほど、なるほどなるほど。これが奴らのやり方、か」

「え、ドラ子、ドラ子さん？　あの、なんだかお顔がとてもこわいのですが」

遠山は無表情のドラ子にそーっと声をかける。

「ふかか、ふかかかかかか。不禍禍禍禍禍禍禍禍。なるほどなあ、オレの友と知ってるはずだ、奴らはあの場にいたのだから。ナルヒト、プリジ・スクロールの契約内容は？」

笑い方がいつもと違う。

「……あるガキを助ける代わりにこの冬までに白金貨50枚、だったな」

「そうか、そうかそうか。そなたはそれを自力で稼ぐのか」

竜の問い。ここにきてようやく遠山は背筋が冷え始める。

ドラ子が明確に怒っているのがわかる。何気なくかけられた言葉、まるで答え方を間違えれば殺されてしまうのではと錯覚。

「当たり前だろ。お前と一緒だよ、ドラ子。約束や契約は放り出さねえ。ロクなことにならねえからな」

欲望のままに生きることと、ルールを守ることは矛盾しない。遠山の中でそれは全く相反せずにある決まり事だ。

「……ふかか、それでいい。それでいいぞ、定命の者よ。見事、天使の試練を打ち破ってみよ。……しかしやるではないか、天使のおもちゃどもめ。久しぶりに、コケにされたものだ」

遠山《トオヤマ》の答えに、僅かドラ子の怒気が和らぐ。

ぱちりと、長い指を鳴らした。

「ファラン」

短く呟かれた言葉は名前。竜に仕える眷属の。

「は、すでに使い魔を教会へ送っております」

その言葉に、すうっと空間を割って現れるメイドさん。あの無表情のメイドさんだ。

え、いたの？

遠山が表情で突っ込むが誰も答えてくれない。ラザールやギルドマスターに一緒に突っ込もうよ、メイドが急に現れたよ、と視線で訴えても完全に無視された。

「うむ、良い。あの銭ゲバに伝えよ。全て説明しろ、とな」

「はい、そのように。……今、使い魔を通して伝えました」

「反応は？」

「泡を吹きながら金貨を隠し込んでいる部屋で奇妙な踊りを始めました。挑発、でしょうか？」

「……面白いではないか、銭ゲバめ。聖女やら第一騎士やらで勘違いしているようだ、竜という存在を再度教えてやらねばな」

冷たい嗤《わら》いを竜が浮かべる。

「ナルヒト、その教会の首輪、見事外してみせよ、出来んとは言わさぬぞ」

「あー？　なんだそりゃ。払うに決まってるだろ。借りたモンは必ず返すさ」

遠山はこちらを心配してくれる友人へ言葉を返す。

「ふん、その言葉覚えておく。……急用が出来た、もう少しそなたと共にいたかったがオレはもうゆく。ナルヒト、落ち着いたらでかまわん、また我が館へ遊びに来い」

「おお、ありがとう。顔出しに行くさ。拠点出来たらまた教える」

「うむ、それと早う等級を上げるのだ。竜の狩りに参列することを許してやる」

「ああ、そりゃ楽しみだ」

「ふん、ではな。……絶対絶対、遊びに来いよ、来なかったらひどいぞ」

「わかってるって、今日は助かった、ありがとう、ドラ子」

遠山がすっと、手を差し出す。

「……これはなんだ？」

ドラ子がじっと、差し出されたそれと遠山の顔を交互に見つめた。

「え、握手だけど。ダメだった？」

「……ふふ、バカめ、ダメなわけなかろうが」

ふっと、顔を緩めたドラ子、差し出された遠山の手をぎゅっと握る。

「わ、力つよ」

「ふかか、竜は力が強いのだ。では行ってくる、良き冒険を。トオヤマナルヒト」

「おーう、サンキュー。良い探索を……じゃないな。またな、ドラ子」

「うむ。マリー、では其奴《そやつ》らを頼んだぞ。領主が目を覚ましたならよろしく伝えておいてくれ」

「は、承知致しました。我らが強き偉大なる竜よ」

ギルドマスターが頭を下げる。顔色を悪くして竜の威に伏せていても、彼女はこの街の、冒険都市の冒険者ギルドの長たりえる人物であった。

ふ、と笑うドラ子、そのそばには無表情なメイドさん。

彼女達《たち》が振り向き、メイドさんがロングスカートのすそを持ち上げ、革靴をコツリ鳴らす。

瞬間、嘘《うそ》のようにドラ子とメイドさんの輪郭が景色に溶けて消えていく。

数秒後にはその気配すらも消えて。

竜達がギルドを去っていった。

「えー、去り方かっけー」

「……………嵐は去ったか」

遠山が呑気《のんき》に、ラザールが重いため息を。

コホン、綺麗《きれい》な咳払《せきばら》い。竜にこの場を託されたギルドマスター、ハイデマリーが息を整えて。

「……それでは、その、改めまして、お2人とも。ようこそ、冒険者ギルドへ」

ぎこちなく、微笑《ほほえ》んだ。

長い1日はまだ続く。

「ラッキー、武器の貸し出しまであるとは思わなかったぜ。見ろよ、ラザール。メイスだ、メイス。ファンタジーって感じだなあ」

遠山がギルドから貸り受けた武器を掲げて眺める。ひし形の鉄の塊が先についた鈍器、メイスだ。

「ふむ、悪くないチョイスだ。鈍器は比較的、獲物を選ばない。持ち主の技量も要求されないしな。だがアンタほどの手練《てだ》れなら剣を扱うのも手慣れたものだろう？」

「あー、剣っつーか刃物はなー。刃立てるの結構難しいし。斬ったり刻んだりは間に合ってるしな。シンプルにぶん殴るこいつが一番信頼出来るんだ」

「なるほど。アンタが躊躇《ためら》いなくそれを敵に振り下ろす姿が想像出来るよ。まあそれはともかく、冒険者ギルドへの登録はこれで完了、か」

「おー、なんかよー。ラザール、気のせいかもしれないが、俺達厄介ごとに巻き込まれやすいのか？　登録1つですげえ時間使った気がするぜ。まあでも、いろいろ冒険者ギルドの説明とか聞けたからよしとするか。稼ぐ方法も聞けたしな」

「〝依頼〟と〝狩猟〟か。依頼主をギルドが確保し、その仕事の対価が約束されている〝依頼〟と、自由に狩る獲物を選び、その素材を売ることで収入を得る〝狩猟〟。そして俺達が選ぶのは〝狩猟〟か。たしかに稼ぎは大きいかもしれないがその分、危険だし空振りに終わるリスクもある、覚悟の上というわけかい？」

ギルドにて冒険者としての登録と説明を受けた遠山達が冒険都市の道をゆく。人混みがすごい。ギルドでの光景と同じように様々な種族の人々が営みを続けている。

「おお、さっきの説明聞いて確信した。俺らの目的に近づくためには仕事としては〝狩猟〟っつーのが一番合ってる。なにより、商人とのコネが手に入るのがでけー」

「商人とのコネ？」

遠山は隣を歩くラザールににやりと笑いかける。

「ラザール、俺ら探索者……じゃない、冒険者の強みって何かわかるか？」

「冒険者の強み？……そうだな、帝国でいえばギルドの後ろ盾を得られることか？」

「まあそれもあるな。嬉《うれ》しい誤算だが行政のレベルが予想よりかなり高い。だが最大の強みはそうじゃない」

目抜き通りを進む。馬車が行き交い、人々が血管を通る血液のように進み続ける。

所々に出店している店、店舗を構えていたり露店だったり、営業方法は様々だが、どの店も活気がある。

それだけでこの帝国とやらの治世がそれなりにうまく行ってることが伝わる。

「自分自身を商品化出来ることだ」

「どういう意味だ？」

「俺はまだこの辺の常識には疎いが、おそらくモンスター素材とやらの供給はほとんど冒険者ギルド頼りなんだろ？　そして、実質その素材を回収してくんのは俺達冒険者なわけだ」

　鉄製の武器を飾っている店舗、生活雑貨のようなものを置いてる露店、木のジョッキに飲み物をなみなみ注いでいる店。

　さまざまな店が入り乱れるこの通り、しかしそのほとんどに動物の毛皮や、甲殻のようなものを加工した商品が見て取れる。

「……ああ、なるほど。お抱え、か」

　ラザールが遠山の言いたいことを理解したようだ。なるほどと小さく頷《うなず》く。

「おっと、もうそういう概念があるのか？　そゆこと。いわば俺らは一次産業者、なるのは簡単かもしれないが、続けるのは誰でも出来ることではない。安定してモンスター素材を回収出来る優秀な冒険者ってのはその個人そのものが資産になれる、俺はそう思う」

　需要の高い商品はしかし、取り引きや畜産では手に入らない。文字通り命懸けでモンスターを狩り殺さないと手に入らないものだ。

遠山は歩きながら街並みをつぶさに観察する。

露店でも日差しよけの屋根はおそらく布ではなく、何かの皮？　いや翼膜《よくまく》だろうか？

街を行き交う馬車も幌《ほろ》の素材が木だけではない、黒っぽい甲羅や骨が使われているものも何台か見かけた。

すれ違う冒険者らしき武器を構え、装備を整えた連中。その鎧《よろい》や武器にも明らかに鉄だけじゃなく生き物の骨や角が使われている。

経済の基礎。おそらくこの世界、少なくともこの都市の経済活動の礎《いしずえ》の1つに密接にモンスターが関わっている。

「ということは、ナルヒトの狙いは商人への売り込みか？」

「正解、今俺らに必要なのは冒険者ギルドっつー組織の中での地位や評価よりも、金とコネだ。狩猟を通じての商人との個人的繋《つな》がりは、これから先パン屋を経営するのに必ず生きてくる」

商人とのコネ。なんの縁もない土地での商売の開業には必ずコレが必要だと遠山は睨《にら》んでいる。

商人ギルドという言葉が存在しているのだ。連中は必ず既得権益を守るため連携している。敵に回すよりも利用する方が得だと遠山は判断していた。

「……………驚いたな。アンタはほんとに不思議な奴《やつ》だ。子供でも知ってる常識を知らないかと思えば、今はこれだ。ああ、わかった。アンタについていくさ」

「おう、どうも。と言ってもまずは獲物の選定からだな。目端の利く商人からの接触を待つにも、それとガキどもの食費や宿代にもまずは今日の成果を得ないとな。えーと、都市から一番近い狩場で獲《と》れるのはなんだったけ？」

「ああ、これに書いてある通りだ。ジャイアントボア、ホーンラビット、スマイルバード。3級クラスのモンスターが殆《ほとん》どだ、まあ中には一級冒険者でも手に余るモンスターも、奥地の〝ミトラ森林〟から出てくるようだな」

ラザールが懐から折られた冊子を取り出す。そこには遠山《トオヤマ》の読めない文字と、いくつかのわかりやすい絵が描かれていた。

「いやー、周辺に出る獲物の情報まで無償で配ってるとは思わんかったな、あのギルドマスター相当やり手だぜ」

「だろうな、王国ではこのようなモノすら存在していなかった。だがしかし、かなりこの冊子も余っていた。冒険者には垂涎《すいぜん》の品だろうに」

ラザールが見事な仕事だ、と小さく唸《うな》る。

読むことは出来なかったがラザールの翻訳曰《いわ》く、そのモンスターの名前から生態情報、目撃情報が多い時間帯、場所、そしてなんと他の冒険者から聞き取りしたうえで、簡易ではあるが戦闘においての注意点までもが示された冊子だ。

「あー、たしかに。まああれだろ。俺らに絡んできた連中のレベルから察するに奴らは情報の重要性を理解出来るオツムがないんだろうな」

「ふむ。情報を軽視しているというのはあるかもな。むしろ、情報の重要性に気づいている腕利きはすでに3級モンスターは狩りの対象にならない、もっと強大なモンスターを獲物にしているのでは？」

「お、ラザール、いい事言うな。なるほど、需要と供給のミスマッチか。んー、あのギルドマスターの歳《とし》から考えてちょうど今は組織の変革期なんかもしれねーな。いいねえ、商売のチャンスが増える」

遠山が笑う。

「それで俺達が狙うべき獲物は何にする？　ジャイアントボアは強敵だが、肉、角、毛皮とかなり需要が高そうだぞ」

「いや、出来ればコイツ、冊子の4枚目、黒大蛇《ティタノスメヤ》だ。一級モンスター、ミトラ森林を生息地としつつ、たまに狩りの為《ため》に平原にも現れる、コイツがいいな」

「本気か？　獲物の選定の理由は？」

「さっき代読してもらった時の説明だ。普段は穴倉に暮らしてるってことと、コイツの眼《め》は宝飾品として加工されるってこと。俺の武器はこういう相手に相性が良い、それに素材が高級品としてあつかわれるのなら、商人とも交渉がしやすいってとこか」

「ふむ。アンタが勝算があると言うのなら……わかった」

ラザールが数回小さく首を縦に振る、遠山がその様子を見てにやりと笑った。

「……」

ふと、風体の悪い男が真正面から急に接近。遠山がするりと躱《かわ》し、同時にローブのポケットへ伸びていた指を摑《つか》む。

「おっと、スリか。悪いがルカまでだ。俺が許すのはな」

「え、なんで、ぎゃっ!?」

ぼきり。

躊躇いもなしに細い指を反対側に折り曲げる。骨が折れて腱《けん》がだめになる感覚。それを捨てるように折った手をぺしりと放して、悲鳴をあげるスリを蹴飛ばし、進み始める。

ラザールもあまり気にしていない。スリを見下ろしたため息をついたあと、また歩き始める。

「ナルヒト、見えたぞ、東門。アガトラの出入り口の1つだ。あそこで申請書を出せば平原地帯のモンスターの狩猟が可能なはずだよ」

街並みを見たり、スリの指を折ったりしてたらいつのまにか辿《たど》りついたようだ。

巨大な都市を覆う壁がいつのまにか遠景から、見上げるオブジェになる位置まで街の外縁部の近くへ。

「おー、こうして見ると壁すげーたけー。城塞都市って奴か」

遠山が海外旅行に来た気分で壁を見上げる。

100メートルはないかもしれないが少なくとも人が登れるような高さではない。

そんなのが街をぐるりと囲んでいるのだ、いったいどのように建造されたのだろうか。

「大戦期に帝国の初代皇帝と天使教会の初代主教、そして南領の領主が作った街だ。ざっと考えると200年モノだな。この壁は噂《うわさ》では〝竜〟と争うためのものだとか」

「はは、そりゃいいな。今、竜は呑気《のんき》に壁の内側で好き放題してんのに」

軽口叩《たた》きながらこれまた馬鹿でかい開かれた門まで歩く。

道路も広く、門も見上げるほどにでかい。

戦車やらなんやらでも平気で進めそうだ。遠山達がそのまま進む。

いつのまにか人通りが極端に少なくなっていて。

「そこで止まれ、この東門は冒険者ギルドの認可を受けている者しか通れない、旅人や市民は反対の西門からのみ都市の出入りが許可されている」

門まであと少し、といったところで一際大きな建物、タペストリーや旗が飾られた建物に待機していた人物達に呼び止められる。

帽子のような兜《かぶと》に、銀色の鎧にこれみよがしの大きな鉾槍《ほこやり》。

「いや、冒険者です。これ、冒険者章」

遠山がローブから青銅で出来たドッグタグに似たプレートを掲げる。

「……チッ、４級の青銅章か。依頼ではないな、その様子だと。狩猟の申請書は？」

明らかに門番達の表情が変わった。侮蔑と見下しをミックスさせた嫌な顔だ。

「ああ、ここに」

「……リザドニアンか。ギルドも落ちたもんだ。お前みたいな薄汚い種族も受け入れるんだからな」

ラザールの差し出した申請書をひったくるように奪う門番。遠山が文句を言おうと1歩進む、それをラザールが視線で制した。

「はは、帝国人の懐の深さに感謝するよ」

門番の言葉に笑顔で対応するラザール。遠山は目を瞑《つぶ》り、小さく息を吐いた。

「ふん、ヘラヘラしやがって。この辺の錠前に1つでも触ってみろ。その手を斬り落としてやるからな」

「ああ、それは恐ろしい、気をつけるとしよう」

「……もういいか、確認出来たろ？」

低い声が出た。ラザールが大人の対応をしているんだ、自分がキレたら意味がない。遠山はさっさとここを離れたくて仕方ない。

「あ？　なんだ、貴様その態度は？　４級になりたて風情が。口の利き方を知らんらしいな」

門番が遠山の態度にめくじらを立てる。かちゃりと鎧を鳴らして遠山に近づいた。

「……ナルヒト、よせ。教会の警邏《けいら》だ。揉《も》めればこちらが拘束されるぞ」

「……了解、ラザール」

負けじとその門番に詰め寄ろうとする遠山をラザールが制す。その言葉に遠山が頷き、喧嘩《けんか》を買うのをやめた。

「ふん、まあいい、身の程知らずに狩猟に向かうバカだ。すぐに死ぬだろうさ……ん」

門番がニヤニヤした顔で、遠山とラザールに手を差し出す。手のひらをこちらへ、まるで何かを渡せとばかりに。

「……なんだ、いや、なんです？　書類の確認は終わったろ、通るぞ」

「素人が。知らないのか？　通行料と手数料を払ってもらおう。ギルドで教わらなかったのか？」

当たり前のように、そしてヘラヘラした笑みを貼り付けたまま門番が言い切る。

「…………」

遠山の頭の中、脳みそに冷たい水が広がる感覚が走った。

「…………そんな話は聞いていない。門番に金を払うなんてギルドから説明はなかったぞ」

賄賂の要求だ、それもクソみたいな理由でクソみたいな人種からの。

「そりゃ残念、伝達がうまく行ってなかったな。周りの奴らにも聞いてみようか？　なあ、お前ら！　ここの冒険者が外に出たいらしいんだが、手数料貰《もら》わないといけないよな!?」

ラザールの抗議の言葉に、門番はしかし笑いながら周りの仲間を呼ぶ。

「あー、そだな、４級で、徒党にも入ってないんなら、保証金がいるな、保証金が」

「ああ、そうだな、俺ら門番の大事な時間を、てめえらみたいな素人に使ってるんだ。ほら、素直に出すもん出せよ」

ゾロゾロと遠山とラザールを囲むように集まる門番達。ヘラヘラしつつも、全員武器は握っている。

「あ、またやってるよ、あいつら。おーい、ヴィル、俺らの徒党これからいつもの狩猟だから、通るぞー」

「おーう、稼いでこい、今度奢《おご》れよー」

囲まれている遠山達を尻目に、門番達を素通りする連中がいた。５人組、みな武装している所からおそらく同業者だろう。

「……おい待て、何故《なぜ》あいつらを通している？　アンタらの言う保証金だか通行料はおろか、申請書や冒険者章の確認もしていないぞ」

ラザールがすんなりと門をくぐっていく冒険者達を見て更に声を上げる。

「あー？　あいつらはいいんだよ、3級の徒党で、信頼がある。いちいち申請なんざ確認しなくてもギルドの方できちんと処理してるさ」

いい加減な仕事に、汚職。おそらくあの連中とこの門番はなんらかの利害関係にあるのだろう。

「……なるほど、そーゆー構造か。ギルドマスターもこりゃ相当苦労してんな」

あの冊子に見られるギルドマスターの努力はしかし、残念ながら末端までは届いていない。

教会とやらとギルドの足並みも揃《そろ》っていないのだろう。

遠山は黙って、そいつらを観察する。

装備がなかなかに潤沢だ、人数も多い。教会の警邏、昨日始末した〝カラス〟とかいう連中とは違い、体制側だ。真正面から殺すとこちらが悪者にされてしまう。

「……めんどくさいな」

「あ？　なんか言ったか？　俺はどっちでもいいんだぜ。通行料2人で銀貨1枚、払えねえのなら通さねえよ？」

「むしろ教会の公務の邪魔をしたとして牢《ろう》に入るか？　ん？　どっちでも構わないけど」

門番達がヘラヘラ笑い続ける。完全にこちらを舐《な》めている顔だ。彼らから見れば低級の冒険者などその程度の存在なのだろう。

「……ナルヒト、穏便に行こう。敵に回しても得はない」

「……だな。っふー、わかったよ、わかったさ。払うよ、悪かった、アンタらに手間をかけさせちまった」

遠山《トオヤマ》はやり方を変える、そうだ、大人になれ、大人に。

ここで揉めても仕方ない――。

遠山がそいつらに頭を下げようとした時、門番が遠山の態度にわかりやすい笑みを浮かべた。

「お？　物分かりいいじゃねーか、そうそう最初から素直に金払えばいいんだよ」

「へへ、女なら金以外でも通る方法はあるけどよ、リザドニアンと男なら銀貨以外に通る方法はねえわな」

「ぎゃはははは、ああ、この前のあの田舎女！　かわいそーにもう1週間見かけてねえな、そういや」

「お前が使いすぎたからじゃねーのかよ！」

「ばーか、最後の方は女の方も悦《よろこ》んでたっつーの！」

「田舎女でもねえだろ、ありゃ反応からして良家の女だったぜ。一夜だけで捨てたのは失敗だったな」

「スラム街まで堕《お》ちてんじゃねえのか？　色街でやっていくにはドンくさそうだったし

よ」

下卑た笑いが遠山とラザールを包んだ。

人の痛みを理解どころか、想像すらすることないだろう奴《やつ》の顔。

ラザールが一瞬、牙を剝《む》きかける。

「……」

遠山がすっ、と腕を上げてラザールを制した。遠山の栗色《くりいろ》の眼《め》に笑い合う門番達の顔が映り込む。

気が、変わった。そいつらの顔、話す内容、全部気に入らない。薄汚いゴミにくれてやる金など、一文たりともありはしない。

「はは、あ、そうだ、金を払う前に1つ聞かせてくれ。アンタらんとこの教会ってさ、〝竜〟をどう思ってんだ？」

とぐろを巻くような苛立《いらだ》ちと怒りを笑顔に隠して、遠山は自然に話しかける。

「あ？　なんだ、竜？」

「どーでもいいから早く金払えよ、しょっぴくぞー」

遠山の言葉にそれぞれの反応を返す門番達。

ピコン、奴らの顔に矢印が浮かんだ。

【スピーチ・チャレンジ発生・教会の警邏】
【スピーチ・チャレンジ・ヒント・〝ギルドマスター〟〝天使教会〟〝竜大使館〟〝ギルドの改革〟〝蒐集竜《しゅうしゅうりゅう》〟の塔級冒険者章】
【目標・教会警邏の説得（脅迫）】

「いやいやちょい気になったんだ。竜とかギルドマスターがぼやいててな。最近、この東門でギルドや教会の許可を得ずにお小遣い稼ぎしてる奴らがいるって（嘘《うそ》）」

【ブラフを使用しました。相手のＩＮＴ《知性》値が低い為《ため》、判定なしで〝嘘〟に成功します】

スピーチ・チャレンジ。遠山の舌が蠢《うごめ》く。真っ赤な嘘だ。そんな話、ギルドマスターは一切していない。
「…………………あ？」

「いま。なんて？」

それでも、奴らは反応した。後ろ暗い行動だとは理解しているのだろう。バレてはまずいと理解しているのだろう。

だからこそ、遠山の呟《つぶや》きは毒のように広がる。

「おいおい、冒険者、お前みたいなのがあの人らの知り合いなわけねえだろうが」

門番の1人がうわずった声を上げる。周りの門番達もその声に1人、また1人とヘラヘラ笑い始めた。

「ああ。やっぱりばれた？　いや、なに、ジョーク、ジョークさ。えーと、銀貨1枚だったな、少し待ってくれ。いま、財布の中ひっくり返すからよ……」

遠山もその笑いに合わせてヘラヘラ笑い出す。

懐から皮袋を取り出した。中に金はもう入っていないことなど百も承知。

しかし、その皮袋の中にはアレが入っていた。

「おっと、間違《かい》えた」

ぽとり。

ひっくり返した皮袋からそれが滑り落ちて、遠山の手のひらに。

——良い、そなたに預ける、そのくらいの手助けなら受け取ってくれるか？

金色のドッグタグ。プレート、竜を殺したなによりの証拠。ドラ子が手助けと称したアイテム。

「………っは？　おい、お前、それ」

門番の1人が目を剝いた。それが何か一目で理解したらしい。

「ああ、気にしないでくれ。すまんすまん、これは違うよな。金色だけどお金じゃないもんな。いやー、そっかそっか。通行料かー、いや別に気にしないでくれよ。そういうの大事だよな。これから長い付き合いになるんだ。――ああ、きちんとアンタらの顔も覚えたよ」

遠山がこれみよがしに金色の冒険者章を手のひらで転がす。

門番達の目はそれに釘付《くぎづ》けとなっていた。

「……まて、まてまて、お前、それ、手に持ってるの、金色の冒険者章……か？」

「あ、はは、いやいや、ニセモンだろ、おい、な？　てか、え？　さっき、竜とかギルドマスターが俺達のことを――」

明らかに奴らの声がうわずり始めた。

4級冒険者のくだらないブラフなど、彼らにとってはいつものことだ。

だが、今日は違う。明らかに目の前のローブの冒険者は何かが違うと感じ始めて。

「いや悪い悪い、あれはだからジョーダンですって。ジョークだよ、……ギルドマスターとしても冒険者ギルドと教会の関係にヒビが入るような真似《まね》する奴は目障りだろうし、竜の方はシンプルに気分で人を焼き殺すからなあ。ワイロとかあんま好きなタイプじゃねーし、アイツ」

「お前、なんの話をしてる？　つ、つまらねえジョークで揶揄《からか》うんならタダじゃおかねーぞ」

「お、おい、待て、待てよ、あれ間違いなく〝塔級冒険者章〟だ、あの金色、騎士団長と同じ奴だろ!?」

「ば、ばか言うな!?　ニセモンに決まってるだろ！　おい、冒険者、それ貸せ！」

　１人の門番はその違和感、いや恐怖に耐えられなかった。

　遠山が手のひらで転がすそれ、金色の冒険者章を強引に奪い取って。

「あ」

「こんなおもちゃで俺らをビビらせよ――」

　遠山がぽかんと口を開ける。

　にやりと笑った門番はしかし、言葉の途中で白目を剝いて、そのまま受身も取らずに地面に倒れたからだ。

「おい!?　どうした!?　倒れたぞ!?」

「……ほ、本物だ。本物の、〝塔級冒険者章〟、塔級冒険者以外が触ったら、災いが起きるって」

「お、おい、待てよ、コイツ、じゃあ、まさか本当に」

「…………黒髪、リザドニアン……おい！　教会報に載ってた蒐集竜様を殺した冒険奴隷《カナリア》！　そいつらの容姿って、〝黒髪とリザドニアンの奴隷の2人組〟じゃなかったか⁉」

　門番達に動揺が、広がる。

　遠山の舌が彼らを搦《から》め捕る。

「お、おい！　冒険者、フードを取れ、早く」

「はいどーぞ」

　門番の言う通り、遠山がローブのフードを下げる。狡猾《こうかつ》な肉食の獣に似た顔で、おののく小悪党達を眺めた。

「黒髪、栗色の眼……お前、いや、アンタまさか、本当に」

「聞かせてくれ。アンタらはギルドと竜の敵か？」

　歪《ゆが》んだ笑い、的確な言葉。

「は？」

　毒となり、門番達を蝕《むしば》む。

「冒険者ギルドは現在、体制の改革を進めるために賄賂や汚職に関わる存在の炙《あぶ》り出しを行っていてな。竜もまた、自分の足元に浅ましい虫が這《は》うのを快く思っていないんだよ、可哀想《かわいそう》にこの虫どもはギルドと竜に目障りだと認識されちまったらしい」

「ひ……」

「あぶく噴いてら、可哀想に。これは返してもらうぜ」

遠山が白目を剝いてぴくぴく痙攣《けいれん》する門番からプレートを回収し、話を続ける。

「……こいつ、なんで塔級冒険者章を触っても平気なんだ……？」

「り、〝竜殺し〟だから、か？」

ずり、誰か1人が後ずさり、1人、また1人と後ずさり始める。

「その虫どもはなかなかに小賢《こざか》しいらしく、なかなか尻尾を摑《つか》ませねえらしい。そこで、竜が認めるほどの実力を持ち、なおかつ冒険者ギルドにおいてはカモにされるような新人の協力者による囮《おとり》調査が近々実行されるらしい……ああ、まあ、ジョークだよ、全部ただの冗談さ。門番さん達」

「あ、う……」

「だがまあ、この協力者も不真面目でな。必ずしもギルドや竜との共同歩調をとるわけではない。むしろ厄介ごとには関わりたくないんだ。だから、うん、きっとこの協力者はこう考えてる。門番の中にワイロを要求するような虫などいない、ただの噂《うわさ》だった。ああ、こういう報告が一番仕事も少なくて穏便にすむんだけどなあ」

遠山《トオヤマ》が門番達を眺める。

「で、なんだったっけ？　えーと、通行料、いくら必要なんだ？」


【スピーチ・チャレンジ成功。門を通ることが出来ます。門番達との関係性が《敵対》に変化しました。いずれ彼らは貴方《あなた》の口封じを画策し、スラムの子供達《たち》にたどり着くかもしれません】


そいつらから、余裕の溢《あふ》れる笑顔は消えた。

「い。いや。なんでもない、書類を確認した。良い狩りを……」

ラザールは苦笑し、頭を下げて通り始める。

遠山はしかし、じっと門番を見つめて動かない。

6人。こちらに頭を下げても、剣呑《けんのん》な目つきをしている奴を6人見つけた。

メッセージの示す通りなら、仕込みをしておいた方がいいだろう。遠山が静かに、見えないキリをその場に広げていた。

「ナルヒト?」

なかなかその場を動こうとしない遠山にラザールが声をかける。

「……ああ、どうも。お仕事ご苦労さん。……安心しろよ、全部、ジョークさ。今行くよ、ラザール」

遠山がラザールを促してその場を去る。教会の警邏《けいら》達はそれをただ見送ることしか出来ない。

「ナルヒト、いいのか」

「あー、気づいたか? 数人良くない目つきしてたな。まあ問題ねえ、仕込みは終わってる。あ。ラザール、歩きながらでいい、深呼吸を10回くらい繰り返しておいてくれ」

大きな門だ。大扉は開き、街の外へ続く。あまりにも巨大な門の下はまるでトンネルのようで。

「深呼吸? なぜだ?」

暗がりの中、ラザールが遠山に問いかける。松明《たいまつ》の炎が、竜殺しの細い目を照らして。

「ヒヒヒヒ、調整はしてたけど、もしかしたらラザールも吸い込んじまってるかもしれねえから」

怪訝《けげん》な顔をしつつ、ラザールが何度か深呼吸を繰り返し。

「これでいいのか?」

「ああ、オッケー、そんで、時間だ」

遠山が自分の首元に手をやって。

「満たせ、キリヤイバ」

「「――――――ぁ!?」」

びゅう、風が背中から吹き付けた、わずかな鉄さびの匂い。

背後、ついさっき遠山達がくぐった門の入り口側から、風に乗って何か、声、悲鳴のような――。

「――ああ、なるほど」

光の届かないトンネルのような門の下、出口が明るい。ラザールは物騒な友人の言葉をそれ以上追及しない。


【〝教会警邏〟6名、キリヤイバの遠隔発動により討伐。門番達との関係性が《無し》になりました。目撃者全員死亡の為《ため》、あなたに犯罪歴はつきません】

「これで、後顧の憂いなしっと。気を取り直して、行こうぜ、ラザ――」

出口にさしかかる。遠山はそれ以上言葉を続けることが出来なかった。

「――あ」

門をくぐった先には、世界が広がっていた。

ぬるい風に包まれる。

蒼《あお》い空。見上げていると上下の感覚を失いそうになる、現代では見られない濃い青い空。

風が草原の上を泳いでいるようだ。薄緑の大地が風がそよぐたびにみじろぎしていく。

圧倒的な、自然と世界。広い広い外の世界が壁の向こうに広がる。

「ふ、どうしたナルヒト。まるで、街の外を見るのが初めてだ、ていう顔だぞ」

「へ、へへ、うるせーよ、少し、驚いただけだ」

「冒険都市アガトラの周りに広がる平原だ。帝国各地へつながる街道も多く敷かれている。まあ、冒険都市の近郊ではモンスターの生息も多いのだが」

一面に広がる草原の光景。遠山は自分の元いた世界、最期の光景を少し思い出した。

「ひひ、まあそのおかげで俺達は稼げるんだ。さて、まずはどれから行く？」

「ああ、大体手頃なので言えば、ホーンラビットとかだろう。肉は食料、角は日用薬と用途も広い」

「ふーん、なるほど。まあ肩慣らしに手頃なのから行くか。で、本命はアレな。あの冊子に描かれていた馬鹿でかい黒い蛇。高いんだろ？」

「一級モンスター、〝黒大蛇《テイタノスメヤ》〟か？　あれはさっきも言ったが一級の冒険者ですらてこずるモンスターだ。普段は穴倉で眠っているから見つけるのも難しいはずだが」

「だからいいのさ。俺達の金稼ぎに今、必要なのは需要と供給の隙間を埋める商材だ」

「……何を言って」


「ぶもおおおおおおおおおおおおおおおおおおおおおおおおおおおお……」


「おっと」

「む」

平原に轟《とどろ》く大音量、遠山とラザールが目線で合図し、その音のもとへ近づく。そこには――。

「ぶ、もももももぐおおおお」

黒毛の巨大な牛、大型自動車ほどありそうな筋肉隆々の巨体。雄々しい茶色の角を備えた雄牛の怪物が――。

「しゅるるるるるるるるるるる」

聞いた瞬間、本能のどこかが恐れる、そんな音だった。

「う、お」

「おお、歯よ。まさか、なんで、こんな時に、こんな場所で」

雄牛の化け物の巨体に巻き付く、鱗《うろこ》を持つしなやかな黒い躰《からだ》。手足はなく、ただ長い。

その姿に一瞬怖気《おぞけ》が走るのはおそらく遠山《人間》の先祖の原始の記憶故。

「しゅるるる」

巨大な雄牛の化け物を、さらに巨大な黒蛇の化け物が絞め殺そうとしている。それは、至極単純で、明快な大自然のルール。弱肉強食の光景がそこに。

ピコン。


【サイドクエスト〝黒大蛇〟が開始します】

【クエスト目標・一級モンスター・黒大蛇の討伐】

【あなたの力と相性の良い獲物です、戦闘を優位に進めることが可能です。〝技能・戦闘思考〟発動。あなたには巨大な蛇の化け物との戦闘経験が複数存在します。戦闘に優位な判定が発生します。〝技能・アタマハッピーセット〟発動。一級モンスターの〝食物連鎖上位〟特性による恐怖付与を判定ロールなしで無効化しました】

「ヒヒ、さて、ラザール。探す手間が省けた。漁夫の利だ。牛くんが食われてる間にあの化け物蛇を狩るぞ、金策タイムだ」

「ああ……まさか、帝国での冒険者初日がティタノスメヤとの戦闘になるとは……だが、了解だ、ナルヒト」

「ヒヒ。そうこなくちゃ。じゃあ、始めますか」

遠山がローブの隙間から、戦闘服のネックジッパーを外す、首元を晒《さら》し、そこに手を当て、それを呼ぶ。

「仕事の時間だ、キリヤイバ」

ラザールが大きく息を吸い、それから吐いて。

「愛《いと》しき影、愛しき影よ。大いなる悪事の眷属〝フローリア〟よ。あなたの子にあなたの帳《とばり》を与えたまえ。あなたの子の悪事を、あなたの影で包んでおくれ」

ラザールの足元の影、ゆらゆらと揺らめき、立ち昇り、液体のようになって、彼の白い鱗を撫《な》でるかのごとくまとわりつく。

「え、お前、それかっこいいな……」

「ナルヒト、好きに動いてくれて構わない。合わせよう。さて、彼女がこちらに気づいたようだが？」

「しゅるるるるるるる？」

ごきん、ごきん、ごきん。黒大蛇が、牛のモンスターの骨を締めつぶす音を鳴らしながら、身体《からだ》をもたげる。

額に備えた3つ目の眼が遠山達を見下ろして。

「ジャロロロロオオオオオ!!」

新たな獲物に黒い蛇が身体を震わせて吠《ほ》えた。

指先にわずかな痺《しび》れを。足の裏に弾むような感覚を。遠山の身体、スイッチが切り替わる。化け物を殺し、金を稼ぐアウトロー。探索者、いや、今は――。

「ヒヒヒ、冒険の始まりだ」

冒険者が、モンスターへ狂暴な笑みを向けた。

幕間　カノサ・ショウ・タイム

「おやおやおやおやおやおや、これはこれは。帝国にその名を轟かせる天使教会の賢人よ、よく来たな」

「……もったいないお言葉です、偉大なる竜よ」

「この度はお招きいただき恐悦の極みです」

尊大。そう表現するより他にない態度。

玉座にも似た椅子にふんぞり返り、脚を組んで笑う金髪蒼眼《そうがん》の絶世の美女。

片目を隠した前髪をそっと、長い指が流れた。

「ふむ、よい、くるしゅうない」

高い場所から竜が座ったまま、見下ろすは2人のヒューム《人類種》。

天使教会のトップ、女主教、カノサ・テイエル・フイルドと、主席聖女、スヴィ・ダクマーシャル。

竜に呼ばれたのはこの2人。決して触れてはいけない竜の逆鱗《げきりん》に首輪をかけてしまったことについての弁明、もしくは処刑。

カノサは呼吸をするたびに、命が縮まっていく感覚を覚えていた。

「蒐集竜《しゅうしゅうりゅう》さま、この度の――」

なんとか、カノサが平坦《へいたん》な声を死に物狂いで絞り出して。

「ふと、昔話を思い出した」

竜の呟《つぶや》きがカノサの声を遮った。

「昔、話?」

見上げる、椅子に背中を埋《うず》める美しき竜が金色の髪を己の手櫛《てぐし》で梳《と》かしながら退屈そうに目を細める。

「ひとりぼっちの天使、あらしの天使、……竜に伝わる数多《あまた》の天使の物語はいつも、嫉妬と執着と破滅に満ちていた。他人のモノを欲しがるばかりの嫉妬深いオンナ……天使とはそういうモノだ」

竜であるからこそ許される天使への侮辱。己の定めたルール以外、竜は決して何者にも従わない。

「さすがは帝国に轟く天使教会、貴様らの仰ぐ偶像のソレに倣うとは。信仰心とは恐ろしいものよな、死をも厭《いと》わぬ愚行すらためらわぬようになるとは。何も天使のマネなどせんでもよかろうに」

心底、退屈、無為であるかのように竜が呟く。

隣に侍《はべ》るロマンスグレーの執事が差し出した銀の盆に置いてある果実を掬《すく》い、舌の上で転がし飲み込む。

傲慢な所作、しかし、どこまでもそれはただ美しく、絵画のようなワンシーンで。

「……」

その竜の態度に聖女が目を細めた。敵意、そう捉えられてもおかしくない鋭さで。

「おや、どうした、聖女。天使の祝福をうけたヒトよ。何か、言いたいことがあるのか？」

「……いえ。なにも」

聖女、スヴィが竜の問いに端的に答える。

（あれれれ、スヴィちゃんちゃん、そんな睨《にら》むような目はやめなさいよほんと、なんなのキミは、そんな子じゃないでしょ）

カノサの内心の焦りはスヴィには伝わらない。

ダメなのだ、聖女という特別として生まれた彼女は自分よりも強い存在に怯《おび》えるということが出来ていない。

「な、に、も」

竜が、かくりと首をかしげながらスヴィの言葉を復唱する。

カノサの胃は残念ながら死んでしまった。もう一生お湯しか飲めないかもしれない。

「ヒ、りりりりり、ゆう、我らが蒐集《しゅうしゅう》の竜よ、こ、この度は謝罪、謝罪に参った次第です。

不幸な行き違いにより貴女《あなた》の飼い人と契約を結んでしまったことにつきましては」

シュバっと、聖女ですら反応出来ない速度でカノサは平伏した。態度は間違っていない、だが言葉を間違えた。

「か、い、び、と」

「え？」

空気、ねばついて。息が、出来ない。

今の言葉の何かが竜の琴線に触れてしまったのだ。カノサは苦しみの中で必死に脳を働かせる。

「オレと貴様らの間には認識の齟齬《そご》があるようだ。あの男は、オレの飼い人ではない」

「あ」

「あの男は自由だ、あの男は個人だ、オレがそう認めた、オレがその在り方を尊ぶと決めた。あの男はまだオレのモノではないのだ……ああ、そうだ、尊いのだ。オレの決定に反《そむ》き、オレの興を超え、オレを殺し、そしてオレのモノにならない、その在り方をオレはとても愉快に思っている」

「何を」

「ス……ヴィ、黙り……なさい」

一言一句、竜の言葉を聞き逃すわけにはいかない。竜に対する認識、それが何か致命的にズレている。

修正しなければ、死ぬ。次また一言でも竜への言葉を違えれば全て終わる。

「あの男は好きに生きるのだ、己の身、定命のか弱き身体に渦巻く〝欲望〟、それを為《な》すために動き続ける。良いモノにはそれに相応《ふさわ》しい蒐集の法がある、アレは手元に置くのではなく隣に立たせる、オレはそう決めていたのだ」

誤った、見誤った。ミス、ミスミスミスミスミスミスミスミスミスミス!!

ありえない、そんな馬鹿な。

竜が、ヒトを気遣っている？　ありえない、そんなわけが。

カノサのその考えはしかし、目の前の竜の表情を見たことで打ち砕かれる。

「自由なあやつが見たい、己の内なる欲望のままに生きるその姿こそ、オレの愉《たの》しみ、オレの友の姿。貴様らはそれを汚《けが》した」

それは、人の顔だ。友人を想《おも》い、友人の為《ため》に怒るヒトの顔だ。

「あ、う……………」

完全に見誤った。変わっている、変わりつつある。不滅であるが故に不変であるはずの竜が変化を迎えている。

「許せぬ、見過ごせぬ。あやつの道にオレ以外が触れるのは許さぬ。オレでさえ、我慢したのだ。本当なら今すぐ欲しいが、我慢、しているのだ」

竜が玉座に腰掛けたまま、焔《ほのお》の息を紡ぎヒトを見下ろす。

シャンデリアの光が彼女の身体を照らす、床に映される影法師はしかし一瞬、ヒトの形ではなく翼を持ち、尾を振るう竜の姿に変わって。

「貴様らはあやつに枷《かせ》を課した。竜の友に、不粋な首輪をつけたのだ。なんたる屈辱、なんたる侮辱、なあ、聞かせておくれ、天使の子らよ」

白磁の顔、深海か、天辺《てっぺん》の空の色を宿した蒼眼が人を見つめた。そこには驚くほど表情は無く——。


「オレを怒らせたいのか？」


「………ッ」

「そう怯えた顔をするな、主教。オレは貴様のことを買《こ》うておるのだ。なに、此度《こたび》のことは確かに非常に気分が悪い。しかし、天使教会全てを滅ぼすつもりもない」

「あ、ありがたきお言葉に」

声を絞り出せたのは奇跡だ。カノサは息も絶え絶えに竜の問答に答える。

「よい、そこの聖女。オレの友に枷を課したその女、それの首を銭ゲバ、貴様が刎《は》ねよ、それで全て終わらせてくれよう」

「…………は、は」

やはり。

予想していた代償。竜はヒトに選ばせるのが好きだ。定命の者がその短い生涯の中で下す決断や、選択を見るのが好きだ。

それがどんなに残酷な選択であろうと、竜はそれを好む。

「どうした？　何か問題があるのか？　主教。貴様は弁《わきま》えている者だ。正しくオレを恐れ、正しく現状を理解することが出来る者だ。此度の不遜、貴様の考えでないことはわかっておる」

「そ、それは」

選択の時、迷わずそれを選ぶことの出来る者は少ない。

誰もが強欲な男のように己の信念《欲望》のままに笑うことが出来るわけではないのだ。

「わたしは」

震える身体、まとまらない思考。それがカノサの判断を鈍らせていた。

「主教サマを、泣かせた」

ふわり、竜の圧が和らぐ。スヴィ。天使の祝福を色濃く与えられて生まれてきた特別なる者。

その秘蹟《システム》は生命を癒し、その肉体に宿る剛力は人中を超えている。

スヴィが立ち上がり、竜を睨みつける。その小さな身体《からだ》に宿る剛力、逆立つ髪の毛、膨らむ闘気。並大抵の者ならば相対するだけで身のすくむ強者の覇気。

だが、今は、ダメだ。

それでも聖女は竜には及ばない。この場においては聖女ですら中途半端としか言いようのない存在で。

「囀《さえず》るな」

竜が、一言。

「ガッ!?」

スヴィの悲鳴。

一瞬で、竜の隣に侍る執事服の鬼が聖女を押さえ込み床に叩《たた》きつけた。

「喋《しゃべ》るな、オレの許可なしに。そこな聖女。驕《おご》っていたか？　それとも絶望的に頭が弱いのか？　どうして聖女ごときが、竜と並べると思う？」

玉座に肘をつき、手の甲に頬を預けて竜が首を傾《かし》げる。

「……あ、ぎ、ぎ、ギギギが」

スヴィの剛力が鬼を撥《の》ね除けようと軋《きし》む。嚙《か》み締めた奥歯が1本、2本砕けた。

頑丈なロイト石、冒険都市の防壁や、帝都の城の石材にも使われている素材。それをふんだんに使っている床がひび割れていく。

「お嬢様、いかがなさいますか？」

しかし、執事は平然と汗一つかかずに聖女を床に押さえつける。いや汗どころか、顔色一つ変わっていない。

圧倒的な実力差。カノサの予想以上に、教会勢力と竜大使館には絶望的な戦力差が存在していた。

「ふむ、そのまま押さえていよ。なるほど、聖女。天使からの愛を強く受けし異分子。優れているだろうさ、凡百《ぼんぴゃく》の人多数よりも。だが弁えていない、衆に抜きん出ているだけで、決して貴様が竜と並び立てるわけではないのだ」

どこまでも、冷たく。

「故に、不遜。その蒙昧《もうまい》、その行動の責は貴様の命を以《も》って償え。主教、はよう」

どこまでも、強く。

竜が人に選択を強いる。

「……………主教サマ、竜の言葉通りに」

項垂《うなだ》れる聖女、ぐったりとその小さな身体を投げ出して。

「潔さは認めよう、そら」

からん、からん。

どこからか現れた剣がカノサの足元に放り投げられる。

金色に輝く刀身に、カノサの見開かれた紫の瞳が映り込む。

「あ……え……」

ふらつき、身体の痺《しび》れを覚えながら、カノサが剣を拾った。

やるべきことは、1つ。選択肢も、もはやなく。

「主教サマ……ごめんね」

己の右腕。敵ばかりの世界で、唯一信頼出来る愚かで、強くて、可愛《かわい》らしい右腕が全てを諦めたように、微笑んだ。

首をぐったりと横たえる。

「主教」

「……………………」

カノサが、剣を構える。

「それで良い」

竜が頷《うなず》く。

「……主教サマ、お手間を」

聖女が最期に、小さく呟いた。

震える手、震える剣先が、カノサの唯一の味方に向けられて。

「ごめんね、夢、一緒に叶《かな》えてあげること、出来なくて」

「っ――」

主教、カノサ・テイエル・フイルドの追い詰められた脳みそが過熱する。

金。

お金、お金、貧乏、金貨金貨金貨金金幸せ人家族竜天使クソども金さえあればスヴィ聖女教会家金貨金金金金金金払う聖女金金金金金金金金の金お金貧乏は嫌食べものもないなにもえらべない弱者力がないのが悪い金がないのが悪いこの世は金金さえあればスヴィ金金金金金金金金金金金金金金金金金金金金金教会金金金――力、カネ。

――スヴィ、わたしの可愛いスヴィ。わたしの大切な友達。

走馬灯にも似た景色の中、銭ゲバと呼ばれた女主教、カノサ・テイエル・フイルドの脳裏に最後に残るのは、小さな聖女の静かな笑顔で。

「…………………試練」

限界を超えたカノサの脳がこの状況を打開するための言葉をひとりでに、主人の許可なく呟《つぶや》かせた。

「え？」

聖女が、間の抜けた声を。

「なに？」

竜が僅かに目を見開く。

「ふむ」

鬼が愉快そうに目を細めた。

「試練、試練に、ございますれば。我らの竜。人界と竜界を繋《つな》ぐ誇り高き巫女《みこ》や、御身の関心を引くかのモノ、竜殺しへの試練です」

カノサの頭がパンクする。もう自分が何を言ってるのかもわからない。

だが、今言葉を止めれば死ぬ、それだけはわかる。

「貴様、抜かしたな」

竜がカノサの言葉にその瞳孔を大きく縦に裂く。

「奴《やつ》を試すな、奴を量るな、それはオレですら我慢していることなのだ、それはオレの愉しみなのだ、天使教会、貴様らが竜のモノに触る権利があるとでも？」

竜が怒る。カノサは瞬時に、竜に対する理解を最新のものへアップグレードする。

「ええ、ええ！　その通り、竜よ。ああ、お許しを、お赦《ゆる》しを請いたいのです、竜」

追い詰められたカノサが、涙を流しながら竜へ嘆願する。

「もうよい」

その様子を見る竜の目は冷たい。光の届かぬ深海にもその冷たさがきっとあるだろうと

感じさせる目つき。

「貴女《あなた》への愛ゆえに！　愚行に走った我らを！　が弱く、愚かで蒙昧なヒトの持つ、貴女様への愛を、お許しいただきたいのです」

カノサが叫んだ。

「主教、サマ？」

聖女が、呆然《ぼうぜん》と呟く。

あまりに突拍子のない、あまりにトンチンカンなセリフ。

セリフなのだが、しかし、これも奇跡か。竜の怒気がわずかに和らいだ。


「……………………つづけよ」


そう、竜。アリス・ドラル・フレアテイルは割と自分への本物の好意に弱い。

(オラッシュァァアアアアア!!　首の皮、首の皮いんちまい、繋がったアアアア!!)

最適解にたどり着いた女が、心の中で両手を上げて叫んだ。

「ええ！　貴女さまがかのモノに関心をお寄せになるそのお気持ちと同じく我らもまた心を貴女に向けているのです！　人域の外、この世の柱、超越者すら超えし偉大なる生命！　そんな貴女に焦がれるのです、狂おしく魅せられているのですよ、我らか弱きヒトは！」

「………ふむ」

竜の眼《め》は嘘《うそ》を見抜く。ゆえにここでカノサが語るのは本心。竜という存在への本心からの憧れ、敬愛。それを間違いなく彼女は持っていて。

それをヒトの叡智《えいち》による弁舌で料理する。

回れ、舌や。

うごめけ、脳や。

「貴女の言う通り、嫉妬にございます。貴女、竜の巫女の関心を独占するかの竜殺しに我々は妬《や》いているのです、貴女の視線、貴女の声、それは今、帝国ではなく、かのモノに向いている、ああ、だからこそ、我らは愚行を為《な》した！　貴女の竜殺しに近づけば、貴女が我らを見てくれるのではないかと！」

「ふむ、なるほど」

頷く竜、大袈裟《おおげさ》に天を仰ぐ女主教、呆然とする聖女に、笑いを堪《こら》える老執事。

「嗚呼《ああ》、だからこそ、我らはこれに満足です！　蒐集竜《しゅうしゅうりゅう》よ、貴女は聖女１人の首で御許《おゆる》しになられると仰《おつしや》った！　いいえ、いいえ！　足りませぬ！　私も、この聖女、スヴィと共に焼いてくだされば！　貴女の関心、敵意だろうとそれを少しでも独り占め出来る時をいただけたのならば！」

ここは今、カノサのステージ。

「し、しゅきょ――」

「――!!」

何か言おうとした聖女スヴィを目で黙らせる、あまりにも余裕のない死地にて躍るカノサのガン開き血走った眼は聖女の言葉を止めた。

「つまり、貴様、オレの気を引きたいがためにこのようなことを?」

「愚かなことでした」

「オレが怒ることも理解した上で?」

「その怒りすら、ああ、我らには得難いものです」

つらつらと語られる言葉の数々。1歩でもミスれば消し炭の楽しいデスゲームをカノサは踊る。

「そうか、なら、望み通り終わらせてくれよう」

竜が目を細める、ああ、そうだ。こういう生き物だ、こういう存在だ。

支配と暴力、それこそが竜の本質。

ヒトの女を象《かたど》るその姿、その中に押し込められている竜の力が、2人に向けられる。

「主教サマ……」

「シャコラ、スッゾコラ」

女主教は唇を噛《か》んで、独特な鼓舞の言葉を呟く。

「あーあ、竜殺しも大したことなかったなー」

心底、つまらなさそうに。

カノサは、竜の逆鱗《げきりん》に再び触れた。むしろビンタだ、竜の逆鱗を逆撫《さかな》でするのではなく鼻くそほじった手でビンタをかましたのだ。

「は？　今、なんと？」

竜の周囲に満ちていた熱、それが揺らいだ。

あまりの言葉だったのだろう、予想だにしない言葉だったのだろう。

だからこそ、竜はポカンと口を開いて固まった。

「ああ、白金貨50枚の契約、たしかに凡百のヒトであればそれは生涯をかけても手に入れることの困難な金額でしょう」

プリジ・スクロールの契約内容。聖女が竜殺しと結んだ懲罰規定つきの契約を主教が呟く。

ここからが、正念場。

「ですがかのモノは〝竜殺し〟、ヒトでありながら、ヒトを超えず、ヒトのままに竜を殺したまつろわぬ者。ああ、残念だ。であるのに竜は、彼をその程度のものと考えていらっしゃる。白金貨50枚も集められぬ程度の実力しかないと」

「…………………」

「スヴィ、聞かせてちょうだい。貴女は何故《なぜ》、竜殺しと契約を結んだの？」

これも賭けだ。スーパード天然のこの子に腹芸は期待していない。だが、だからこそ使える方法もある。

「……それは、尊かったから、です。ヒトの死を、ヒトの終わりを見つめ、静かに送るその姿が、主教サマに似ていたから……だから、助けました。だから、契約を結んで貸し借りを、なしに……天使の教え、対等を尊び、契約をかわしました」

それは心の底からの真実。

竜もそれを理解したのだろう、スヴィの言葉を遮ることはしない。

「ああ、その通り！　その通りです！　全ては愛！　竜殺しの力を、我ら天使教会は認めております、竜殺しの行く末を見届けたい、その姿、その有り様を我らは肯定しているのです！　ああ、光栄です、竜が彼の力を信じぬゆえに、竜が彼を庇護《ひご》するがゆえに、我らは貴女の関心を引けた、それで滅ぶのなら本望です」

何か続けて言おうとしたスヴィの言葉に被《かぶ》せてカノサがクルクル廻《まわ》りながら、竜へ手を広げる。

「いかようにも、この生命、貴女の意思のままに。我らの竜。貴女の庇護下に生きる竜殺しにも、溢《あふ》れんばかりの光がありますように」

そして、思い切り微笑《ほほえ》む。本人は最高級の美しい笑顔のつもりだったが、この場にいる者には狂人の微笑み以外の何物でもなかった。

「…………………………………………」

竜が、ついに、押し黙る。

「主教サマ……」

「静かに」

やるべきことは全てやった。これで死ぬのなら仕方ない。

奇妙な満足感のなかに、カノサはいて。

「…………ふむ、ベルナル、どう思う？」

竜がふと、聖女を押さえ続ける執事に問いかける。

老執事はくっくっくと笑いをこらえきれないというように喉を鳴らすと。

「失礼ながら、お嬢様の完敗かと。ここで彼女らを処断すれば、彼女の言葉が真実であると、お嬢様本人がお認めになったことになりますな」

「ふむ、ナルヒトがオレの庇護下にある、というのか？」

「ええ、それと、かの者の実力をお嬢様自身が信じていないことにもなりますな。白金貨50枚も集められぬ程度の者であると認めたことにもなります」

「ふむ、たしかに」

「加えて言うのなら、彼女達は見事、竜の関心を引き、竜への愛のために滅んだ者として記録されましょう。竜界にもそのように伝わることになります。ふ、一本取られておりますな、既に」

「ふむ、そうか」

「そうでございます」

淡々と問答を続ける主人と従者。小気味の良い信頼がその会話に浮き出ていた。

超越者同士の正しい同盟の姿。竜と執事はまるで聞き分けの良い孫と、聡明《そうめい》な祖父のように会話を続けて。

「面《おもて》をあげよ」

「はっ」

「はい……」

カノサが汗と汁まみれの顔をあげる。

執事の拘束から解き放たれた聖女がすぐさまカノサに寄り添い同じく膝をついて顔をあげる。

「見事。主教、オレの前で舌を回せたこと、褒めてやる」

「ありがたき」

「気が変わった、オレの竜殺しへの愚行、それを償う方法は貴様らの生命ではなく、別の方法にする」

「……いかようにも！」

奇跡は成った。ふつふつと湧いてくる歓喜をカノサは抑える。

「ふむ、その言葉に異はないな？」

「は、勿論《もちろん》です」

だからだろうか。カノサは気付かない。竜がどこか笑いを堪えるかのように首を傾けて、瞳を猫のようにぎらつかせたことを。

「では1つだけ。これから奴《やつ》がこの街で、そしてこの国で起こすだろう数々の騒動、その後始末を貴様ら天使教会の主命とせよ」

「そ、騒動？」

「アレは異物だ。湖の水面に波紋をおこす者、完成したものを壊す者でもあり、凝り固まったものを進める者でもある。ああ、色々考えていたのだ。あまりオレがでしゃばりすぎるのを奴は嫌う。だが何か手助けはしたいものなのだ、友、だからな」

カノサは、少しぼうっとした。

生物的には同じ女、同性であるはずの、竜、竜の巫女《みこ》、蒐集竜の〝奴〟のことを語る顔が、あまりにも魅力的で。

「ゆえに、天使教会。〝冒険者トオヤマナルヒト〟の庇護は貴様らがせよ。表立ってする必要はない、契約が貴様らを縛る間、奴を見守れ、此度《こたび》のことはそれで不問とする」

「お言葉……まこと、まこと、ありがたく」

「ありがたきしあわせ」

（シャアアアオラァァアアア!!　勝った、勝ったわよおおお！　庇護、騒動の後始末？もうなんでもやりますとも！　んなもんたかが知れてるわ！　勝ったな、お風呂入ってこよ）

カノサが心の中で花びらを振り撒《ま》きながら踊り始めていたその時だ。

「失礼致します、お嬢様。今、走《はし》り狗《いぬ》からの報告であの方にトラブルが発生しているようです」

竜の隣、空間が歪《ゆが》んだ。ぐにゃりとガラス細工の成形段階のように歪んだ空間からひょこりとメイドさんが現れた。

隣にいるスヴィが僅かに息を呑《の》むのがわかる、あのメイドさんもまた聖女すら戦慄させる存在なのだろう。

「む？　ファラン、よい、許す、話してみよ」

「現在、商業区にて４級冒険者トオヤマナルヒトと、天使教会騎士団、〝第一騎士〟が戦闘中とのことです」

「…………………エッ？」

不穏な、言葉。思わず身体《からだ》が飛び跳ねた。

「ふかか、早速か、ナルヒトめ。良い、面白い奴よ」

どこまでも愉快げに、そしてわずかに熱を帯びた竜の声。ナルヒト、そう呼ぶ声は今までで一番高い声だった。

「いかがいたしますか？　お嬢様」

「ふかか、安心せい、ファラン。つい今しがた話がついた所よ、なあ、銭ゲバ」

「ア、ハイ」

「そういうことだ、では一つよろしく頼む。穏便に、オレの友を救い出せ。頼んだぞ」

「…………（問題起きるのが）早ない？」

呆然《ぼうぜん》と呟く女主教。

その不遜なる言葉にしかし、蒐集《しゆうしゆう》の竜は長い金髪を揺らし、愉快げに喉を鳴らしていた。

「あー、強かったな、コイツ」

「歯にかけて……まさか、2人だけでティタノスメヤをやれるとは」

黒き強い蛇の躰《からだ》が、地面に力なく横たわる。生き残った遠山《トオヤマ》とラザールがその巨大なモンスターの亡骸《なきがら》を眺める。

「ナルヒト、アンタの霧、すごいな」

遠山の白い霧が巨大な黒い蛇の化け物を肉の内側から切り刻んだ。

「ラザール、お前の影、えげつねえな」

ラザールの黒い影が巨大な黒い蛇の化け物の躰を捕え、沼にはめ込むように沈めた。

「さて、コイツどうすっか。確か眼《め》が高く売れるんだよな。でも他の素材も高く売れるんだよな？」

遠山が黒い蛇の額、そこについている3個目の眼を眺める。

陽光の輝きを映す琥珀色《こはくいろ》の眼が複雑に輝く。まるで宝石のようだ、高く売れるのもわかる。

「ふむ、どうだろう？　どちらかが獲物の番をして、どちらかは商業区かギルドで台車や荷馬の手配をするのは」

「お、そりゃいいな、ラザールどっちがいい？」

「アンタの指示に従うよ」

2人が呑気《のんき》に話す、風が平原に吹く。その時だった。遠山とラザール、両方の眼が鋭く――。

「よー、よー！　お2人さん、ご機嫌うるわしゅう」

平原の藪《やぶ》の中から、そいつらは現れた。

革の鎧《よろい》、腰に下げた剣、丸い軽盾《けいたて》。同業者だ。

「……冒険者か、何の用だ」

「おー、用、用ね。まあなに、依頼ってところかな」

ツーブロックへアの男が遠山とラザールの傍《そば》に横たわるティタノスメヤの死骸に視線を向ける。

「ティタノスメヤ……!?　マジかよ、一級冒険者でも手こずるモンスターだぜ」

「あっそ、わざわざ褒めにきてくれたのか？　だったらもう用事は終わったよな」

遠山が短く言葉を返す。このあとの展開に備えて心を落ち着かせる、頭も冷やす、息を整える。

「いや、まあそう言うなよ。後輩らしく冒険者の先輩に敬意を払う気はないのか？」

「上下関係が嫌いでな、特に年上で品のない奴は特に」

「ぶは！　ボーン、聞いたかよ、言いたくねえだってよ！　あー、一応聞くけど状況わかってるよな？――その獲物、置いてけよ」

「ああ、やっぱりね」

「ナルヒト、6人だ、囲まれている」

ラザールが低い声で呟く。目の瞳孔が開き、少し開いた口からは鋭い牙が見え隠れする。

「おーおー、薄汚えリザドニアンもいるなー。ん？　リザドニアンに、黒髪の男、なんか聞いたことあるような組合せだな。まあいいや、おい」

「ああ、狙いもつけてるよ、リーダー」

「動かないでねー、リザドニアンに黒髪ヒューム《人類種》」

ザザ。後ろの藪《やぶ》をかき分ける音。隠れていた奴らが遠山達を包囲している。

射手の声、2人とも女だ。1人は獣人、1人はヒューム。男女混合のチーム、装備から見て男が前衛、女が後衛。

ラザールの言葉が正しいなら、あと2人潜んでいる。

「そういうわけだ。年長者の言うことは聞いとくもんだぜ？　怪我《けが》したくねえよな？　まあれだよ、ほら、お前らみたいな新人がこんな大物をまっとうな方法で狩れるわけもねえ。ん？　スラム街のガキでも攫《さら》って囮《おとり》にしたか？　毒でも飲ませてそれを化け物に食わせたりしたんだろ？」

ぎぎぎ。

背後で、矢を弓に番《つが》える音が聞こえた。

距離はそんな離れていない。下手くそでも外すことはない距離だろう。

「……こういうこと、よくしてんのか？」

脅されている。遠山とラザールの獲物を横取りしようとしているのだ。

「あーん？　なんだ、文句あるのか？　してたらなんかお前に関係あるのかよ？」

「いやー、ありがとうありがとう。ここんところ実入りが悪くてな。久しぶりにいい酒飲んでいい女抱けるってもんだ。ほら、うちのメンバーも悪くはねえんだが……飽きるだろ？　いつも同じメニューだとよ？」

「ちょっとー、ボーン聞こえてるんだけどー、指滑らせてアンタに矢尻向けそうだわ」

ギャハハハハハハハ。

冒険者のパーティが笑い声をあげる。どいつもこいつもみんな浮かれている。彼らの頭にはこれから先のハッピーな展開しか映っていない。

新人がまぐれで狩った大物を奪い、その金で豪遊することしか頭にない。

彼らはあくまで小悪党だ。少しばかり小賢《こざか》しく、少しばかり腕が立つだけの小悪党。

だから、気づかない。自分達が今、死線を越えたことを。

「まあ、いーからさっさとその獲物よこしな、新人、怪我したくねえよな」

彼らはこう考えていた。いつもと同じ。最悪、骨の1本や2本折って無理やりでも奪えばいい。

「いい勉強になったろ？　人生そんな甘くねーんだよ」

いつも上手《うま》くいっている、だから今日も上手くいく。それがずっと続くと本気で思っている。

「ごめんねー、新人さん。でもほら、また頑張って狩ってきなよ！　大丈夫大丈夫！　若いんだからなんでも出来るって！」

「矢が刺さると痛いよー、こっちも大事《おおごと》にはしたくないしさ！　門番とかにチクッてもいいことないよー、あいつら、ダチでさー」

「助けを呼んでも意味ないよー、周りに誰もいないの確認してっからね」

遠山とラザールが黙って、そいつらを見つめて――。

「聞いたか、ラザール。人目には、つかないらしい」

「それはいい。仕事が楽に済む」

遠山とラザールはにこりともせず。

「は？」

冒険者達《たち》は決して彼らに手を出すべきではなかった。

「ラザール」
「影の導き《シャドウ・ハイチュー》」

言葉にせずとも、ラザールと遠山の意思は同じ。

「は？」

ドロリ。ラザールの黒い影に包まれ、遠山とラザールの姿が消える。

「き、消えた？　は？」

小悪党は慄《おのの》くだけ。彼らは知らないのだ。本物の悪意と決意がどのようなものか。

「1匹目」

「え？　ぶっ」

本物の悪意がどれだけ簡単に、あっけなく敵の命を奪うのか、それを最期まで知ることはなかった。

影が、動く。

突如、弓を構えた冒険者の背後に現れた遠山。女の腰から短剣を奪い、背後からその軽い体を押し倒すと同時にその心臓に突き立てた。

「ぼ、え？？？」

「じゃあな」

ぐじり。分厚い刃が革鎧の薄い部分を突き破り、捻《ひね》った刀身が心臓を破壊する。とどめとばかりに抜いた短剣がその喉を裂いた。

肉食の獣がウサギを嚙《か》み殺すかのごとく、遠山がウサギ耳の獣人を殺す。

「ぷえ？」

「こっ、ぽ？」

「2匹目だ、ナルヒト」

ラザールはさらにスマートだ。もう1人の弓を構えていた冒険者の口を押さえ、自分の短剣で喉を搔《か》き切る。

びくり、びくりと震え、口と首から血を流しながら冒険者の身体が崩れ落ちた。

「サンキュー」

「は？　え？」

あっという間に訪れた最期の時、自分達の選択ミス。本物の悪意、本物のアウトローの前に冒険者達は未《いま》だ、事態が呑み込めていない。

「ギャッ!?」

「いい弓じゃないか」

藪の方から悲鳴が響く。備えのために隠れていた最後の射手、しかしその隠密《おんみつ》は〝影の牙《シャドウ・トウース》〟にとってはおふざけにしか見えない。

ラザールは死体が手放した弓矢を奪い、それをなんの気なしに扱い、射殺した。

「あ、ぐ？　ああああああ!?　脚が!?」

「うわ、難しいな、弓。探索者街でたまにアーチェリーしてたんだけど」

対して遠山も同じように、死骸から弓矢を奪ってシャバリ。

弦《つる》を引き、片目を瞑《つぶ》り狙いをつけるが、やはりなかなか難しい。リーダー格のよく喋《しゃべ》る男の腹を狙ったのだが、太腿《ふともも》に突き刺さってしまう。

「ひ、な、なんだコイツら!?」

まだ無事な男が慄く。剣を腰から引き抜くもその手はすでに震え、剣先が定まってすらいなかった。

「いや、お前らがなんだよ、急に襲いかかってきやがって、怖いだろうが」

「まだこっちは手を出してなかったろうが！　ウェザ!?　ホルン！　バーティ！　うそだろ、死んじまったのか？　チクショウ!?　なんで、こんな……!?　3人とも女だぞ!!」

涙声で叫ぶ男。

まだ手を出していない？　女？

遠山はそいつの言動が心底理解出来なかった。

「あ？　まあ、そりゃ、男か女のどちらかではあるだろ？」

「ひっ、化け物……」

その様子が何に見えたのだろうか？　叫んだ男は短い悲鳴をあげて尻餅をついた。

「どうする、ナルヒト。残りは2人。1人は手負い、もう1人は……手負いじゃなくても簡単か」

「うーん、まあなんか横取りの常習犯っぽいし、あの門番ども見てたら取り締まる側も当てになんねー。また絡まれたり、逆恨みも面倒だから全員始末するわ」

そうか、と短くラザールが呟《つぶや》き、ウサギ耳の獣人の死骸から剣を奪う。

「は？　こ、殺す？　お、おい冗談だよな!?　い、いかれてんのか!?　まだ俺達なんもしてないのに」

太腿に矢が突き刺さっているリーダー格の男がひきつった声を絞り出す。

「弓矢むけてうちの商品パクろうとした時点で立派な強盗だろーが、虫けらが。探索者法でも獲物の横取りは死罪相当の厳罰だ。ところで不思議だな、殺人犯したヤツよりも万引きとかカツアゲしてるヤツの方がムカつくのは俺だけか？」

見逃す理由が何一つない。遠山《トオヤマ》が1歩、近づく。

「ひ、ひ」

唯一無傷だった男、女だぞ！　と叫んだ割と良識のありそうな奴《やつ》は耐えきれないとばかりに立ち上がり、背中を見せて逃げ出した。

「あ!?　ボーン!?　逃げんな、置いてくなよ！」

遠山に足を射抜かれ、動けない男が叫ぶ。

「よいしょ」

「ビっ!?」

仲間の声は届かずとも、遠山の殺意は届いた。ちょうど後頭部に矢が突き刺さり、おもちゃのようにその場に倒れる。

「こ、殺した、ほんとに、殺した……え？　も、もう俺だけ？」

脚に矢が刺さった男、最後に生き残ったリーダー格の男が尻餅ついたまま、あとずさる。

その先にはしかし、ラザールがいた。小さくため息をつき、呆《あき》れたように首を振っていた。

「ごめんな、俺がもっと強ければお前らを殺さずに無力化出来たかもしれねえ。もうすこし勇敢であればお前らを生かすことが出来たかもしれねえ」

遠山がその様子を眺めて、血塗《ちまみ》れの剣を地面に引きずりながら、リーダー格の男に迫る。

「は、あ？　なにを」

「でも、そうじゃないんだよ。俺は弱い。敵は殺さないと無害化出来ない。俺は臆病だ、お前を生かしておけば仕返しされないか怖くて仕方ない」

「し、仕返し!?　し、しない！　そんなことしない！　た。たのむ、見逃して、見逃してくれ！　か、家族、家族がいるんだ！　こんなとこで、死ねないんだよう！」

「そうか、家族か……」

「あ、ああ、そうだ！　まだ2歳にもなっていない娘と、妻がいて」

光明、助かる道筋を見つけたとばかりに男がペラペラ話し始めて――。

「まあ、それはそれ、これはこれ、だな」

「――は？」

ようやく、この男は理解出来た。

「だから、お前は生かしちゃおけないな」

この世には敵に回してはいけない人種が存在するということを、ようやく。

「ひ、ひ、や、ヤダ！　嫌だ！　嫌だァァ！　来るな、近寄るなあああ！」

誰も聞かない命乞い。助けは来ない、彼らの言葉通りに。

「今更だぜ、お前」

遠山が剣を、振り上げて。


「そ！　こまで！　ディィィィィィィィィィィイス！！！」


空から降りそそぐバカでかい声。

「っ？！！」

反射的に遠山は後ろへ飛び退《の》く。

「ナルヒト!?」

土が舞い上がる。湿った土の匂いが鼻に飛び込む、顔に飛び散った土を払い、前を見た。

「ゲホ！　ゲホッ、な、なんだ？」

「あ、は、え？」

立ちはだかっていた。

「ウィーフック！　天使の翼にかけて！　ややや、これはいけません！　いけませんよ、そこのあなた！」

「は？　俺？　て、いうかアンタ、今空から……」

水色髪を一纏《ひとまと》め、白マントから覗《のぞ》く銀鎧《ぎんよろい》が日の光を受け輝く。

「私が空から降ってきたことなど些細《ささい》なことディス！　教会の剣として、大ジャンプ程度は嗜《たしな》みですので！　いえ、今はそんなことは良いのディス！　〝カラス〟を横取りした不埒者《らちもの》を追っていたら、教会の門兵の殺害事件！　そして今！　また別の殺人現場に出くわしてしまいました！　あなた！　彼の命乞いにまるで聞く耳を持ちませんでしたね！　ソレはいけません！　汝《なんじ》〝慈愛〟をもって人と接せよ！　天使様のお言葉にそうあるのディス！」

キンキンとよく響く声。水色、猫のようなつり眼《め》がキラキラ光る。日の光を受けて輝く泉のような色。

「誇り高き天使教会騎士団、〝第一の騎士〟としてその蛮行、見過ごせません！　見過ごせませんとも！　ディス！」

バカが空から降ってきた。

「うわ、やべえ奴出てきたな」

明らかに馬鹿っぽく、そしてでたらめな感じの乱入者に遠山が呻《うめ》く。

「ヤベエ奴!?　ど、どこですか!?　ご安心ください！　この第一騎士、ストル・プーラ！　やべえ奴などに後れは取りません！」

空から降ってきたその少女がわたわたと慌てだす。登場のでたらめさ、しゃべり方、動き、その全てが遠山にある確信を抱かせた。

関わってはいけないタイプの人種だ、と。

「……ラザール、たのむ、会話代わってくれ。頭が痛い、吐き気もする」

「すまん、ナルヒト。今新しいパンのレシピ考えてるから……」

助け舟を求めたラザールはお空を見上げて顔を背ける。

「で！　どこです!?　そのヤベエ奴……ふお！　いけないいけない、巧みな話術に乗せられ、暫定殺人犯と仲良くしてしまうところでした！　わたし、賢いので！　あなたのような暫定悪人の口車には乗せられませんとも！」

「あ、はい」

チッチチと得意げに指を振る少女に遠山は静かに返事をする。

「だ、第一騎士　今、第一騎士って言ったのか!?　天使教会最大戦力、騎士団最強の騎士!?」

驚愕《きょうがく》の声を上げたのは、襲ってきた冒険者のリーダーだ。

「む、ふふふふふ！　そこの人、あなたは物知りなのディスね！　そう、その通り、このわたしこそ、天使教会騎士団において最優の騎士！　第一騎士、〝ストル・プーラ〟なのディス！」

得意げに腰に手を当てて笑う少女。身長は150センチほどだが、あの大跳躍、それに立ち振る舞いからわかる肉体の強度、只者《ただもの》ではない。

「自己紹介の内容に新情報が一切ないんだけど」

「ナルヒト、気持ちはわかるがあまり刺激しない方がいい……あの跳躍、身のこなし、別格だ」

「だな。神様も、どうしてこう、バカに力を持たせたがるかね」

「かみさま……？　いやもういい。ナルヒト、対応はアンタに任せる」

「ええ……バカの相手はしたくねえんだけど」

「む？　今、あなたバカって言いましたか？　ダメディス！　人のことをバカなんて言うのはいけないことディス！　さあ、そこの人にバカって言ったのを謝りなさい！」

びしいっ！　とストルが腰を抜かしている冒険者を指差して声を上げる。

「いや、バカってのはソイツじゃなくて。まあ、確かにバカではあるんだけど」

「第一騎士様！　こ、殺される！　そこの殺人鬼どもに殺される！　た、助けてくれ!!」

割と呑気《のんき》な遠山とは裏腹に、最後の生き残りが必死な声で叫ぶ。

「は？」

ラザールはそのいい加減な言葉に呆気《あっけ》にとられ。

「チッ、こうなるか」

遠山は小さく舌打ちを。

「む、むむむむむ、そこの方！　お話を詳しく！　むお！　よく見れば骸《むくろ》が5つも！　むむむむ!?　あなた、何をされたのディスか？　大丈夫ディス!?」

「あ、ああ、騎士、騎士様！　聞いてくれ！　あ、あいつらに仲間が殺されたんだ！　命乞いした奴も、お、女も！　女も殺された！　あ、あとそうだ！　か、家族!!　家族も殺すって、脅されて、おれ、おれ、おれっ！」

「ああっ、なんと!?　真実ディスね！　あなたは嘘《うそ》を言っていない！　む、ムムム！　そこの人！　リザドニアンと黒髪さん、動かないでくださいね！　今、あなた達《たち》には容疑がかけられているのディス！　天使様と皇帝陛下から頂いている法執行の権利を示します！」

予想通り、人の話を聞かないバカが遠山達に敵意を向ける。

「法執行、難しい言葉、知ってんのな」

「ナルヒト、軽口はよせ。ああ、わかった。だが、騎士殿、俺達の言い分も聞いてはくれないか？」

小さな声でぼやく遠山をラザールが窘める。その落ち着いた声を少女の騎士に向けて。

「む、それもそうディスね……あなた達はなぜ――」

「嘘だ！　騎士様、アイツらは嘘を言ってる！　信じちゃダメだ！　こ、こんな、こんな簡単に人を殺せるような連中なんだぞ！　嘘だ、嘘、ウソウソウソウソ！」

喚《わめ》く喚く喚く。唾を飛ばし、叫び声にも等しい大声で最後の生き残りが喚いている。

「………よく回る舌だな、引っこ抜いてやろうか？」

遠山が静かに殺意を、改めてそいつに向けた。

「ひ!?　き、聞いたでしょう、騎士様!!　あの恐ろしい言葉!!　た、助けて、助けてくださいいいい、ほら、矢、矢も刺さってるんですうう、死んじゃうよお」

「むむ、痛そうディスね。黒髪さんに、リザドニアンさん。何か申し開きはありますか？　いくら冒険者同士の争いとはいえ、理由もなくこのような酷《ひど》いことをしたというのならば、私は天使教会の剣として、役目を果たさなければなりませんディス」

ちゃき。少女が腰に差した剣に手を掛ける。遠山《トオヤマ》はぞくりと首筋に走る悪寒に耐えながら言葉を紡ぐ。

「俺達が狩りを終えた後に、獲物を横取りされそうになった。６人だ。降りかかる火の粉を払っただけなんだけど」

「ふむふむ……ふりかかるひのこをはらう？　え？　か、火事でもあったのディス？」

きょとんと水色ポニテの少女が首を傾《かし》げる、遠山に衝撃が走った。バカすぎる。

「ラザール君……!!」

「あの雲、パンに似ている、見事」

「パントカゲ……！」

ラザールは助けてくれない。遠山とラザールが呑気にしていると。

「うそ。うそうそうそ！　全部嘘だ！　教会騎士！　アンタの仕事だろ！　悪人を殺すのは！　は、早くあいつらを殺してくださいよおおおおおお」

半ばパニックになっている男が喚き続ける。遠山とラザールがそいつに殺意を向けるより先に――。

「むーん、わっかりました！　わたし、賢いので解決法がわかりましたディス！」

ぽんっと、水色ポニテ騎士が手を叩《たた》く音が呑気に響いた。

「え、き、騎士、様？」

「あなた達！　これからわたしの質問に答えてもらいます！　あなた達の誰かが嘘をついた時点で、嘘をついたヒトをぶっ殺しますので！」

朗らかに、明るく。その言葉は告げられる。

「………え、へ？　な、こ、殺す？　じ、冗談、ですよね？」

鼻水たらした男が、媚《こび》を売るような薄ら笑いを浮かべつつ。

「いえ！　私、冗談と嘘つきは嫌いディスので！　では、始めますディス！」

「……ラザール、アイツ、なんかヤバイ」

「ああ、嫌な予感は同じだよ、ナルヒト」

遠山とラザールは目の前の少女の雰囲気が一気に変わったのを察する。

この場にいる全員がその少女のペースに呑《の》まれていた。そしてそれは唐突に。

「秘蹟《システム》、執行。決めてよ、正義《ジャスティス》」

天使の騎士、それに選ばれた所以《ゆえん》。スキルを超えたこの世界の選ばれし者の証《あかし》。

「は？」

「おい、マジか」

「……天使教会、第一騎士、そういうことか」

少女騎士以外の全員が目を剝《む》いた。

異様。

ソレが、突如、少女の背後に現れた。

折れた翼、何本もある異形の腕。

女神の像に見えるソレはしかし、つぎはぎであらゆるデザインの像が無理やりにつなぎ合わせられたような姿。

『汝、真実を供述せよ』

正義が、目覚めた。いつのまにか少女の背後に侍《はべ》る、首のない像。

「あ、え、え？」

男は、事態を理解出来ていない。

「『質問します、汝、貴方《あなた》は彼らから狩りの獲物を奪おうとしたのですか？　その結果、返り討ちに遭ったのですか？』」

「そ、それ、な、なんで、すか？」

石像と少女が同時に話す。少女の声は石像の声、石像の声は少女の声。

問いに答える能力すらなく。男はただ、聞くだけ。

「『次、質問に答えなかった場合は、嘘とみなします。汝、貴方は悪、ですか？　汝、貴方は彼らから奪おうとしたのですか？』」

「あ、え？　はっ、ハッ、ハッ、ハッ……」

息を荒く、男はただ、息を荒くするだけ。認めたくない事実、受け入れたくない真実はしかし、確実にその男へ歩み寄る。

この男は考えることをしてこなかった。だから、今、本当に考えて答えなければならないことすら、考えられなくて。

「『答えよ』」

「し、してませ、ぇん…………あぴょ、ぅ、ヴヴヴウヴウヴウヴ!?　ヴヴッ、ウェ……」

正義の前で嘘をついた罪人がどうなるのか。

「あえ、あっあっあっ、く、びなんで」

男が、首を掻《か》きむしり始める。えずき、むせ、自分の首を触り、押さえ、そして地面に倒れてもがき始めた。

「『汝《なんじ》、罪人なり』」

正義の判断は下った。

「『罪とは悪、悪には死を』」

手足をジタバタ、あぶくを吹き続ける男を騎士は静かに見下ろすまま。

「ゔ、ェ、えぐ、エ…………」

男は動かなくなった。青い顔、うっ血している。

「……残念ディス、さようなら、嘘つきさん」

水色ポニテがあっという間にあの冒険者を始末した。それも意味不明な方法で。

「……ラザール、どうやって殺したかわかったか?」

「……全くわからん。だが、一瞬、腰の剣に触れていたような……」

「さて」

正義が、次の判決先を見つめた。

「「ッ!」」

「ウイーフック! そんな警戒しないでくださいディスよ! いやー! お時間を取らせて申し訳ないディス! この場における嘘つきが誰かは判明しましたので貴方達は無罪ディス! 冒険者同士のいざこざ、狩場における違法行為への反撃はきちんと帝国法でも認められていますのでご安心くださいディスよー」

コロコロと笑うその顔。少女じみた雰囲気と豊かな表情を浮かべる騎士。

今、目の前の彼女がその気になれば、おそらく殺される。そんな予感が遠山にのしかかる。

「では、わたしはこの辺りで! 人探しで忙しいのディス! ん?ってふぉ! ティタノスメヤ! なるほど、これは確かに横取りする人が出てくるわけディスね! ぐっどはんてぃんぐ!」

ニコニコ笑う少女。つい今の今、ヒトを殺したとは思えない明るさと無邪気さ。

「あ、ああ、どうも。騎士さんもお仕事頑張ってください……行こう、ラザール」

「そ、そうだな。誇り高き我らが騎士よ。貴女の剣に天使の光が宿らんことを」

「およよ！　リザドニアンさんは天使教にお詳しいのですね！　ふふ、騎士にとっての誉れの言葉ディス！　ありがとおー！」

　手を振る少女。大人２人、冷や汗をかきつつ、くるりと背を向けてティタノスメヤの死骸のもとへ戻っていく。

「……やべえ、アイツやべえ」

「シッ、聞こえるぞ。早くここを離れよう」

　水色ポニテ騎士から離れる遠山、しかし、背中にじりじりと視線を感じる。嫌な予感がして。

「……ふうううううん。あれれれ、やっぱり少し、待ってもらえますディスか？」

　遠山とラザールは顔を見合わせ、立ち止まる。

「ラザール、呼ばれたぞ」

「ナルヒト、呼ばれてるぞ」

「ディスディス。貴方達２人ディス。もう少しお時間よろしいディスか？」

「よろしくないのディスけど」

「ナルヒト、お前まだ割と余裕あるな」

遠山とラザールがお互いニコリともせずにぼやき合う。友人になってまだ日が経《た》っていないが、なんとなく波長が合うみたいだ。

「……ふーん、ふんふんふん。あなた達《たち》、不思議な人達ですね。目の前で人が死んだのに、心が全然動いていないのディス」

「……まあ、こういう仕事ですんで」

「ええ、もちろん。それは存じておりますディス……狩りに優れ、冷徹で、決意に満ちている……ああ、いい冒険者なのですね、お2人とも」

「何が言いたい？」

「わたし、今、ある人を追っているのディス。昨日、スラム街で起きた大量殺人事件、そして、ついさきほど東門で起きた門兵殺害。ええ、この街の治安維持も騎士の役目ディスから」

「門番が？　全滅……」

遠山の渾身《こんしん》の演技。口数は少なく、相手の目を見て。

「…………………」

ラザールは沈黙を保っている。その表情にこれっぽっちの変化もない。

「ええ、嘆かわしいことディス。その死骸は損傷が激しく、身体《からだ》はズタズタに裂かれ、表情は恐怖に染まっていました……天使様に仕えた敬虔《けいけん》な彼らに安息が訪れることを祈るばかりディス」

「……そりゃ、お気の毒」

「わたしの同僚の調べでは彼らを殺した者はとても殺し慣れているみたいディス！　ええ、目の前でヒトが死んでも全く動じない、そんな、ね」

「へえ……すごいですね。そんなこと分かる人がいるんですか」

「ええ！　死の眷属《けんぞく》に愛されたクレイデア、第6騎士の彼女は〝死〟の香りを嗅ぐことが出来ますので！　犯人が残した香りはそういう香りらしいディス。決意と信念に基づいた殺し……貴方も、冷酷でヒトの死に揺らがない人、ディスよね……？」

「……えーと、疑われてます？」

「くす、ええ、はい。三流とは言え、6人の冒険者を無傷で返り討ちにした技量、容赦なく始末している事実……わたし、とっても気になるディス。その目、ああ、貴方はとても良い冒険者ディスね……無慈悲で冷酷で、強い決意と目的を持つ人の目……」

少女の目、水色の瞳が遠山を見つめる。

そしてその綺麗《きれい》な顔、口元が半月のような笑みを浮かべて。

「正義《ジャスティス》」

ソレが現れた。

歪《いびつ》な像、正義の姿が強欲の前に晒《さら》される。

「ッ……‥」

「そんな怖い顔しないでくださいディス。ええ、お時間は取らせませんので。ええ、わたしの質問に、正直に答えてくれればいいのディスから」

昨日から割と好き放題に暴れ回ったツケがさっそく回ってきた。

死の香り？　なんだそりゃ、ファンタジーかよ、ファンタジーだったわ。

遠山《トオヤマ》は反省する。

まだ、現代の常識を基に行動していた。監視カメラも衛星もドローンもないのなら目撃者を全員始末すれば殺人などバレないと思っていたが、予想外の所から足がつき始めている。

「……それ、なんだ」

「〝秘蹟〟ディス。冒険者ならご存じでしょう？　選ばれた者に与えられるスキル、それに天使様の奇跡が加わることで形を変えた才能の極地……まあ、クレイデアの受け売りディスが……」

冷たい目だ。あのハイテンションな声色は今や消え、しっとりしたその声色には背筋を冷やす色気が交じる。

「さて、冒険者サン。正義の名の下に、天使教会第一騎士として貴方に問わせて頂きますディス」

かなりまずい状況だ。

原理は不明だが、この女は恐らく〝嘘《うそ》を見破る〟ことが出来る。それはあそこで喉を掻きむしって死んだ冒険者が証明している。

「どうしましたか？　顔色が、悪いようディスが。心配しないでくださいディス。あなたは、わたしの質問に、正直に答えれば良いだけディス」

水色ポニテがクスッと笑って。

「『では、貴方に質問します、正義の名の下に汝、真実を告げよ』」

像の声と少女の声が重なる。

「『貴方は、この街に来てヒトを殺しましたか？』」

シンプルな質問。少女と像の声が重なる。遠山を見つめる少女騎士の姿は剣のように冷たい機能美に満ちていた。

「……」

「『どうしましたか？　汝、答えを』」

息が、少し乱れる。失敗出来ない綱渡り、間違えられない選択。

「……言えないなら、『沈黙は、虚偽』そういうことと受け取りますが」

騎士の手が、首吊りの剣《ハンギング》にかけられて――

【警告〝正義〟による問答が発生しています。〝正義〟は他者の嘘を見抜くことが可能です。実際に起こったことの確認ではなく、あくまで問いに対する答えの虚偽のみを見抜く力です】

【技能・〝アタマハッピーセット〟が発動。またあなたの属性が中立・悪なので特殊な会話が発生します。〝正義〟の問答に正直に答えてください――。うっわ、そういうこと？アンタ、やっぱ頭おかしいわ】


いつになくフランクなメッセージは一瞬で消える。遠山は少し目を細めたあと、目の前の水色ポニテを見つめて。

「俺はこの街で人を殺してはいない」

遠山が言い切る。何一つ、嘘はついていない。あの獣人を始末したのはヘレルの塔、そしてドラ子は竜であり――そして何より――。

「『真実。この男は〝嘘〟をついていない』」

遠山は昨日と今日、手にかけた連中をそもそも人とは認識していなかった。だから、嘘はついていないことになる。

「……む、ムムム、あ、わわわわ」

騎士が目を回す。己の指針、正義が告げる、目の前の男の無実を高らかに。

その直感は確かに、目の前の悪に反応出来た。それでも足りない知性。

彼女の正義は強欲の舌に及ばずに。

「わわ、わわわわわ！！？　ご、ごごごご、ごめんなさいディスううううう!!　わ、わたし完全に、完全に貴方達《あなた》のこと疑って、あ、いけない、エイ!!　エイ！　首吊《つ》り解除!!だ、大丈夫ディスか？　くび、苦しくないディスか!?」

少女の剣呑《けんのん》な冷たい機能としての美しさもどこへやら。

「……よかったー、信じてくれて何よりですよ。いやいや、何も苦しくなんて。騎士さん、すみません、その獲物の鮮度も落ちちゃうんで、俺らそろそろこれで……な、ラザール」

「あ、ああ。そうだな。第一騎士殿、貴女の誇り高き職務に敬意を。俺達はこの辺で」

「あ、ああ！　す、すみませんすみませんすみませんディス！　ほんっとおおにごめんなさいディス！　完全にお、お仕事のお邪魔をしてしまいましたディス！　う、うう、野党の襲撃を受けた直後にわたしがやってきてって。完全にわたしの先走りじゃないディスかー！　ウイーフック！　善良な帝国民、そして優秀な冒険者のお邪魔をしたとあっては騎士団の名折れ、クレイデアに叱られてしまいますディス！」

涙目で、ワタワタし始める水色ポニテ、遠山達の話を聞く様子はない。

「い、いやいや、そんな勿体《もったい》ないお言葉です。ほんとお気になさらずに、な、なあ、ラザール」

「あ、ああ、その通りです、騎士殿。は、ははは」

「閃《ひらめ》きました、ディス！」

「「え？」」

「この度はほんとにご迷惑をおかけしましたディス！　お詫《わ》びにこの獲物、わたしが責任を持って冒険都市までお届けしますディス！」

どん、と銀鎧《ぎんよろい》の胸を叩《たた》く少女騎士。

遠山とラザールはその様子に真顔で固まるだけ。

「い、いや、届けるってどうやって」

「ほっと！」

「「は？」」

信じられない光景がそこに。遠山より二回りほど小さな水色ポニテが、ティタノスメヤの死骸を持ち上げる。もちろん巨大な蛇の躰《からだ》は単純に持ち上げただけでは大部分が地面に垂れて――。

「ディスディスのディス！」

洗濯物をぱんっと伸ばすように蛇の巨体をぐわりと勢いづけて持ちあげる、かと思えばぐるぐるとその蛇の躰を回転させて。

「「ディスディスのディス⁉」」

目を剝《む》く大人2人の目の前には逆ピラミッドのようにとぐろを巻いた巨大蛇の死骸、それをまるで段ボールを持ち上げているような気軽さで、両手でバンザイしながら担ぐ少女が。

「ディス！」

にかりと笑った。

“ぼうけん”を続けて

奇妙な3人組は帰路をゆく。

「ほへー、なるほどなるほど、今日から冒険者に？　へえ！　生活のために命懸けで戦う冒険者！　うーん、いいディス！　とてもいい！」

ニッコニコのその笑顔は年相応の少女にしか見えない。だが、巨大な蛇を剛力により持ち上げながら歩く姿は異常。

「は、はは。騎士殿は冒険者にご興味をお持ちで？」

屈託ない様子に、ラザールが思わずといったように問いかけた。

この奇妙な帰路の中、遠山とラザールは確信していた。こいつを敵に回すのは非常にまずい。なんとか、早く都市に着いてこの水色ポニテと別れたい。最大限、会話でボロが出ないように頑張っていた、だが。

「――いいえ、まさか。教会の剣たるわたしがそんなわけないです」

すんっと、少女から表情が滑り落ちる。全くの無表情、声も抑揚なく、冷たく重たい。

場の空気が一気に冷えて。

「ラザール、お前、なんかご気分を悪くさせてしまった感じあるぞ」

「あ、あの流れだと聞いてしまうだろ！　そ、それにナルヒト、声がでかい、聞こえるぞ」

「あ、やべ」

遠山とラザールがわちゃわちゃし始める。

「貴方達《たち》は」

「「はい」」

大人２人が少女の言葉をじっと待つ。

「とても、楽しそうディス。仲が良いのディスね。……ふふ、いつまでも貴方達がそのままでいることをお祈りしますディス」

水色ポニテが目を細め２人を見つめていた。

眩《まぶ》しいものを見る時と、羨ましいものを見る時、人は似たような顔をする。

「「あ、どうも」」

「ふふ、それにしても。リザドニアンと黒髪の帝国人の組み合わせというと、噂《うわさ》の竜殺しを思い出しますディスね！　ご存じディスか？　帝国に突然現れた竜を殺した冒険奴隷《カナリア》！」

話題は変わらない。何も変わっていない。むしろドストライクに当事者の話が出てきた。

屈託なく笑う水色ポニテ。

(ナルヒト、ど、どうする？　なんと答えればいい？)

(お、落ち着け、なんとか話を変えてみる。勉強しろ、ラザール。俺のコミュニケーションテクニックを)

(……ああ、うん)

遠山《トオヤマ》とラザールは顔の彫りを深くして互いに小声でやりとりを。

「ああ、はは。話は聞いてますよ。えーと、騎士様はその竜殺しとやらにご興味をお持ちで？」

遠山が精いっぱいの愛想笑いを浮かべて話を続ける。

「ええ、もちろんディス。人界においての柱。第二文明の時より生まれし偉大なる上位の存在、竜。我ら騎士にとって、至上の存在たる竜を滅ぼしたヒューム《人間種》。興味ないわけないディス」

「へえ、竜というのはそんなに特別なものなんですね」

「ええ！　その通りです！　元々天使教会の騎士団は王国の竜教団から分かれたものでして！　竜に対する憧れはやはり特別なものがあるのディス！　そんな存在にいどみ、炎を操り大空を我が物とし、世界のバランスを調停するこの世の理《ことわり》の守護者！　己の力を世界に示すこと、それすなわち！　天使様の御威光を世に刻む最大の信仰の顕《あらわ》れなのディスよ！」

「なるほど。どこの世でも竜ってのはそういう対象になるわけか」

「ええ、そうディス。ですから竜殺しにはとても興味があります、縁があれば一度殺し合ってみたいものディス……」

うっとりとした顔、その表情はまさしく闘争をたしかに楽しむ強者の微笑《ほほえ》み。だめだ、話が全然変わらない。

首をプルプルと横に振りながら遠山がラザールへ声を潜めて繰り返した。

（すみません、ダメでした）

（ナルヒト、アンタは竜の時といい、今といい、ヴィオラパッチの幼体の上でシックダンスをする趣味でもあるのか）

（は？　なに？　ヴィオラ？　地雷原でタップダンス的な奴《やつ》か？　やべ、地雷原って言っちった）

（ジライゲン？　何を言ってるんだ、アンタは）

そんな内緒話に気づくわけもなく、天使の剣は上機嫌。

「さて、そろそろ都市の門が見えてきましたディスね！　ふふふふふ、なんか冒険者みたいでたのしーなー」

「……騎士さんはなんで騎士になったんだ？」

遠山はふと、思わず聞いてしまった。踏み込む必要はなかったのに。水色ポニテの呟《つぶや》きに無意識に反応してしまった。

「おい、ナルヒト」

窘《たしな》めるラザールの声、水色ポニテがラザールに微笑みかける。

「むふふ、構いませんよ。うーん、簡単な話ディス。そうあれかしと決められて、私は生まれたのディス。天使様の定めた宿命に人は皆従って生きています。ただ、それだけのことディスよ」

ただ、当たり前のことを当たり前のように少女は口にした。

「……そうか。答えてくれてありがとうございます」

「むふふ、いーえ、いえいえ。ま、実は冒険者っていう生き方も少し興味があったのディス！　今日貴方達を見て少し、ほんの少しですが、そういう生き方もきっと、楽しかったのかなーと思ったり思わなかったり！　さて、門はこっちディス！　張り切っていきましょー！」

「うわ、走り出したよ、アイツ」

「……なんであの重さをあの体軀《たいく》で軽々と運べるんだ……心底敵対しなくてよかったよ。……なあ、ナルヒト。今の彼女への質問は」

「……別に。なんでもねえよ。ただ、あれだ。どこにでもいるんだな。自分で自分のことを不自由にしてる奴ってのは」

遠山は、少し昔のことを思い出した。もう戻れない場所、ほんの少しだけあった学生らしい時代のことを。

そうあれかしと決められて。


──僕はよー。そーしないといけないんだよ。とーやまくんよー。


「どこにでも、いるんだな。ああいう奴」

目を細めて少し、

「ディスディスディース！　よーしラストスパートディス！　冒険者さん！　競走しましょ！　よーいドーン」

急にテンションの上がったバカが折りたたんだティタノスメヤの巨体を抱え上げたままズドドと地鳴りを上げて走り出した。

「って、アイツマジか!?　あれ抱えて走れんの!?」

「い、急げ、ナルヒト、置いていかれるぞ！　持ち逃げはされないだろうが、なんとなくあれを放っておくと面倒なことになりそうな気がする！」

気付けばかなり小さくなりつつある荷車を慌てて２人が追いかける。空にはぼんやり、小さな雲がぽつぽつ浮かんでいた。

◇◇◇◇

「お、おい、アレみろよ、ティタノスメヤだ……！　久しぶりに狩られてるの見たぞ!?　え、てかなんだ、あの持ち方」

「それにあの銀の鎧《よろい》……教会騎士か？　ほんとになんだ、あの持ち方」

「あの側《そば》を歩いてる奴らはなんだ？　騎士じゃないぞ」

「冒険者？　冒険者が教会騎士に荷物持ちさせてんのか？」

「んな、バカな。教会騎士がそんなことするわけ、してるわ、嘘《うそ》だろ……」

「なにもんだ、アイツら。白いリザドニアンと、黒髪の冒険者？」

「なんかどっかで聞いたことがある組み合わせのような……」

騒がしかった市場がどんどん熱を帯びていく。大物を狩った冒険者が目抜き通りを進んでいるのだろう。ここは冒険者ギルドへの通り道でもある。

「ディス！　トーチャック！　ムフフ、わたしがいっちばんのようディスね！」

「はあ、はあ」

「ぜえ、ぜえっ」

けろっとした顔でけらけら笑う水色ポニテと、割と本気で息を切らす遠山とラザール。

厄介すぎる。早くこの少女と離れなければ。遠山がなんと言おうと考えて――。

「騎士ストル！　もう、アナタなんでこんなところにいるのよ！」

綺麗《きれい》な声が、響いた。

驚きと、しかし確かな信頼が交じった女の声。

細身の身体《からだ》に、ストルと同じ銀色の薄い鎧。ケープに似たマントだけのシンプルな装飾。ウェーブした亜麻色の長髪は腰のあたりまで下げられていて。

「あ！　クレイデアじゃないディスか！」

ストルがニコニコ顔でティタノスメヤを地面に下ろして返事をする。その様子にいつのまにか遠山達を囲むように野次馬が集い始めている。

「もう、ストルってば、笑顔はかわいいんだから……じゃなくて！　もう、このおバカ！　犯人を見つけてきます！　とか言ってどこかに行ったたと思ったらこんな所でなにしてるのよ！って、ティタノスメヤ？　え？　ど、どういう状況なの？」

理知的で、綺麗に整った顔をしかめ、細身の女騎士がストルへ詰め寄る。

「あ、えへへ。すみませんディス。ちょっとそこの冒険者さん達と色々ありまして」

「はあ？　冒険者……？　あの申し訳ありません。うちのバカがご迷惑をおかけしたようで」

水色ポニテが指さした冒険者、遠山とラザールがわかりやすい愛想笑いを浮かべた。

「む、いや、そんなことは……なあ、ナルヒト」

「お、おお。獲物も運んで貰《もら》ったしな。ストルさん、そのお友達が来たんだろ？　そろそろ仕事に戻った方が……」

「む、そうディスね！　いやー、なかなか楽しい時間でしたディス！」

「ほんと、ごめんなさい。ストル、なんでこんなことになってるか説明してもらうわよ」

ぺこりぺこりと頭を何度も下げる細身の女騎士。苦労していることがすぐにわかる。

律儀に頭を下げた細身の女騎士はくわりと目を吊《つ》り上げて、水色ポニテの小さな顔をつかみ、ほっぺたをぐにょぐにゅとつかみ回した。

「イダっ!?　イダダダ!!　クレイデア！　顔、摑まないでっ、かお！　顔の皮が剝げる！」

「おばか！　アナタがそんなやわなもんですか！　ようやく〝死の気配〟を探れたのよ！　いつも言ってるでしょ！　勝手に1人で暴走しないの！　これからスラム街で〝カラス〟を殺した殺人犯を追うのだから……え？」

細身の女騎士が、ふと、遠山を見つめ始める。何かに気づいたように、何かに目を奪われているように。

ああ、人は真に恐ろしいものを見た時、固まるものだ。

「……なにか？」

「う、う、あ……う、そ、なに、アナタ……？　ありえない……」

明らかに細身の女騎士は怯《おび》えていた。

「どうしたのディスか？　クレイデア。黒髪さんを見て、そんな震えて」

「……ストル、アナタ、なんでこの人達と一緒にここまで来たの……」

「え、へへ、お恥ずかしいのディスが、私が少し勘違いをしたのディ――」「違う」

頭を掻《か》きながらえへへと話すストルの言葉、それを細身の女騎士の声が途切れさせた。

「え？」

「勘違いなんかじゃない……なんて、なんておぞましい死の香り……いや違う、死者？　ううん、死者なのに死んでない、生きてる、死んでるのに、生きてる……なに、これ、ほんとに、ヒト？」

口元を押さえ、呟く亜麻色髪の女騎士。空飛ぶくじらを見つけたような目を遠山に向けて。

「ストル……死者が言ってる、その人、よ！　私達が探していたカラス殺し、そして東門の門番を皆殺しにした罪人……死者がアナタを讃《たた》えている、死者がアナタを呪っている。一体どう生きればそんな風になるの？　それに中身が、アナタだけじゃない……こうぶんしょかん？　しろいきり？　けむくじゃら？　いや、見ないで、う、おえ、ええ」

第6騎士、クレイデアの力は死者の声を聞くことが出来る。その言葉とその異常さはストルのスイッチを簡単に入れた。

「――ディス」

水色の瞳から輝きが失われる。ただそれは遠山《トオヤマ》を映して。

「――おっとマジかよ」

だがこの男も同類。ストルのスイッチが入ったと同時に、腰から貸し出し品のメイスを振り抜いて。

がき!! 遠山のメイスとストルのレイピアが、かち合う。

「おい、マジか。そんな細いの普通折れるだろ」

「残念ディス。黒髪さん」

「あ?」

ぎ、ぎぎぎぎ。鍔《つば》ぜりあう鉄塊の鈍器と、細い銀剣。その隙間からストルの水色の眼《め》がさらに昏《くら》く――。

ぞっ。遠山の五感以外の何かが、彼を叫ばせた。

「ラザール！　場所変えろ！　後で合流する！」

「っ、了解、死ぬなよ！　ナルヒト」

互いにプロ。ラザールは指示に従い、影に溶ける。

「クレイデア。リザドニアンさんは任せます。動けますね」

「っ……ごめんなさい。ここはアナタに任せるわ、ストル」

騎士もまた動き出す。ラザールを追って亜麻色髪の女騎士、クレイデアが馬を駆る。

「うわあああああ。き、騎士と冒険者がもめてる！」

「え？　なになに？」

「お、おい、やべえぞ、教会騎士に手を出した奴《やつ》がいる！」

「巻き添え喰《く》らうぞ！　この前の色街みてえになる！」

「逃げろ、逃げろ逃げろ！　騎士の仕事だ！」

野次馬達が一斉に蜘蛛《くも》の子を散らすように逃げ惑う。この街の住人ならだれでも知っている。天使教会に手を出してはならない、と。

「よそ見してる場合ディスか？」

「ちっ」

遠山がメイスに力を込めて、レイピアを弾《はじ》く。一旦距離を取ろうとして地面を蹴って。

「いい動き、ディス」

とっ。体重のない水鳥が湖を跳ねるように。水色ポニテは遠山の動きに完全についてきている。

「こ、の」

「でも一手、遅い」

「は？」

水色髪の女がレイピアの切っ先を、遠山に向けていた。何かがやばい、遠山が全身の血管がささくれ立つような錯覚を覚えた時にはもう、遅かった。

「秘蹟《システム》、執行。〝正義〟さらに、副葬品《グレイブス》、開廷。吊れ、〝首吊りの剣《ハンギング》〟」

「ア」

首に、圧迫を感じた次の瞬間、遠山の意識は薄れ。

【警告・DEADクエスト〝絞首刑〟が開始されます】

【注意・非常に危険なクエストです。失敗した場合、あなたは死亡します】

◇◇◇◇

うー、うー。

風の音がする。

「は？」

まっくら。

気付けばあたりはまっ暗で、なにも見えない。

「あれ、俺……なにして……」

自分の独り言が、遠くから聞こえる。自分が話しているはずなのに他人が喋《しゃべ》っているようだ。

「あれ……」

気づけば、遠山の姿は変わっていた。探索者として鍛えた身体も、黒い探索服も、竜からもらったローブもない。

「おれ……なに、してたんだっけ？」

少年の姿に変わっていた。よれたTシャツに短パン、幼い頃のとおやまなるひとに。

『汝《なんじ》、罪人なり』

『罪を濯《すす》げ、罪を贖《あがな》え』

闇の中から声、多くの人の声が入り混じったような声。

「命……贖う……」

『価値なき命よ、進め』

「……価値なき、命、そっか、ぼく、ひとりだから」

気付けば目の前、闇の中から浮かびあがるように階段が現れる。

かたん、かたん。

少年《遠山》が階段を上る。

昔から、素直な少年だった、周りの空気を読み、求められることをした、それが出来る少年だった。

「でも、結局、意味なかったな。おじさんもおばさんも、施設のヒトもおれのこと、きみわるいって、おとなをばかにしてるって。なにしてもきらわれるんなら、いみ、なかったな」

だが、そんな素直さは、彼を守ってはくれなかった。

かたん、かたん、かたん。

うー、うー。風の音が聞こえた。

「あ、だ、だめディス……それ以上上ったら、だめ！」

「え？」

ぐいっと、手を引っ張られる。

水色の瞳に、涙を溜《た》めた女の子。階段を上り続ける〝とおやま〟を小さな手が引き留めた。

「だれ、きみ？」

知ってるような、知らないような。水色の目の女の子、泣きそうな女の子にとおやまは首を傾《かし》げて。

「だめディス！　行ったらだめディス！　ああ、違う！　違うのディス！　わたし、こんなことのために頑張ってるんじゃないのに！　わたし、正義、わからない、わたし、わたしは正しいのディスか!?　わたし、わから——」

ぷちゅ。

「え？」

『愚かなる少女、正義を疑うのも悪なり』

『汝はその愚かさゆえに素晴らしく、その蒙昧《もうまい》さゆえに正義の担い手にふさわしい、故に疑うこと許さず』

唐突に、上から降り注いだ光が、水色の瞳の少女を黒いシミに変える。

少女を潰したナニカの声が響いた。

『進め、罪人』

「……ま、いいか」

かたん、かたん。恐怖も疑念もなく。少年がひたすらに、階段をのぼる。

『汝、刑場にて止まれ』

「刑場？」

ううううううううう。風の音がまた——いや、違う。

風の音では、ない。

　ヴヴヴウヴヴヴウヴヴヴウヴヴヴウヴヴヴウヴヴヴウヴヴヴウヴヴヴウヴヴヴウヴヴヴウヴヴヴウヴヴヴウヴヴヴウヴヴヴウヴヴヴウヴヴヴウヴヴヴウヴヴヴウヴヴヴウうううううむうゔゔぅヴヴヴウヴヴヴウヴヴヴウヴヴヴウヴヴヴウヴヴヴウヴヴヴウヴヴヴウヴヴヴウヴヴヴウヴヴヴウヴヴヴウヴヴヴウヴヴヴウゔゔゔ。

風の音だと思っていたそれは、ヒトの声。

呻《うめ》き声《ごえ》。

「う、わ」

闇に慣れた眼がついにそれを見つけてしまう。

ぶらん、ぶらんと闇に吊《つ》るされたそれらを。

電灯から垂れた紐《ひも》、あるいは軒先にてるてるぼうずのように吊られているのは——。

「ひ、と？」

首を吊られたヒトの群れ。ぶらん、ぶらんと揺れ続ける。

吊られた人々の帳《とばり》の向こうから、闇の中から何かが現れる。

『我は〝正義〟』『我は〝首吊り〟』

多くの人の声が混じったような声。

石像だ。

闇の中から翼を生やした歪《ゆが》んだ像が現れる、その像には首から上がない。

折れた翼が何本も無理やりに背中に、はりぼてのごとく。

そして、身体《からだ》には幾重にも重なるように縄が巻かれていた。

「うわ」

冒瀆《ぼうとく》的な存在。根源的な恐怖、遠山《トオヤマ》が顔を歪める。

『こんにちは、罪人さん』

像から声が響く。首のない像から赤い液体が染み出し、それがあっという間に、ヒトの形へと変わっていく。

「だ、れ？」

水色の髪に、水色の瞳の美女。どこかで見たことのある少女が成長したような姿。おとぎ話に出てくる湖の妖精が成長したかのような美女。

『罪人、トオヤマナルヒト。あなたの罪を裁きに来ました』

水色髪の女が遠山に微笑《ほほえ》みかける。闇の中であってもその笑みははっきりと見えた。

「つみ？　つみって、なに？」

遠山の問いかけに、女が口を開いて。

『罪状・大量殺人』

『アア――』

「わ」

ぞ、ぞ、ぞぞぞぞぞぞぞぞぞぞ。湧いてくる、正義の異界、闇の底からそれらが蠢《うごめ》き這《は》い出す。

『いた、かった。痛い、痛い、痛いよおおお』

『血、血が、止まらないいい』

黒い手形が、遠山の頬に、腕に、べたり、べたりと貼り付いていく。

『これはあのスラム街で、東門で、平原であなたが殺したヒト達《たち》です。あなたは彼らの悲鳴を聞き流し、笑いながら全てを殺し尽くしましたね』

「……」

『なんで、なんで、殺した？　俺、俺は、俺はあの子供達に何もしなかったのにいいい』

『まだ、やりたいことたくさんあったのにいいい、なんでえええ』

『約束、したんだ、大物になって村に、帰るって、帰るってえええええ』

『娘の、誕生日、来月だったのに……これからあの子はどうなるううう、妻も、娘もおおお、お前のせいでえええええ』

数多《あまた》の死者の群れ。

遠山鳴人《ナルヒト》がこの街に来て始末した者達の残り滓《かす》が、形をなしてまとわりつく。

「………………」

『身体が動かないでしょう？　声が出せないでしょう？　何故《なぜ》かわかりますか？』

「……」

『罪悪感、です。それはあなた自身が後悔してるんです。あなたはしてはならないことをした。あなたは罪を犯した。ヒトは、罪に耐えることは出来ない。ご覧、あなたが殺したヒト達の嘆きを、あなたが奪った未来を』

正義が、少年の頬を撫《な》でながら語りかける。

『でも、安心してください。罪悪感を、あなたの罪をわたしが清算します。罪とは罰により、清めることが出来るのです』

少年は、死者に組み付かれ、正義に抱き寄せられなすがまま。

『正義の罰により、あなたは赦《ゆる》される。わたしが、あなたを赦しましょう』

「……なわ？」

ふっと、正義が少年から離れる。

気付けば、少年の前には縄で出来た輪っかが。ちょうど頭を通して、首に巻くことが出来るくらいの大きさの輪っかが。

『罪には、罰を、さあ、罪人よ、怖がることはありません。その縄に首を通しなさい。あなたの罪はあなた自身が進んで罰を受けることで清められる』

「清める……？」

「はい。あなたはヒトを殺しました。あなたの魂は呪われています。そのままではダメですよね」

「………」

『みんな、苦しんだんです。じゃあ、あなたも同じにならないと、ね？』

優しく、母親が子供を諭すように。

少年は、小さく、静かに頷《うなず》く。

『そうですよね。あなたは今、幼い、まっさらな状態に戻っています。幼い頃の純粋さを思い出して。そう、素直に。わたしの言うことを聞いていれば良いのです』

少年が、縄に手をかける。

『そう、いい子、さあ、さあ』

水色髪の女の笑みが、より深まって。正義が笑う、その美しい光景を眺めて。

悪が自らの罪を自覚し、それを濯《すす》ごうと罰に身を委ねる。

いつの時代も、どんな世界でも同じ。

正義は、それを見るのが大好きだった。自分の正義の前に他人がひれ伏す姿を見るのが何より――。

『罪には罰を』

悦《よろこ》びに満ちた女の顔、絶頂のその瞬間が訪れて。

ずぷん。

『お、え？』

水色髪の女が声を漏らす。笑みしかなかった顔が驚愕《きょうがく》に一変し。

少年の腹から突如、ナニカが生え出ていた。

筋骨隆々の、腕。血の気のない青白い、しかしマッチョな腕。その腕には梵字《ぼんじ》のような入れ墨がびっしりと。

『なにこ、れ』

それが、水色髪の女の胸を貫いていた。

「……違うよ」

ぽつり、少年が、腹からマッチョ腕を生やしたまま女に向けて呟く。

「なんで、おれが首を吊らないといけないの？」

『あ、え、それはあなたが彼らを傷つけ、殺し、罪を犯した、から、え、これ、なんで』

「つううううみいいいい⁉︎」

ぎょろり、無表情だった少年が片目だけ歪《いびつ》に見開き、首を傾げる。ああ、その少年は、その男は、その男のアタマは――。

【あなたは〝キリの容《い》れ物《もの》〟です。キリヤイバにより異界への対抗が可能です。技能・〝アタマハッピーセット〟により秘蹟《システム》〝正義〟による精神汚染を無条件で無効化します】


ぎち、ぎちちちち。ぶちり。

少年が自分の首に掛かっていた縄を、引きちぎって。

『なんで、動け……』

「なんで、おれがこんな奴《やつ》らの為《ため》に罰を受けないといけないんだ？」

べた、べた。

少年が、嗤《わら》う。死者の群れにまとわりつかれ、その足を、この腕を黒い手形だらけにしつつも、嗤う。

『は？』

「まず、コイツ。〝カラス〟の奴だ、覚えてる。死んで当然のゴミだ」

『あ』

ぷちゅ。少年が黒い影の首を摑《つか》み、握りつぶす。

「んで、コイツ、門番だ。覚えてる。こいつも同じ」

『え』

プチ。少年が黒い影の頭を摑んで、握りつぶす。

「それで、コイツ。僕とラザールの獲物を奪おうとした冒険者達。ねえ、ねえ、なあ、おい、君さ、――お前よー、さっきから、都合の良いことばっか言ってくれてよー」

少年が、戻っていく。幼い顔立ちはゴツゴツとした男の骨張った顔へ。小さな肉体は、傷つき、鍛えられ育った肉体へ。

その目つきは、より鋭く、細く。空虚さと凶暴性を併せ持つ細い目へ。

『うそ、戻って、る?』

「てめえ、相手をガキにしてそのまま言いくるめて自殺教唆なんざ、何が正義だ」

『ああああああ、お前も、お前も死ねばいいいいいいい』

べたべたべた。黒い手形、黒い人影が遠山にまとわりつき、引きずり込もうと――。

「うるっさい。死んでろ、死人ども」

『『アっ』』

いつのまにか遠山の手には片手槌《メイス》が。殴り、砕き、死者を皆殺す。

「う、そ。あなた、罪悪感は」

「あるか、ボケ」

正義の問いかけに、遠山が唾を吐きながら答える。

「想像力のねえチンピラ、同情の余地もねえ外道、頭の悪い冒険者ども。この街には敵が多すぎる、どこもかしこも敵ばかりだ。コイツらに事情があろうと、家族が、友達が、大切な存在がいようと関係ねえ」

「俺には余裕がない。俺は、俺が選んだ連中と進む。欲望のままに、俺は必ずたどり着く。それを邪魔する奴が、またこうして湧いてくんなら」

たとえそれが悪であろうとも、罪であると知っていても、遠山鳴人は――。

「何度だって、ぶっ殺す」

その瞬間、水色髪の女から一切の表情が抜け落ちた。

「――悪」

すっと長い指が遠山を指さす。

「がっ⁉」

吊《つ》られた。引きちぎったはずの縄が瞬時に現れ、遠山の首に巻き付き、一気に引き上げられる。

「悪、悪、悪悪悪悪悪！　正義を敵と言うあなたは悪！　あはは、ふふ。その生き様は紛れもない、悪！」

「て、め、最初から縊《くび》れんのかよ⁉　なら、最初から、や、れよ！　これだから正義とか、真顔で言う奴は嫌いなんだよ！　言ってることがやってることとまるで違っ、あ、待っ――!?」

　ぼきん、吊られた自分の重みで首の骨が折れた。でも、死ねない。口があぶくで濡《ぬ》れ続ける、目玉から血が滲《にじ》み出る、でも、遠山は死ねない。この異界は正義に抗《あらが》う者を殺し続ける為だけに存在している。

「が、ぎ」

『痛いでしょう？　あなたがいけないんですよ。あなたは悪なのですから、苦しんでくださいね』

　水色髪の女、いや〝正義〟が笑う。笑いながら、吊られている遠山を気持ちよさそうに眺めている。

『ん？』

　水色髪の女がふと、自分のスカートのすそを握っている存在に気付いた。

「だ、めディス！　何を、あなたは何をしているのディスか！　この人はほんとにここまで苦しまないといけない人なのディスか!?　わたしは」

　水色ポニテの少女が必死に、水色髪の女を止めようと叫んでいる。

『ああ、本体。いけませんね。まだ迷いがある。消えてください。あなたは正義の幼体、私《正義》に疑いを持ってはいけませんよ』

「あ。でも、わたし、こんなことっ――」

水色ポニテの言葉は最後まで続かない。

すっと。光の剣が水色ポニテの首を落とす。牡丹《ぼたん》の花が落ちるようにぽろりと。少女の顔、涙をたたえたまま闇に溶けていく。

『失礼しました。私の主人は純粋で可愛《かわい》いのですが、ふふ。甘くていけませんね。ほら、これで心置きなくあなたの命乞いが聞ける。どうぞ、命乞いしてください』

「き、き」

『うん、うん』

苦悶《くもん》の表情で漏れる遠山《トオヤマ》のかすれた声、それにうっとりとした顔で水色髪の女が耳を傾けて――。

「――きっしょく悪ィ」

にいいっと、遠山が嗤って。

『…………………………………不快です』

無表情になった正義が己の背中から翼を生やす。光の剣、それを振り上げる。

「くそが」

遠山は決して目を瞑《つぶ》らない、逸《そ》らさない。最後まで、敵の姿を目に焼け付けようとする。

「――！……あ？」

だが、いつまで経《た》っても、その剣は振り下ろされなかった。

『あ、え……え？』

正義が固まっていた。振り上げられた剣が、震えていた。

『あ、なた。それ、中に、中に、何が……さっきの腕と、違う、それだけじゃ、ない？

この匂いは、なに？』

怯《おび》えている、正義のその表情は、明らかに怯えている。亜麻色の騎士が、遠山に向けた恐怖の表情と同じように。

「この、匂い……？」

ふと、気づけば香りがする。お日様の匂いと、ポップコーンの匂い。わずかに土にも似たその匂い。

その匂いを遠山は知っている。


【異界内で〝鋭角〟の存在を確認。遠山鳴人《ナルヒト》の眼窩《がんか》において90度以下の鋭角を確認】

——チベットスナギツネみてーな目してるよな、鳴人。

いつか、探索者時代に仲間から言われた言葉。

遠山鳴人の特徴的な鋭い目。それから、キリが漏れている。

その眼《め》は、鋭角。つまりソレの出入り口となれる。たとえ〝異界〟であろうとも。

「なん、だ、これ」


【条件を達成しました】

【〝正義の異界〟に侵入者が現れました。ソレはあなたの味方です】

【ソレはあなたが〝ぼうけん〟を続けることを望んでいます】

【DEADクエスト〝絞首刑〟クエストが更新されました】

【隠しクエスト〝DOG・IS・GOD〟が発生します】

【クエスト目標〝ぼうけん〟を続ける】


闇の中、何故《なぜ》かソレの姿は浮かび上がるように見えていた。

青い粘液が滴る身体《からだ》、大きな4つ足、大きな口からは太くしなやかに伸びる注射針のような舌が覗《のぞ》いている。

ドロドロの青い粘液を纏《まと》う獣には、燃え上がるように金色に輝く2つの目が。

おおきなくち、おおきなさんかくのみみ、しっぽ。

「……い、ぬ……？」

何故、そんな呟《つぶや》きが出たのか遠山にもわからない。

遠山はぼんやりと細い目でソレを眺め続けた。

ソレも燃え上がる目で遠山を見つめていた。

がちり。それが牙を嚙《か》み鳴らす。

「うおっ」

遠山の首に巻きつき、締め上げていた吊り縄が千切れる。

《…………》

ぽふ。

縄が千切れ、落ちていく遠山をソレが巨大な顔を伸ばして掬《すく》い取る、おひさまの匂いと香ばしいポップコーンの香りに遠山は包まれた。

「……お前」

ゆっくりと、ソレが鼻に乗せた遠山を闇の底に下ろした。

遠山が巨大なソレを見上げる。

ソレがゆっくり首を下げる。まるで、遠山と目線を合わせようとしているかのように――。

「不浄！　不潔！　正義にあらず、我が異界を侵す悪臭を絶つ!!」

正義が、声を響かせた。

半狂乱の貌《かお》、声。水色髪の女が一気に巨大化する。見上げるほどの巨人と化した女。その手に握る断罪の剣、光そのものといった剣を振りかぶり、ソレに振り下ろ――。

《わん》

『エ？』

ソレが、おもむろに牙を鳴らした。

それだけで、正義はその体積の6割を消失した。

『あ、ェ？　ま、待っ《わん》じゃすていじゅッ』

がちり。

二度目、ソレが青い粘液の滴る顎を鳴らす。

正義が、ぷちり。光を漏らし潰れて消えた。

獣《DOG》に正義など関係ない、知るものか。

《フンッ》

ソレがぷるぷると首を振り身体を震わせる。雑魚が、と言いたげに消えていく光のカスに向かって鼻を鳴らした。

「…………」

ソレは、決して許さない。

遠山鳴人を害すもの、遠山鳴人を脅かすもの、遠山鳴人を傷付けたものを。そして何よりその〝ぼうけん〟を邪魔するものを。

《…………》

「う、あ」

遠山にはソレがなんなのか、理解出来ない。形を認識しようとも意識が理解を邪魔する。

目の前にある存在に霧がかかっているような違和感。

ソレは黙って遠山を見下ろし、そして後ろを向いて去り始めた。

何故だろう、その去りゆく背中、尻尾のようなモヤが元気なく垂れ下がっているように見えた。

三角の耳もぺたりと垂れ下がり、燃え上がるような目が寂しげに揺れた気がした。

《フゥン……》

闇に溶けるように、巨大なソレが去っていく。

どくん、どくん。心臓が、うるさい。恐怖のせいでも、痛みのせいでもない。胸を締め付けるこの感覚が、なんなのかわからない。

ただ、寂しげに消えていくソレに、気付けば手を伸ばしていて。

「ま、て」

手を、伸ばす。肉体はそうしなければならないことを知っていた。

《……ブフ、クォン》

ず、ずずず。

ソレが闇を引きずりながら遠山へ駆け寄る。巨大な牙、大きな耳、青く濡れた体毛。

「…………」

言葉はない。ただ、手を伸ばす。

《……フンフンフンフンフン》

ソレが、身体を出来る限り縮め、遠山の手に鼻を伸ばした。

ぺちゅり、濡れている。青い粘液にまみれた鼻が遠山の手に押しつけられる。

遥《はる》か巨大なソレは、しばらく遠山の手を嗅ぎ続けた。まるで懐かしさを味わうように。

《フン、ぶふ、フーンン》

「おまえ……」

《……縺ｪ繧九縺ｭ》

ソレが鼻を鳴らし、満足げに燃え上がる金の目を細めた。

「あ……」

ソレの姿が今度こそ、はっきりぼやけ始めた。闇に溶けて崩れていく。

今度は、尻尾は垂れておらずゆっくり振られて。三角の耳はヒコーキのように平行に伸びていて。


——いっしょに、ぼうけんにでるんだ！

——わん！　わん！

《…………………》

ソレは溶けながら、じっと、遠山《トオヤマ》を見ていた。

遠山も、黙ってソレを見ていた。

あの日のぼうけんの続きは、たしかにここに。

ソレがなんなのか理解出来ない遠山、しかし気づけば喉を震わせる、舌を噛んだ。

「[redacted]」

名を、呼ぶ。自分が何を言ったのかすら、壊れゆく世界の中の遠山はわからない。でも、言わなければならない言葉は魂が知っている。

「——行ってくる」

《——ワン！》

あの日のぼうけんの続きは、たしかにここに。

まだ終わるわけにはいかない。

◇◇◇◇

「ア、ア……」

ひとしきり暴れ、もがき苦しんだ男の動きが止まったのを、水色ポニテ――ストルは確認した。

喉を掻《か》きむしり、皮膚がじゅくじゅくに剝けている、手の爪は喉のほかに石畳を掻きむしったせいで剝がれたり、傷んでいる。

「…………」

ストルは今、自分が殺した男を無表情で見下ろしている。水色の瞳にはなんの感情も、映っていない。ただ、男が苦悶《くもん》の中でも決してそのメイスを手放さなかったことに気づいて。

「……あなたは強いディスね」

ストルが黒髪の冒険者の死骸を見下ろし、唇の中で呟いた。

「第一騎士、ストル様!!　ご無事ですか!!」

ぱから、ぱから。

軍馬の集団が街を駆け抜け、市場にたどりつく。

フルプレートの鎧《よろい》に豪華なマントをあしらう教会騎士部隊のおでましだ。

馬から下りた彼らが一斉にその場に片膝をつき、右手を胸に添えて首《こうべ》を垂れた。

「……ええ、お仕事ご苦労様ディス、楽にしてください」

「「「ハッ!!」」」

正義の担い手、理想の騎士へ憧憬を孕《はら》んだ声で騎士達が答える。

「お見事です、ストル様。この短時間で教会に仇《あだ》なす賊に裁きを下されるとは」

「あなたこそ、正義の具現、天使の光に愛された教会最高の剣」

騎士達から放たれる数々の賛辞。それに精一杯の作り笑いで応えるストル。

なぜだろうか。今日は、今日はとても疲れた。帰りたい、もう、帰りたくて仕方なかった。

「……もう1人のリザドニアンの方は？」

「やあ、騎士ストル。安心したまえよ、君の尻ぬぐいはすでに、この私が完遂していると も」

「……騎士、クラン」

「おや、ストル殿、どうしたんだい？　珍しく覇気がないじゃあないか」

部隊を率いていた金髪碧眼《へきがん》の美青年。第4騎士クランが微笑《ほほえ》みながら、ストルへ声をかけた。

「……別にそんなことないディス。あなたは逆に、昨日竜に焼かれたばかりだというのに元気そうで」

「ははは！　当然だとも！　あの瞬間、僕と蒐集竜《しゅうしゅうりゅう》様は絆《きずな》で結ばれていた！　私だけに向けられたあの炎はまさに、蒐集竜様からの愛というわけさ！　私が死んでいないのが何よりの証拠！」

〝十剣〟の中でも特に竜への執着が強いこの男。この男はつい先日、蒐集竜の不興を買い、死にかけていた。

「……聖女がその場にいたからディスよ、あなたが死ななかったのは」

「ふ、君が妬《や》くのも分かるよ。〝竜殺し〟などという下賤《げせん》な奴隷のお陰で私も苦労しているものだ」

うんうんと頷《うなず》きながらクランが呟く。竜殺しという言葉を語る瞬間、声が低くなっていた。

「竜殺し、ディスか」

「ストル!!　よかった！　無事なのね！」

遅れて馬に乗ってやってきた亜麻色髪の女騎士が相好《そうごう》を崩した。

「クレイデア！　貴女《あなた》も……よかった　怪我《けが》は？」

「ええ、問題ないわ。かなりの手練《てだ》れだったけど。クランが途中で参加してくれなければ、逃してたでしょうね」

馬を撫《な》でて宥《なだ》めつつ、するりと下馬するクレイデア。

「ははは、クレイデア。そう賛美されると私も恥ずかしいですよ。まあ、罪人にしては特異な才能の持ち主でしたが、我が剣の追撃から逃れることは出来ませんとも」

クレイデアはクランの言葉を無視し、馬のお尻のあたりで手足を拘束され、荷物のように乗せられていたソレを肩に担ぎ、ゆっくりと地面に下ろした。

「う……こ、ここは。くそ……逃げ切れなかったか」

ほこりに塗《まみ》れ、切り傷や生傷が目立つ。手足を後ろ手に縛られたリザドニアン。ラザールだ。

「トカゲさん……」

「騎士殿、あなたがこうして無事でいるということは……クソ。待て、ナルヒトは？　アイツはどうした？」

「…………」

スッと、ストルがラザールから視線を外した。

「ストル様、罪人の遺体の確認が終わりました。死んでいます」

「……は？」

ぽかん、ラザールの口が開いた。

「うそ、だ」

目を凝らす。

ラザールは見てしまった。騎士達《たち》に囲まれる中、石畳に仰向《あおむ》けに倒れている何かを見た。

「うそだ、おい……なんだ、これ……はは、なんだこれは……どうして……」

あつらえの良いローブ、そして奇妙な造りの履き物が見える。

「ふん、おい、君、そこのトカゲを押さえたまえ。悪いが、これ以上鎧を汚したくないのでね」

クランがラザールに触れることを嫌い、部下の1人に命令する。

「は！　おら、立て！　トカゲ！　手間をかけさせるな！」

騎士の1人がラザールの肩を摑《つか》んで――。

ぱきん。こてん。

騎士の施した拘束を神業の速度で解き、肩を摑んだ騎士の無防備な顎へ裏拳をかます。

崩れる騎士を尻目に、ラザールが駆け出した。

「ナルヒト！」

ラザールが駆ける。逃げるのではなく、友のもとへ。

「く、この!? トカゲ!!」

「動くな！　それ以上近づくのなら！」

騎士が色めき立つ。剣を抜き、死体への道を塞ぐように隊列を成して。

「邪魔だ」

「「「あ！」」」

どろり。ラザールが影に溶ける。

騎士達を簡単にすり抜け、すぐにたどり着いた。

「ナルヒト！　俺だ！　ラザールだ！　頼む、頼むから起きてくれ！　おい、よせ！　嘘《うそ》だろう！　これからじゃないか！　ようやく、ようやく始まったのに！」

揺さぶる、その肩を。叩《たた》く、その頬を。

「あ……」

開き切った遠山の瞳孔の上を、小蠅《こばえ》が這《は》っている。パチパチと叩いた頬は恐ろしいほど冷たく、硬く。

「……あ、ああ、ちくしょう、なんで、いつも……いつもこうなる……」

遠山が死んでいる。ラザールはそれを理解してしまった。

「この、トカゲ！」

呆然《ぼうぜん》とするラザールが、地面に叩きつけられる。

「おーいこらこら、君達、殺してはだめだよ、適度に痛めつけておいてくれたまえ」

「はっ！　この、離れろ！　薄汚いトカゲめ！　そいつはもう死んでるんだ！　我ら教会騎士に刃向かった者がどうなるか、よくわかっただろうが！」

地面に倒れたまま、腹を蹴られた。

「ぐう!?　う……」

「オラ！　クラン様の慈悲に感謝するんだな、お前達のようなクズ、本来なら全員その場で斬り捨てるのが当たり前なんだから、な！」

「ごぼ!?　……く」

次は首を蹴られる。

「おー？　なんだ、その目は？　その罪人はもう死んでるんだ、終わってんだよ。薄汚い罪人が」

集団にたかられ、殴られ、蹴られ、地面に叩きつけられる。

１人の兜《かぶと》をつけていない騎士がニヤニヤしながらしゃがみ、ラザールを笑う。

「……薄汚いのはどちらだ、その下卑たツラ、貴様らの腐った魂が透けて見えるぞ」

暴力のはざま、ペッ、とラザールが唾を地面に吐き付けた。

「「「…………」」」

一斉に黙り込み、無言でラザールをなぶり始める教会騎士。

「ぐは！　ぐ、ぐううう」

「死ね」

「我ら教会騎士を愚弄するクズめ」

「死にくされ、罪人」

なんと、誇り高い姿だろう。友の亡骸《なきがら》を守ろうとする瀕死《ひんし》の男を完全武装、多人数で囲み殴り、蹴り、いたぶる姿は。

「ち、ちょっと、クラン、やりすぎよ！　死んでしまうわ！」

クレイデアが流石《さすが》にといったふうに焦り始めた。

その声に、第4騎士、クランが肩をすくめて首を傾《かし》げる。

「はて、だがね、クレイデア殿。アレは今、我ら教会騎士を愚弄したのですよ。彼らの誇りに唾を吐きかけたのです。あの程度の制裁は当然でしょう？」

顎を撫でながらクランが軽薄な笑みを浮かべる。殺しはしないが助けるつもりも毛頭ないようで——。

「クラン」

「はい？　なんでしょう、騎士ストル」

「今すぐ、彼らを止めなさい」

「はは！　どうしたのですか、ストル殿、貴女まで。先程の私の話、聞いていました、か……」

端整なクランの顔が、引き攣《つ》った。

隣にいる自分より頭3つ小さい、見下ろすサイズしかない小柄な少女の顔を見た瞬間に言葉が詰まる。

「二度、言わせるな。わたしは、あなたにあのリザドニアンを押さえろと伝えた」

何も移さない水色の瞳がぽっかりと。その口調もいつもの明るいものとは違う、剣のように冷たいもの。

クランが、息を呑《の》む。

「ひ…………や、やだなあ。そんな怒らないでくださいよ、は、はは。おい！　君達、ストップだ、やめたまえ！　その罪人は教会裁判にかけたのち、眷属《けんぞく》の寵愛《ちょうあい》を回収する必要がある！」

「は、は‼　クラン様！」

「ケッ、命拾いしたな、クズトカゲ」

「自分が〝眷属憑《つ》き〟なことを感謝しとけよ」

「……………」

ボロ雑巾のように地面に倒れ伏すラザール。服はボロボロ、身体《からだ》には血が滲《にじ》み、爪は折れた。嚙《か》み締める牙にもはや力はなく、冷たい石畳に全身を預ける。

「……ナルヒト、すまない」

同じ石畳に斃《たお》れる仲間の死に顔を見る、苦しんで、死んだのだろう。もう、彼は動かない、喋《しゃべ》れない。

「ん、んん？　君、少しどきたまえ。その罪人の顔が見たい」

クランがふと、首をかしげた。

「は、は！　このトカゲでしょうか？」

ぐいっと、倒れ伏したままのラザールの首もとを雑に騎士が掴む。

「違う違う、そのリザドニアンの顔はもう見飽きた。そこの斃れている罪人だ。黒髪……の男だよね」

「は！　帝国には珍しい黒い髪です。なにか？」

騎士の問いかけを無視して、長身の騎士、クランが斃れている男の死体を見下ろす。酷薄な色、緑色の瞳がその死に顔を映して――。

「……………ぶふっ！」

噴き出した。

「騎士クラン？」

「ブフ、ふふふ、フフフフフ、アハハ!!　まさか、おお、天使よ。ああ、貴方《あなた》はやはり最高だ。ああ、そうだ、そうだろう、そんなわけがなかったのだ」

ストルの問いかけを無視して、クランが笑い続ける。斃れている罪人が誰なのか、クランだけは知っている。

あの時、竜大使館にいたこの男だけは、竜殺しの顔を知っている。

「おっと、失礼しました。いえいえ、なんとも。罪人の死相があまりにも滑稽で。いえ、さすがは〝正義〟と〝首吊りの剣《ハンギング》〟、2つの天使からの贈り物を赦《ゆる》された我ら最強の剣。第一騎士にかかれば、まあ、こんなものでしょうね」

それを誤魔化し、クランがニヤニヤと笑う。

その視線は次に、ラザールへと向いた。

「お、お前……今、笑って」

クランが、しゃがむ。

そのまま、地面に倒れ伏しているラザールの耳元に口を近づけて、ささやいた。

「ああ、なるほど。報告にあった黒髪の奴隷と共にいたという、リザドニアンの奴隷とは貴様のことか」

「な、んだと」

「お前の友人は苦しんで死んだようだ、ふふ、身の程知らずが。竜殺しなどと持て囃《はや》された結末があの醜い死体だ、ああ、面白い」

男の嫉妬ほど、醜いものはない。

クランがラザールに背を向けて、肩を震わせながら去っていく。優秀な男ではあるが、いつも余計なことをしてしまう。昨日は竜の逆鱗《げきりん》に触れ、そして今日は――。

「は？」

リザドニアンの逆鱗に触れた。その種族は友人への侮辱を何よりの屈辱と、とらえる。

「おい、そこの君、その負け犬をさっさと運んでおいてくれたまえよ」

「はっ、クラン殿！　おい、トカゲ！　立て！　お前はこれから牢屋《ろうや》に――え」

倒れたラザールを引っ張り起こそうと、ある騎士が彼の身体に触れたその瞬間、ラザールの姿はその場からふっと消えて。

「――動くな」

千年封じられた、雪国の井戸の底から届いたような、冷たい声。

「ひっ」

短い悲鳴をその騎士が上げた。

「わかるだろう、鎧《よろい》の隙間から影の牙《シャドウ・トゥース》が貴様の喉笛に触れている」

影の牙が、目覚める。影が瞬き、一瞬のうちに騎士の背後を取った。

分厚い教会騎士の鎧の隙間から、どこからともなく取り出した黒い短剣を喉笛に突きつけていた。

「は？」

「お、おい」

あまりの早業、あまりの隠形《おんぎょう》。あまりの業。

騎士の首に影の短剣を突き立て、盾にするラザール。

縦に開いた人ならざる瞳孔が、教会の剣達を睨《にら》みつける。

「動くな、だ。二度も言わせるな。そこのアンタ達《たち》もだ。お仲間の首が胴体とサヨナラするところを見たいというなら、話は別だが」

「ひ、ひいっ」

「口が臭い、しゃべるな。慄《おのの》くのも耳障りだ、次、喋ればお前はもういらない。人質ならお前じゃなくてもいいんだ」

その口調、その表情、それは遠山鳴人《トオヤマナルヒト》と出会った時のラザール、パン職人を目指して、己の過去を悔やむラ・ザールではない。

古い血と古い約定、人類の救済システムの生産地、そして〝終わり〟が眠る土地、〝王国〟の暗部に潜む最優のウェットワーカー。

「影の、牙……あなた、まさか、王国の……」

「ああ、お嬢さん。ご存じかな。お望みとあらばいつでも、影の牙の業、お見せしよう」

「や、やめなさい、冷静になって。〝死〟は貴方まで指差していなかったわ。今、ここで罪を重ねるのはよして。お願い」

クレイデアの懇願する声は、しかし影の牙には届かない。

「おっと、これは一本取られましたね。あー、無駄ですよ、クレイデア殿。あの目。アレは呪われた魂の目だ。いいじゃないか、リザドニアン。君の影と、私の剣、どちらが正しいか比べてみるのも一興だ」

振り向き、愉快げにクランが嗤《わら》う。

「正しい、正しいだと？　恥知らずどもが。貴様らのうち、誰一人として正しい奴《やつ》なぞいるものか」

クランの言葉に、ラザールが笑いを噛み殺して吐き捨てる。

「天使教会を侮辱する、かい？」

「ああ、ヘドが出るよ、ヒューム《人類種》。貴様らのその二枚舌には本当に吐き気を催す。表面では平和と誠実を謳《うた》っておきながら、その内面は下水道の淀《よど》んだ汚水よりもひどい饐《す》えた悪臭そのもの、自らの醜さを表面の輝きで固めた貴様らほど醜い生き物はいないだろう」

「……口が過ぎるな、罪人」

「は！　罪人！　いいだろう、その通りだとも！　俺は所詮、薄汚れた罪人だ！　罪を犯し、人を傷つけることでしか生きる術《すべ》を見出《みいだ》せなかった罪人だ！　だがそれは貴様らも同じだ！　あの門番ども、あの下卑た笑い声の持ち主ども！　奴らが何をしていたか知っているか!?」

「……っ、クラン様、罪人への制裁のき、許可を！」

ラザールを取り囲んでいた数人の騎士が、何故《なぜ》かびくりと身体を震わせた。

まるで、何かに焦るように。

「そうだね、まあ、人質の彼は、仕方ないか」

顎を撫《な》でつつ、クランが笑う。軽薄な笑いはどこまでも鼻につき、どこまでも冷たい。

「ひ、ク、クラン様」

見捨てられたと理解した騎士が情けない声を漏らした。

「チッ」

人質が通用しない。それを理解したラザールが男を蹴飛ばそうとして。

「待て」

ストルの声が、場の展開を止めた。

「……っ」

「ストル殿、困ります。あまり罪人にペラペラ喋らすものでもないでしょう。ほら、市民達の目もありますので、ね」

たはー、額にぺしりと手のひらを当てて大袈裟《おおげさ》に首を振るクラン。

「興味がありますディス、リザドニアンさん。門番達が何をしていたって？」

それを無視して、表情を変えずにストルがラザールへ問いかけた。

「は！　高潔な騎士様はご存じないだろう！　連中は冒険者の中でも力の弱い、立場の弱い者へ補償金だか手数料だか知らんワイロの強要、それを払えない女の冒険者へはその他の方法で搾取をしていた！　少し調べればわかるだろうさ、見るからにマヌケヅラが揃《そろ》っていたからな！」

声を荒らげるラザール。

遠山が手を下したクズの顔がまだはっきりと残っている。

「き、貴様！　て、ててて、適当なことを言うな！　クラン様、処理のご許可を！」

「そ、そうだ！　それ以上の愚弄、ゆ、許せん！」

明らかに、色めき立つ何人かの騎士達。

遠山がこの場にいたなら気づくであろうことを、またラザールも気付くことが出来た。

「ははは！　これは面白い、そこの雑魚ども！　これは、もしや、お前らも奴らの悪事に、一枚噛んでいたな？　やけに饒舌《じょうぜつ》、しかもこいつの心音も大きく跳ねたぞ！　三下ども、正義が聞いて呆《あき》れる！」

「で、デタラメです！　クラン様、こいつ、追い詰められたからデタラメを！」

「ふうん……うーん、まあそうだろうけど、ねえ。ストル殿、ほら、貴女《あなた》なら判断出来ますよね？　どちらが嘘《うそ》をついているのかを」

クランが冷たい目で数人の騎士を見つめて。

「〝正義《ジャスティス》〟」

言葉も、確認もなく。

第一の騎士がその機能を発揮する。正義の問答はたとえ、教会に仕える騎士であろうとも逃れることは出来ない。

「は、ひ、これが」

「ストル様の秘蹟《システム》……!?」

「『質問に、はいか、いいえで答えよ。汝《なんじ》ら、罪人たるか?』」

「……一応伝えとくけど、貴方達、ストルの正義に虚偽は通用しないわよ……ストル、残念だけど彼の言うことは真実みたい。〝死〟が教えてくれたわ。彼らが遊び殺した弱者の魂が」

「ひ、ひ、ひ……ち、違います！　お、俺達はやめとけって言ったのに！」

「そ、そうです！　お、俺達騎士とあのトカゲ、どちらを信用なさるんですか?」

「『嘘。罪状・姦淫《かんいん》、殺人、収賄』」

「ひ」

「び、ぎ！」

「ひ、あ!?　う、うぶ」

正義の裁きは平等に下る。ストルが向けた剣先、〝首吊りの剣〟が教会騎士の何人かを吊《つ》り殺す。

「……あらら。これは残念ですねえ。教会騎士ともあろう者がほんとに不貞を働いていたとは」

「……どちらが正義かわからないディスね、これでは」

「あ、あ、ああ、お、お助け……っ!!」

ラザールの盾となっていた男もまた、吊られて死んだ。

正義は、罪人を決して逃さない。

「……っ！　どういう風の吹き回しだ」

「勘違いなさらないように、リザドニアン……私の存在意義は教会の剣、天使様の教え、正義に反する存在への罰。それはたとえ騎士であろうと関係ありませんディス、私の役割を果したまで」

「……そうかい、その冷静さを少しでもナルヒトに分け与えてくれたらよかったよ」

「……私は私の正義を執行するまでディス」

「はは、そうかい。なら、俺も同じだ」

「ストル殿……」

「ええ、わかっています。これが最後の警告ディス、リザドニアン。たとえ彼らが罪人であれ、貴方達《あなた》が教会に牙を剝《む》いたことは事実、大人しくするのであれば――」

「笑わせるな」

ラザールの言葉が、正義の言葉を遮る。

「誰がお前達の不愉快な正義に従うものか。俺は決めたぞ。彼の遺体は必ず俺が連れて行く」

ラザールが右手を前に。

「約定をここに」

リザドニアンの祖たる〝大いなる歯〟へ言葉を。

「……これは、なんだ？」

「お、おい、何か、何かまずい、これ」

生き残った騎士達、悪事に手を染めていなかった純粋な騎士達が慄く。

目の前の罪人から感じる圧を彼らもまた、知っている。

教会騎士の最優、到達点、〝十剣〟。竜をはじめとする上位生物への対抗手段として用意された彼ら騎士達、極点の存在。

それと同じ圧を取るに足りないはずの罪人から感じ取り。

「〝腕〟により終わりし世界、恐るべき人により終わりし我ら、しかしてここに証《あかし》を残さん。我が残りし証をここに」

ぺき、ぺき。

ラザールの身体《からだ》が変わっていく。

皮膚が溶け始め、鱗《うろこ》が剥がれる。剥き出しになる爬虫《はちゆうるい》類の骨格、まるで骨の竜、剥き出しの歯。

「ほう、へえ。初めて見ましたね。リザドニアンのフィード《種族スキル》〝歯の尖兵《せんぺい》〟でしたかね？」

「濃い死の香り……個人の死を種族全体で共有し、力に変える。これが、〝侵略種リザドニアン〟」

「竜の眷属《けんぞく》たる存在というわけディスか」

「愛《いと》しき影、愛しき影よ。悪事の母よ、フローリアよ。力を貸せ。アンタが俺を愛してるなら、俺の全てをくれてやる」

ラザールの本領はここからだ。

種族全体が使えるその先祖の力、そこにさらに加わるのはラザール個人に与えられた力。

「…………がんばって」

微笑《ほほえ》みかけるのは悪事の概念、天使の眷属、その名はフローリア。

どこまでも純粋で、どこまでも不運、そしてどこまでもお人好《ひとよ》しの男にその祝福を授ける。

「おっと、まずいですね。フィードと眷属憑《つ》き、両方の存在でしたか。……惜しいな、殺すのが」

「……残念だけど、危険、すぎるわね」

「……第4騎士クラン、第6騎士クレイデア」

「「はっ」」

第一の騎士の呼びかけに、下位の騎士が応える。

「教会法8条〝眷属憑きによる天使教会総本山付近での武力行使〟を確認。全副葬品《グレイブス》、全スキル、全秘蹟、全戦力の解放を、第一騎士ストルの名のもとに許可します」

「「お言葉のままに。第一の騎士。我らが正義の体現者」」

『あ、アアアアアアアアアアア!!　つれて、カエル！　ナルヒトに触れるナ！　ミズウミに、ツレテ、カエルゥヴヴヴヴヴヴ!!』

友の亡骸《なきがら》を護《まも》るは、先祖の姿に、影を纏《まと》う異形の牙。

生きる意味を見失い、帝国に流れ着いた彼はしかし、強欲と出会うことにより生の意味を見つけていた。

たとえ、友が死んだとしても、その思い出は消えない。

『おオオおおおおおおおおおおお』

見よ、その異形。肉も鱗も皮も爛《ただ》れ、骨が剝き出しのその姿。拡大する骨の姿勢は四つ足に変わり、どんどん巨大になっていく。

骨ゆえに頼りない部分に、影の肉が象《かたど》られる。見よ、その姿、竜に足らず、しかしもはや尋常の生命からかけ離れたその姿。

リザドニアン、侵略種。かつて大戦時に7つの国を滅ぼした恐るべき種族。

『オオオオオ！　おオオオオオオ!!』

吠《ほ》える、亡き友への鎮魂歌。

「ひ、ひい……」

「り、竜、竜だ、竜が出た！」

「うそだろ」

遠巻きに見ていた観衆が蜘蛛《くも》の子を散らすように消える、教会騎士達《たち》もその多くが戦意を失い尻餅をつく。

影を纏いし、骨の竜、歯の眷属。

「ふふふ、あはは。これはちょうどいい。竜殺しを守る竜もどき、か。いいですね、興が湧いてきました」

「騎士クラン？」

「手出しは無用。あれは私の獲物です。副葬品、起床。追え、〝猟犬の剣〟」

一歩前に踏み出る美丈夫《びじょうぶ》、第4の騎士クラン。その手に握る細い剣、ヤイバはなく、ただ剣先は針の如《ごと》く。

「ふふん、覚えているだろう？　我が〝猟犬の剣〟は貴様の薄い影を貫き、どこまでも追い詰める。貴様と私はどこまでも相性が悪いのだよ」

そう、もしラザールを追ったのがクレイデアだけであればラザールは逃げ切れていただろう。クランの副葬品、猟犬の剣の斬撃はどこまでも、どこまでも標的を追いかける。

それはラザールの影でさえも。

『あ、アア、こいいい、薄汚い、セイギどもオオオオオ』

「ははは、これは良い。少しばかり格落ちだが、紛れもない竜殺しの英雄譚《たん》だ！　ああ、これこそが正しい、私、教会騎士こそ竜に並ぶに相応《ふさわ》しい存在！　感謝するよ、罪人、君がそれに成り上がってくれたことに」

銀色の鎧《よろい》。教会の祝福を受け、装着者の能力に補正をかける一品がクランの身体を強化する。

手に握るレイピア、〝猟犬の剣〟もまた、大いなる獲物の気配にカタカタと武者震いし――。

カタカタ、震えていた。

「猟犬の剣、再び罪人の肉を貫け！」

『オオオオオオオオ!!』

強大、歯の竜の腕が雑に振るわれる、真っ向からクランがそれを迎え撃つ。強化された肉体、そしてその副葬品の斬撃ならば、その腕ごと歯の竜を貫け——。

シーン。

「…………ん？」

〝猟犬の剣〟は怯《おび》えていた。目の前の歯の竜……ではなく——もっと、もっと、遥《はる》かにおぞましいなにかの存在に。

犬は格付けに敏感なのだ。

「え、うそ、なんで？　え？　抜けな——あ、ちょ、待っ——」

『オオオオオオオオオオ』

ぼびん。

振るわれた竜の骨腕。おもちゃのようにあっけなくクランの身体を吹き飛ばす。

スーパーボールのように跳ねるその銀鎧の男は地面を何度か抉《えぐ》ったのち、市場の露店に突っ込み、そこから起き上がることはなかった。

『オオオオオオオオオオオ！　オオオオオオオオオオ！』

「ひ、う、うそだ、クラン様が一撃で!?」

「た、助けろ、助けるんだ！」

騎士達がゴミのように吹き飛んだクランのもとへ駆け出す。

「…………ストル、貴女《あなた》こうなるのが分かってて、クランの一騎打ちを？」

「まさか。彼とは連係が合いません。一騎打ちの方が正しい彼の使い方だと判断したままでディス、では、クレイデア、そろそろ本番といきましょうか」

それらを素知らぬ顔で見る動かない2人、正義と死の騎士が2人、ここに立つ。

「ええ……せめて友人思いの彼が苦しまないように」

ずっ。

クレイデア、細身の女騎士の背後から黒いボロボロの騎士鎧が顕《あらわ》れる。

ガイコツだ。ガイコツが騎士鎧を身につけて。

それが手に握っているのは大きな馬上槍《ランス》。

恭しく、捧《ささ》げるようにソレがクレイデアにランスを手渡す。

「〝秘蹟《システム》、来訪〟死の眷属、〝13番目のペールの槍〟」

死に愛されたクレイデアにしか握ることの出来ない眷属からの贈り物。

それは条件さえ整えば、竜の命にすら届き得る概念の兵器。

それがラザールへ向けられる。

「わたしは、わたしの信じる、正義のために」

水色の髪の少女は、何かを振り切るかのごとく、一歩前へ。

「〝秘蹟、執行〟決めてよ、〝正義〟」

少女の背から、像が顕れる。

歪《いびつ》な像、数多《あまた》の種類の像が歪《ゆが》んで無理やりに混ぜ合わされたようなそれ。

「問う必要もありませんディス、貴方は罪人ディス」

それは眷属には数えられぬ正体不明のナニカ。人の世が続けば続くほど力を増す〝正義〟という概念の塊。

「私には、何が正しいのかわかりません、だからこそ、教会の正義をこそ、正しいものとして在り方を決めますディス」

しかし、愚かゆえにまだ少女は正義に呑まれず。

ああ、しかし、しかし。愚かゆえに気付かない。正義の像に小さなヒビが入り始めていることに。

その背に広がる翼が、傾き始めていることに。

同時に、腰から細剣。副葬品〝首吊りの剣《ハンギング》〟を抜く。

「リザドニアン、罪人、最期に、言い残すことはありますか？」

天使教会騎士団、最高戦力、十剣。

第一の騎士ストル。

第6の騎士クレイデア。

竜に抗《あらが》う為《ため》の剣が、ありえざる歯の竜と対峙《たいじ》する。

『クたバれ、クソ正義ド、モ』

歯の竜には届かない。リザドニアンは、同胞を絶対に裏切らない。

「……教会法に基づき、死刑の執行を開始します」

「はい、騎士ストル」

死と、正義と、首吊《つ》りが、歯の竜へと向けられる。

ラザールは理解した。

ここで死ぬ、命を賭けて。

勝てないのはわかっている。竜にすら届きうる教会の剣達に、竜に届かぬ己が敵《かな》うはずもない。

『アアアアアアアアアアアア!?』

死の馬上槍が、歯の竜の窪《くぼ》んだ眼窩《がんか》を穿《うが》つ。死が、影を呑み込む。

『ガバ、かば、クホオオオオオオオ……!』

うめき声。

首吊りの剣が、歯の竜の首を絞める。ばき、ばき。未《いま》だ生命の仕組みから抜け出せぬその影と歯の体は、確実に壊れていく。

歯の竜の攻撃は当たらない。鋭き剣が、作業のように巨大な骨と歯と影の亜竜を解体していく。

ああ、勝てない。勝てない。

『オオオオオオオオオ』

それでも、吠える。

『しんでも、しなない、死んでも、死なない、シンデモ、シナナイ……』

「いいえ、貴方《あなた》は死ぬのディス」

歯の竜、その一撃を掻《か》い潜《くぐ》り、トッ。

跳ねるように舞う第一の騎士。ひとっ飛びで歯の竜の真上まで。

振り抜くは、細身の剣。正義の罰、その化身。

「〝副葬品、開廷〟」

秘蹟と副葬品の同時使用。第一の騎士だからこそ扱えるその才能。竜を殺す為に造られた、その生命。その機能の全開。

「吊れ、首吊りの剣」

『ちく、ショウ』

影の眷属《けんぞく》、ラザールを愛するその存在が全力で警鐘を鳴らす。

「ニゲテ、オネガイ」

ラザールを愛する影が懇願する。それには勝てない。それには届かない。

ヒトである以上、正義と罰には抗えない。それを悪事の眷属は知っていた。

『コ、イ、モウ、ウバワセることは、ない！』

だが同時に歯の竜が、もう二度と逃げないことも、悪事の眷属は知っていて。

全部、終わる。

歯の竜はこれより、正義と罰の異界に送られてそこで死ぬ。存在を吊られ、悪虐なる正義に弄ばれ殺される。悪事の眷属は、それを知っていた。

物語が、英雄譚に塗り替えられ――。

わお――ん。

どこか呑気《のんき》で、どこか嬉《うれ》しげな遠吠《とおぼ》えが、世界に響いた。

「――？」

ぱきん。

砕けた。ラザールではない。

首吊りの剣。天使がナニカに贈ったと語られる副葬品《グレイブス》。

決して壊れぬはずのその人域を超えた存在が、嘘《うそ》のように、呆気《あっけ》なく砕けた。

「は？」

誰もが、動きを止めた。

わお――――――ん。

呑気な遠吠えはまだ続く。

どこから響くのかもわからないその声。ああ、その声。

それは鬨《とき》の声《こえ》だ。それは見送る声だ、それは始まりの声だ。

『ナンダ、これ、なんて、美しい声……』

ラザールはそれを美しいと評した。そして――。

「ひ、ヒ、い、いや、なに、これ……？　幽玄？　異界、違う、どれも違う、どこでもない、まるみのないせかい、なに、とがってる？　なに、これ、いや、イヤアアアアアアアアアア？！！　見ないで、ミナイデエエエエエエエ!!　いない、いない、私はどこにもいないから！　いや、イヤ、イヤアアアアア、た、たすけ、やだ、ストル、助けて、あ、――ミラレテル」

「クレイデア!?　どうしました!?」

クレイデアはその声を聞いて狂った。涙を流し、身体《からだ》を震わせ、その場に倒れ伏す。

「ッ………ケッ！」

フオヌ、コポォ。

死骸の、竜殺しの胸が大きく膨らみ、息を吐き出した。

決着が、ついた。どこでもないどこか。正義と罰の異界の中で、決着はついたのだ。

〝正義〟は、イヌ《DOG》にひれ伏した。

「…………は？」

ストルが、ソレを見て固まる。

歯の竜もまた同じくソレを見て、身体を固めた。


「ガキの頃、ニュースを見て思ったんだけどよお」


ソレは、呑気に話し始めた。

「死刑になった奴《やつ》が死刑で死ななかったらどうなんのかなー」

ぼり、ぼり。

頭を掻きながら、ゆっくり立ち上がる。大きく何度も何度も、息を吸って、吐いてを繰り返す。

あんぐり。歯の竜が、顎が外れるほどに口を開いてそれを見る。

「セキテツ県死刑囚蘇《そ》生《せい》事件みたいになんのかあ？　ヒヒヒ、この世界だと、どーなんのかね」

こき、こき。身体の機能を取り戻すように首を鳴らし、肩を回す。

「どー思う？　ラザール」

わおーーん。

また、どこかで遠吠えが響いた。

その声は嬉しそうに何かが、何かを自慢する、どうだ、すごいだろう。そんな響きを含んでいた。

『……知るものか』

「あり？　ラザール、なんかイメチェンした？　お前、それ、かっこいいな」

「……馬鹿野郎。寝坊だ、友よ。起きていたんなら、早く立ち上がってこいよ……」

「おー、悪い悪い。……なんか夢見てた。懐かしくて、嬉しくて、暖かい夢を」

2人が笑う。

ボロボロの歯の竜と、絞首刑後の吊られた男。

満身創痍《まんしんそうい》の2人は、しかしまだ死んでおらず。

故に、彼らの冒険は未だ終わらず。

「………意味が、わからないディス」

「俺は死ななかった。死刑執行中！　ではなくて死刑終了！ってわけだ。で、この場合どうするよ？」

へらへらと遠山鳴人《トオヤマナルヒト》が笑う。

「……〝正義〟」

何も出てこない。

「首吊りの剣……」

砕けた剣はもはや鉄くずと化して。

「悪いな、よく覚えてないけど、あれだ。正義はばらばらになった！　てやつだ。２対１だな。周りの腰抜かしてる雑魚は多分相手になんねーよ？　簡単にぶちのめす。ラザール先生が」

「俺かよ、ナルヒト」

はははと呑気に笑う男２人。

それをストルが睨《にら》みつける。

「わたしの正義は――」

「正義は死んだ、殺したぞ」

けろりと答える遠山の言葉に、ストルが目を見開いた。

「――っ！　わたしは、わたしの生まれた理由に従うのディス、教会の敵を滅ぼす！　そうして生まれた、そう望まれた！　私はその為に生きてるのディスから！」

「聞いてもねえことをべらべらと。正義、正義、馬鹿みたいに繰り返しやがって、このバカが。あ、デカイの取れた」

瞳に涙を溜《た》めて叫ぶ少女。

その必死の叫びを鼻くそほじりながら、やべ、血が出たと遠山が呟く。

「わたしは、バカじゃないディス!!」

「ヒヒヒヒ。バカが――お前、その役割、向いてねえんだよ」

第一の騎士、武装を全て失くしてなお、その強き造られた肉体が躍動する。

強欲冒険者と、歯の竜がそれを迎え撃つ。

それはもはや、誰にも止められぬ殺し合い。

「〝大主教令〟発令。寿命3年使用。止まれ、第一の騎士」

エピローグ
私の胃が限界なのはどう考えてもお前らが悪い

「えっ」

物凄《ものすご》い勢いで、馬車が青空市場に乱入した。

露店を蹴散らし、車輪を歪《ゆが》ませ、大爆走。

びたん。

跳んだストルの身体が、物理法則を無視して固まり、地面に落ちる。

「ふん」

「貴女《あなた》は――――！」

「えい」

ぼかん。馬車から砲弾のごとく飛び出した黒い修道服の少女が、地面に倒れたストルの頭をぶん殴る。

「「え？」」

ピクリとも動かないストル。顔面が、石畳に食い込んでいた。

「主教サマ、第一騎士を止めました」

「ぜえー、ぜえー、ゲホ！　よ、よくやりました、スヴィ、ゲッッホ！　あー、ほんと寿命縮まるわ。あ、縮んでたわ、ほんとに」

きい、ぱたり。ドリフトしながら止まった馬車から現れたのは、黒い修道服に身を包んだ白髪と糸目の女。

遠山とラザールが突如現れた女を警戒――。

「ほんと、このたびは、マジで申し訳ございませんでしたアアアアアアアアアアアアア、アアアアアアアアアアアアアアアアアアッア、ア、ア、ムリ、大声出したから……吐くぽ、ぬぶ、オボロロロロロロロロロロロロホホホおうえ、うおろろろろろろろろろろろ」

糸目女が土下座しつつ、キラキラを撒《ま》き散らす。

「「ええ………」」

遠山とラザール、もう、それしか言うことがなかった。

あとがき

良い冒険ってなんだろう。

人によって答えはたくさんあるかもしれないけど。

良い冒険とはやはり後悔のないものだと思う。

あの時、ああしてれば良かった、こうしてれば良かった、そういう迷いがないものだ。

遠山《トオヤマ》の冒険がそういうものであればいいと思う。気に入らないものを滅ぼし、報われて欲しいものを救う。傲慢に残酷に、そして自由に。

初めてオープンワールドゲームを遊んだ時のような自由と、その世界への期待。

目の前にある全世界、行って、見て、触れて、自分のやりたいことをすればいい。

どうかこの本を通じて遠山と読者の方が同じ世界で、同じ興奮や怒りや楽しみを共有してくれたらいいな。

続きが書けるように精進します。３巻でまた会えますように。

じゃ、また！

しば犬部隊

作品のご感想、
ファンレターをお待ちしています

あて先

〒141-0031
東京都品川区西五反田 8-1-5 五反田光和ビル4階
オーバーラップ文庫編集部
「しば犬部隊」先生係／「ひろせ」先生係

OVERLAP

現代ダンジョンライフの続きは
異世界オープンワールドで！ ②

発　行　2023年5月25日　初版第一刷発行

著　者　しば犬部隊
発行者　永田勝治
発行所　株式会社オーバーラップ
〒141-0031　東京都品川区西五反田 8-1-5
校正・DTP　株式会社鷗来堂
印刷・製本　大日本印刷株式会社

Printed in Japan ISBN 978-4-8240-0495-6 C0193

第11回 オーバーラップ文庫大賞
原稿募集中！
イラスト：じゃいあん
【締め切り】
第1ターン 2023年6月末日
第2ターン 2023年12月末日
各ターンの締め切り後4ヶ月以内に佳作を発表。通期で佳作に選出された作品の中から、「大賞」、「金賞」、「銀賞」を選出します。
その物語は、
きっと誰かが
好きな物語。
【賞金】
大賞…300万円
（3巻刊行確約＋コミカライズ確約）
金賞……100万円
（3巻刊行確約）
銀賞………30万円
（2巻刊行確約）
佳作………10万円
投稿はオンラインで！ 結果も評価シートもサイトをチェック！
https://over-lap.co.jp/bunko/award/
〈オーバーラップ文庫大賞オンライン〉
※最新情報および応募詳細については上記サイトをご覧ください。
※紙での応募受付は行っておりません。